古稀集

陈加元◎著

上册

浙江人民出版社

图书在版编目（CIP）数据

古稀集 / 陈加元著. — 杭州 ：浙江人民出版社，
2024.1

ISBN 978-7-213-11231-7

Ⅰ．①古… Ⅱ．①陈… Ⅲ．①诗集-中国-当代
Ⅳ．①I227

中国国家版本馆CIP数据核字（2023）第205318号

序

我从小偏重文科，闲暇时喜欢写点小诗。但真正开始写诗是在2007年我担任浙江省副省长的时候。经过几年努力，在我60岁时竟积累了近300首诗词。经友人建议，汇编成《甲子吟》正式出版。对此，时任浙江省委书记赵洪祝、浙江省省长夏宝龙给予了我极大的肯定和鼓励，夏宝龙省长还亲自操刀，为《甲子吟》撰写了文采飞扬、热情洋溢的序言。

《甲子吟》的出版发行得到了诗词界许多名家的支持和肯定，极大地增强了我继续创作的积极性。2013年初，我由省政府转岗到省政协工作，直到2017年下半年正式退休。其间，我仍然保持经常思考、动笔的习惯，结合工作、学习、考察、观光，且行且吟，边写边改，不知不觉已写了700多首古体诗词。根据诗词界老师和朋友的建议，连同一县一景一咏的《浙江百咏诗书画印作品集》的诗作，以及一部分现代自由诗，取陈毅"一闲对百忙"的诗句，汇编成《一闲集》正式出版。《一闲集》内容多、体裁杂，真诚地希望得到浙江诗词界老前辈、吟友和读者的点评和指正。

2017年底，经省委报中央同意，我出任了浙江省慈善联合总会的创会会长。五年来，我退休不退责任，仍继续为慈善事业尽心尽力。在全省慈善界同仁的共同努力下，省慈善联合总会被党中央、国务院授予"全国脱贫攻坚先进集体"荣誉称号，被省委、省政府授予"浙江省抗击新冠肺炎疫情先进集体"荣誉称号，在第七届浙江慈善大会上荣获"慈善事业突出贡献奖"。

与此同时，我仍然坚持把逻辑思维和形象思维结合起来，闻鸡起舞，行吟不止，截至2023年6月底，又写了1800多首古体诗词。人生七十古来稀。在我迎来70周岁之际，将最近几年写成的诗稿汇编成册，并以《古稀集》为名付梓出版，以飨家人、朋友和读者。希望有人喜欢，欢迎大家指正。

陈加元

2023年7月1日于杭州住所

目 录

上 册

5

15

下　册

《大运河》歌舞剧观后感

（2015年3月21日）

运河昨夜翩跹舞，慷慨从容话古今。
吴越雄浑开厚土，隋唐壮阔绕天音。
历经苦雨曾埋玉，再见和风已变金。
更爱天清气朗里，京杭万里入怀襟。

乙未寒食节

（2015年4月3日）

寒食天多雨，出行车马艰。
遥岑悲碧落，渚浦恸寒烟。
游子祭亲急，族人尊祖虔。
坟前再三拜，欲见又明年。

磐安榉溪村孔氏

（2015 年 4 月 4 日）

凝烟叠翠水相依，长忆端躬迁榉溪。
宝在深山今始识，婺州阙里读传奇。

清明游神仙居

（2015 年 4 月 5 日）

飞来巨石出天庭，一谷一峰皆圣灵。
人入烟云方觉妙，原来此处是蓬瀛。

重走苍岭古道

（2015 年 4 月 5 日）

四十六秋弹指间，重回苍岭忆当年。
危岩绝壁多惊鸟，野谷荒丘少夕烟。
生计难谋为果腹，前程无定度维艰。
遥看来时逶迤路，大道如今直接天。

重访柳坡

（2015年4月5日）

三十六年前，磐安柳坡八队，自主包产到户。余专此调查，并以正面报告。昨旧地重访当年支书，感慨良多，特以记之。

重访柳坡感慨多，曾经故事破金科。
无非小计图温饱，就势促成济世歌。

参加"3·15"消费者权益日活动即兴

（2016年3月15日）

年年三一五，消保总关情。
打假惊雷动，维权鼓角鸣。
诚心为固本，信用乃先行。
法纪人人守，市场无不平。

丙申清明节

（2016 年 4 月 4 日）

又是清明节，杜鹃带血啼。
思亲行故道，祭祖过清溪。
原本踏青日，偏逢煮酒时。
春风扶我问，何日再归期。

观看九〇后书画展

（2017 年 6 月 3 日）

由来书画属同源，一脉相承千古传。
浩浩国风今又起，后生可畏正无前。

寻梦千峡湖

（2017 年 6 月 4 日）

滩坑寻旧梦，每每感恩多。
似打惊天鼓，如闻动地歌。

身怀长号令，手执鲁阳戈。

项目偏乡建，村民异地挪。

难关持续破，好事久经磨。

决策当机断，执行未后拖。

回头心忐忑，展望泪婆娑。

高峡生离子，平湖负电荷。

北山飞绿雨，渤海落星河。

鸟度云涛上，鱼翔雪浪波。

孤霞时入画，群棹偶穿梭。

水碧风骀荡，峰青月隐阿。

河川改旧貌，百姓换新窝。

致富增门路，脱贫断疾疴。

初心终不悔，励志再吟哦。

更立登高处，举杯醉酒酡。

月真法师书法作品展观后感

（2017年6月12日）

禅山生朗月，淡雅出天真。

墨载千秋道，师承一派新。

韬光藏岫壑，养晦隐玄门。

久看人书老，如观自在心。

五十年后回母校古山中学志感

（2017年6月16日）

光阴似白驹，一别五十载。

当时值少年，青葱正可爱。

初中县统考，十里取一二。

我为田家子，有幸列其类。

乡邻忙道喜，家人更陶醉。

学前娘嘱咐，入校遵教诲。

励志红又专，德智体全备。

问学先做人，品行为首位。

求知争高标，主攻语数外。

健脑亦健身，晨练长征赛。

劳心且劳力，课余种瓜菜。

读书莫嫌多，各科不偏废。

曾效立程门，借光不瞌睡。

听课欲争先，自习不懈怠。

班中年最小，竟然做班委。

同学如弟兄，老师似长辈。

才智日增长，意气渐豪迈。

风云突变幻，黄粱骤粉碎。

"文革"起硝烟，运动惊宇内。

课堂变战场，激情狂澎湃。

横扫大鬼神，直荡小魑魅。

字报到处糊，口号满天盖。

批斗争先后，表现看站队。

此谓急先锋，彼言"保皇派"。

师道无尊严，知识成累赘。

蹉跎几春秋，结果颇无奈。

仓促离校门，未期能后会。

往事真荒唐，今来多感慨。

华夏换今朝，神州辞旧岁。

利民教育先，兴国基业泰。

母校亦如是，欣逢好时代。

入怀春意浓，放眼星光璀。

精神逐日新，桃李与时萃。

崇德誉九州，重智通四海。

殷殷学子情，此情殊可贵。

恕我无以报，惟有行行泪。

次韵钱伟强老师游超山诗

（2017年6月16日）

旧年访超山，正逢芳草碧。

时节忽阴晴，春夏交凉燠。

先谒吴缶翁，旋入塘栖侧。

运河水流清，古城巷曲折。

野鱼信优游，家鸡道来历。

赏果在青林，品茗入阡陌。

午中酒盈盈，小饮尚齐肃。

老翁座上欢，稚童围桌乐。

难得结伴行，不愿论簪笏。

永康塘里村

（2017年6月18日）

承蒙始祖出龙门，塘里人家皆姓孙。

望族千年虽不再，遗风一脉但长存。

旧房修旧形依旧，新业创新神见新。

欲览古今层阁上，无边光景任高吟。

永康舟山村

（2017年6月18日）

踏访古村晨露浓，岚山云岫入眸中。

盈盈水墨江南韵，淡淡情怀乡土风。

前世遗存总相似，今朝气象却非同。

一帘旧雨骑楼下，欲得神闲问稼农。

父亲节感言

（2017年6月18日）

天下父亲皆一般，既如大海又如山。
因缘本是前尘定，但愿重来享永年。

遥祭陈亮[1]

（2017年6月19日）

人中龙，文中虎，名动东南一翘楚。
陈子生而目有光，才气超迈夸玉树。
书香门第续前荫，官宦人家久寒素。
豪情侠义友广交，刺股悬梁勤朝暮。
下笔数千言立就，十八岁时论酌古。
少年才俊善用史，以古鉴今英豪辅。
生不逢时靖康乱，金瓯俱裂黎民苦，
天降大任于斯人，艰难困苦成玉汝。

大气节，真丈夫，中兴五论天朝诉。

---

[1] 陈亮，字同甫，号龙川，浙江永康人，南宋时期著名的思想家、文学家和杰出的爱国主义者。丁酉初夏，游太平水库，访先生故里。回杭后，再读陈亮文集，不禁感慨万千。故作古风四章，以祭前贤。

9

激扬文字数万言，指点江山一恸哭。
两圣北狩人无返，当时纷纷谁逐鹿。
抗金痛斥偷生者，慷慨悲歌来击筑。
君王未识忠与奸，庙堂无策皆碌碌。
忠言逆耳君不闻，小人当道臣多恶。
逾垣而逃避为奸，言涉犯上遭牢狱。
三次受刑死还生，一心报国心如烛。

兴义利，创学说，浙东学派开新局。
道在事中莫循规，讲求实用嗤空肃。
农商相藉不偏离，义利双行如手足。
安邦必先在安民，富民方能成强国。
道德文章心性功，经政军文尽囊括。
陈朱论辩若天音，事功之学属唯物。
思想自由尤可贵，不畏权威气如镞。
忧国忧民论得失，匡时匡世济沉陆。

文归心，词入腹，万古心胸稼轩曲。
英雄气概豪杰情，义理贯穿入声律。
经济情怀经纶意，大家辞章大雅俗。
雪里咏梅多清丽，天马行空见神骨。
街谭巷歌且为乐，俚语方言莫辜负。
老去三赋贺新郎，尧天舜日终已复。
烈士从来命多舛，高歌祭公看鸿鹄。
千古英灵今犹在，龙蛇虎豹竞驰逐。

韦陀菩萨诞辰

（2017年6月26日）

尊天韦陀自堂堂，护法驱魔镇八方。
佛外无心心则佛，不因果报亦烧香。

次韵翼奇吟长贺诗以答谢

（2017年7月2日）

一路行吟皆入编，雪泥鸿爪共诗笺。
才疏未得天工句，学浅勉为人事篇。
家国情怀欣不改，书生意气尚能传。
年来自觉黄昏近，老骥扬蹄莫用鞭。

次韵舜威吟兄贺诗以答谢

（2017年7月2日）

贺函读罢已多时，字里行间见玉姿。
明月清风入雅鉴，高山流水出佳诗。

书斋问道应无已，墨海泛舟当有期。
东白湖中乘大白，且将进酒莫迟迟。

次韵伟强老师贺诗以致谢

（2017年7月2日）

堂堂华夏地，自古多才贤。
山高容万壑，海阔纳百川。
风光独自秀，气象合群观。
天马可行空，神龙乃腾翻。
九州生正气，四海好扬帆。
大道无私我，时空有暑寒。
在公劳神魄，居家得安便。
盛世出佳话，休明入鸿篇。
有心师造化，未敢效杜韩。
多是巴人事，亦列白雪班。
国计入怀抱，民生系心弦。
文章似鉴在，主义如斗悬。
若无仲弘志，安可得一闲。

次韵炳文吟兄贺诗以答谢

（2017年7月2日）

道是忙中得一闲，回眸才过百重山。
习文几立程门里，造句皆存方块间。
逆水行舟风忽忽，凭窗听雨水潺潺。
韩公笑我多愚钝，多少诗峰待力攀。

痛悼冯根生

（2017年7月4日）

一代药王名不沽，欣逢际会起鸿谟。
凭风创业青春宝，逆水行舟奋楫夫。
报国时时图破壁，济民处处好悬壶。
终生为健难为健，此去仙乡百病除。

咏怀浙江

（2017 年 7 月 6 日）

天贶风华地，浙江因水名。
纵横十万里，皆由山水生。
山高水流秀，水碧山更明。
河川分八系，系自本源清。
西湖舒广袖，东海接太平。
海湾连中外，运河贯杭京。
仙霞残月落，括苍曙光升。
天目披霞锦，百祖入云旌。
田林湖江海，精神气势形。
处处入画卷，时时起歌声。

纵览华夏史，吾省有鸿篇。
开天自盘古，鸿蒙出轩辕。
石城存帝迹，架鼎石峰尖。
唐尧禅让国，虞舜耕历山。
夏禹善疏导，首开治水篇。
上山蒸谷早，黄丘可种田。
跨湖制陶器，独木成舟船。
河姆民居久，高屋建干栏。
良渚城始建，阶级此起源。
历史黎元造，岂能忘祖先。

日月运行久，人文积淀长。
王充论衡在，玄奥比老庄。
佛教入浙早，海山两道场。
儒学兴本土，南孔傍衢江。
承前开浙派，阳明学未央。
兰亭有书圣，墨池可流觞。
山水诗肇始，永嘉居谢王。
书藏天一阁，文澜小莲庄。
戏剧堪大有，誉载婺越腔。
翰章总浩浩，德化亦堂堂。

神圣一热土，滋养万物丰。
时雨长润泽，自古宜稼农。
嘉湖稻谷熟，宁绍醪酒红。
丝茶誉天下，江海游鱼龙。
佳果四时有，特产八方供。
剑自欧冶子，瓷生唐宋风。
技精数三雕，匠心愈百工。
鲁班无造极，建筑可登峰。
农工商并举，域内外互通。
生民重兴业，福茂运昌隆。

开天辟地事，南湖起红舟。
天下敢为先，江山主沉浮。
主义树旗帜，砥柱立中流。
大公成正道，忠诚与民谋。
前赴而后继，肝胆续春秋。

八八总战略，领袖掌鸿猷。
走在最前列，高标领九州。
干在最实处，再上一层楼。
面向新蓝海，更立大潮头。
待到梦圆日，举国颂风流。

向阳花

（2017年7月15日）

一朵二朵三四朵，五朵六朵七八朵。
朵朵都向太阳开，如此真诚谁似我。
日出东方红胜火，老天待我亦不薄。
我欲因之思感恩，秋来报以开心果。

新安江之夏日

（2017年7月18日）

渌水云中逝，红霞水里浮。
天高江似镜，日暮月如钩。
翠雨翻苍浪，青鱼戏白鸥。
客入清凉界，兴来弄扁舟。

大学毕业四十年志感

（2017年7月18日）

岁月如流水，人事历沧桑。

近来常相忆，最忆骆家塘。

漫漫大学路，莘莘读书郎。

一百里不远，四十载太长。

当年推加考，成绩顶优良。

英雄交白卷，录取变渺茫。

休怪无背景，失利莫惊慌。

次年还被荐，优先属正常。

体检遭曲解，交臂失名庠。

天无绝人路，形势比人强。

浙师刚复校，招生迟开场。

斯地不陌生，初识有辰光。

"文革"烽火起，"串联"走四方。

我亦徒步去，夜宿校礼堂。

主人甚好客，安排至周详。

校园大且美，师生慨而慷。

重来今非昔，劫后待复康。

牛经早稻田，绰号似荒唐。

里外皆破旧，周边尽苍凉。

报到迟三月，时节已降霜。

搭车为节赀，一路尘飞扬。

世事多坎坷，风险须提防。

城里正"武斗"，不时有死伤。

同学穿铁路，流弹钻衣裳。

新生互不识，出处问何妨。

或曾作耕樵，或经事工商。

小还不更事，大已做爹娘。

员工临时调，筹备何紧张。

将雏挈数口，多住过渡房。

教材出己手，辅工亦自当。

百废待兴起，杂乱但有章。

始学举军训，忧人欲夺枪。

滋事压力大，辍置行未遑。

见之方感动，感时复徬徨。

开春不授课，学农住村坊。

宣传新指示，田头问稼穑。

鲁雅村虽小，不逊小靳庄。

老少皆能咏，随处诗满墙。

入秋评水浒，指槐骂投降。

继"反右倾"风，批斗似癫狂。

省委组团队，蹲点下偏乡。

见习"学大寨"，实战斗风霜。

丙辰运不济，华夏遭国殇。

长街送总理，清明哭断肠。

炎夏失朱帅，地震天无常。

继之领袖逝，举世皆悲伤。

黎民危旦夕，社稷系存亡。

十月惊雷动，粉碎"四人帮"。

深入"揭批查"，举旗振纪纲。

拨乱归正道，开元向辉煌。
负笈三年整，文凭纸一张。
此纸千钧重，字字见铿锵。
得失与成败，印证二三行。
时局多诡谲，学业未全荒。
运动乱秩序，自控成日常。
晨练闻鸡舞，夜读月临窗。
主课求专攻，业余无不良。
偶来试文艺，习作见报章。
他人作良师，社会为课堂。
知行相结合，师生补短长。
认知有差异，相处亦无恙。
聚散终有时，效力各一方。
立业与地久，情怀共天长。
大浪可淘沙，金子终焕光。
经历殊可贵，启迪值珍藏。
历史堪镜鉴，初心永不忘。
民安仗国泰，知识靠武装。
教育千秋业，高校是引航。
崇德列首要，树人冀流芳。
男儿当有志，成材架津梁。
北山冲云汉，婺水归海江。
日月循天律，草木向太阳。
师大渐长大，全国列百强。
天道酬人和，地利助业昌。
举目春风醉，满园桃李香。
曾经为学子，深感殊荣光。

但愿后来者，乘风再高翔。
更到梦圆日，群星耀穹苍。
我欲献此曲，放歌兴未央。

新安江畔晨见

（2017年7月19日）

晓霞还丽日，薄雾拢烟纱。
江静鸟鸣树，风轻浪卷花。
游人纷摄景，渔者独行槎。
撒网时刚好，五更鱼可赊。

建德三江口渔村

（2017年7月19日）

扼守三江要，传奇九姓民。
历经船上住，曾善浪中行。
临水观鱼跳，傍山听鸟鸣。
渔乡家酒洌，客醉是风情。

外孙女六岁生日

（2017 年 7 月 20 日）

孙女庆生时，西湖欣聚会。
小荷映晚霞，香郁沁心肺。
画好字如图，歌酣舞亦醉。
明朝将学求，达理知书贵。

次韵炳文先生富春江诗

（2017 年 7 月 21 日）

行舟经过钓鱼台，水色山光似鉴开。
九姓渔村居要谷，千年津渡隐高才。
云蒸霞蔚情难抑，气朗风轻趣自来。
建德江流东海去，画中物我共徘徊。

欣读建一兄赠诗奉和以谢

（2017 年 7 月 21 日）

君赠佳诗一睹先，连珠妙语令流连。

犹如时雨浸文格，恰似和风惠墨田。

去岁偷闲研旧韵，来年着意著新篇。

且将清梦当歌咏，野老无心效古贤。

晨　练

（2017 年 7 月 27 日）

夏天练三伏，汗滴才舒服。

心静自然凉，何须去避暑。

暑　晨

（2017 年 7 月 28 日）

南天一望了无云，两耳只闻蝉噪音。

朝日初升如火烈，谁能与我送凉荫。

晨　风

（2017年7月29日）

花枝招展舞姿松，顿觉暑消气穴通。
谁送清凉君莫问，来时无影去无踪。

高中毕业四十五周年感怀

（2017年7月31日）

天地恒久远，时光去匆匆。
世间多少事，瞬间转头空。
唯有少年忆，随时荡心胸。
"文革"革文命，教育首当冲。
初中遭辍学，无奈事稼农。
辛苦吾不惧，农活亦初通。
终年多劳作，岁末少分红。
未来难预测，前路何迷蒙。
忽闻好事至，试点办高中。
有幸被录取，山村头一宗。
日出乌云散，雨后见彩虹。
家人喜滋滋，邻舍乐融融。
物质虽有限，精神固无穷。

读书非为己，教学只为公。
学生情真切，老师意更浓。
生多寒门子，岁月正青葱。
师少高学历，实务有专攻。
善教须善学，求专更求红。
师生同协力，上下共和衷。
日程一何紧，课闲未放松。
书本研刻苦，实践戒虚空。
曾去石翁下，工地真学农。
挑土夯坝基，凌寒效雪松。
住过林坑陈，入户行三同。
改山造田地，战天斗严冬。
实习进工厂，开门搞整风。
师傅授技能，学用两贯通。
拉练过桐岭，军训备刀弓。
一路啦啦队，红歌动苍穹。
体训亦不逊，县赛曾称雄。
行余有所好，文学试争锋。
励志心自勉，家国情独钟。
集体为骄傲，个人感光荣。
书山开路径，学海行艟艨。
小树初成长，雏鹰羽渐丰。
寒窗两年整，毕业各西东。
大多归田舍，少数务商工。
或者成师长，亦有去从戎。
职业各有别，奉献似相同。
所幸多牵挂，梦里偶相逢。

往昔犹年少，于今成媪翁。

别了朝霞美，笑看夕阳红。

心清体尚健，眼明耳还聪。

暮年穷通理，知老难返童。

聚散何在意，真情始至终。

今时难一见，来日酒满盅。

人生如过客，飘然类转蓬。

但愿能长久，自若且从容。

飞抵新疆

（2017年8月5日）

关山千万里，咫尺若相邻。

才饮东疆水，又餐西域云。

小楼明月照，大漠好风吟。

相见乃常事，只因一脉亲。

阿拉山口中国门

（2017年8月6日）

野旷遥无际，天高日照红。

边关闻鼓角，戎马驾长风。
路接中欧亚，商通海陆空。
休明谋大略，回望自从容。

温泉县温泉

（2017年8月7日）

神山生太液，圣地纳温泉。
润泽深幽谷，怀柔大草原。
入池堪健体，出浴可容颜。
上善莫如水，客来恰似仙。

夏尔希里山

（2017年8月7日）

峰奇拔地起，道险半空悬。
啼鸟穿危壁，轻车出险川。
草原花似雨，林海绿如烟。
小看边关外，心潮起漫澜。

赛里木湖

（2017年8月7日）

圣湖如玉坠，净海酿琼浆。
踏浪堪惊鸟，听风可驾樯。
天青云更白，地暑水犹凉。
好景不时有，今来易醉觞。

霍尔果斯口岸

（2017年8月8日）

天山连域外，古道复西游。
遥望他乡地，深怀故国愁。
前朝无久计，今世有深谋。
丝路新开远，风光誉五洲。

昭苏草原赛马

（2017年8月9日）

芳草原生地，古来天马乡。
声高名汗血，气盛性刚狂。
昔日拼身力，而今赛技长。
花开逢盛节，别样有风光。

喀拉峻草原

（2017年8月9日）

跃上登天路，委延十八弯。
放怀原野老，极目白云闲。
草没牛羊马，景迷山石川。
主人多好客，茶酒话当年。

特克斯八卦城

（2017 年 8 月 10 日）

边城排八卦，堪舆纳乾坤。
神奉皇羲帝，易传华夏魂。
图形如故旧，气象与时新。
天道谁参得，个中待细询。

那拉提空中大草原

（2017 年 8 月 10 日）

空中芳草地，高谷向阳坡。
绿野开瑶境，苍林起碧波。
远峰浮白雪，近水映青柯。
夕照红如血，牛羊伴牧歌。

库车天山大峡谷

（2017年8月11日）

三山开佛道，两峡化神通。
石怪玄黄里，岩悬绝妙中。
夕阳照颜色，夜月听禅钟。
大境凭谁设，天成磅礴工。

巴音布鲁克九曲十八弯

（2017年8月11日）

原上风光特，天河胜景多。
苍茫出云汉，壮美自嵯峨。
曲水流晴翠，岚烟隐雪阿。
晚来高处看，落日逐清波。

致浙江援疆将士

（2017 年 8 月 12 日）

从容辞万水，慷慨赴千山。
大漠狼烟黑，沙场利剑寒。
稳疆天下计，报国古今贤。
跃马阳关外，奋蹄不用鞭。

江布拉克一瞥

（2017 年 8 月 13 日）

天山时大美，此处胜仙乡。
圣水流神韵，古城载史章。
白云环黛翠，黑土抱禾黄。
人入氧吧醉，悠然觉梦香。

新疆晤老友

（2017年8月13日）

万里重逢酒一樽，梦中常见自通神。
人生岂可无知己，道合方能情至深。

新疆十日纪行

（2017年8月14日）

十天行万里，一路好心情。
坐地河山壮，巡天日月明。
奇峰时雪厚，怪峪偶风轻。
壁绝岚烟绕，岩危雁鸟鸣。
高湖沉碧玉，低谷起青蘋。
旷野生苍翠，莽原动旗旌。
泉温低瀑冷，云白高天青。
走马云山道，牧羊芳草坪。
绿洲渠流水，荒漠树成荫。
边关通互市，丝路连欧盟。
城邑客盈店，乡村物满庭。
社区多活动，企业善经营。
民族相和谐，家和万事兴。

黎民祈福寿，社稷盼康宁。
援疆传喜报，视察听佳声。
两地多协力，多方得共赢。
谋取稳疆计，交流致富经。
天地轻名利，人间重晚晴。
待人无假意，接物有真诚。
初见诗为礼，重逢酒作兵。
眼迷人欲醉，语乱话犹听。
共说沧桑变，窃言心态平。
高风怀物理，亮节见清明。
来来还去去，走走复停停。
战士不言老，来年再远行。

华庭云顶

（2017年8月19日）

偶尔登云顶，欣然见晚晴。
斜阳沉碧海，飞鸟没沧瀛。
画自黄公望，韵来如意亭。
还期听雨雪，梦里数星星。

看外孙女画画

（2017年8月20日）

挥毫凭兴趣，浓淡总相宜。
笔法谁知道，童心自觉奇。
花花和树树，密密与稀稀。
看似真能画，未来应可期。

偶　得

（2017年8月20日）

桌前一壶酒，窗外几炊烟。
雨过溪山润，风来菊竹喧。
心期黄鹤远，神往白云闲。
抛却红尘去，轻松得自然。

夜行婺江畔

（2017 年 8 月 20 日）

夜来信步婺江头，溢彩流光不胜收。
谁架彩虹随曲水，又掀碧浪荡轻舟。
百寻佛塔冲霄汉，两派清溪入渚洲。
八咏楼台依旧在，无边风月载千秋。

浦阳江同乐段生态廊道

（2017 年 8 月 21 日）

山崖筑绿渠，渠上铺廊道。
道外满青林，林中多翠鸟。
鸟迎观景人，人爱休闲跑。
跑步健身心，心驰斯境妙。

晨行义乌幸福湖畔

（2017年8月22日）

漫行堤岸晓风轻，碧水无纹似镜平。
树隐碎花花隐树，声闻翠鸟鸟闻声。
远峰近壑皆同秀，山郭江村与共荣。
幸福人家犹梦里，一轮红日放光明。

义乌北山村

（2017年8月22日）

云端有北山，缥缈水天间。
桃源连竹海，飞瀑接清泉。
从容行古道，慷慨看今颜。
茶酒农家醉，客来易忘年。

贺浙师大附属东阳花园外国语学校建成开学

（2017 年 8 月 23 日）

盛世佳时兴盛举，名村宝地办名庠。

崇文重教千秋颂，固本强基百业昌。

东阳花园村

（2017 年 8 月 23 日）

花园何向往，华夏一名村。

卓越随时见，传奇到处闻。

两山①成法宝，双鸟②正传神。

勇立潮头者，堂堂天地人。

---

① 两山指"绿水青山就是金山银山"理念。

② 双鸟指"腾笼换鸟""凤凰涅槃"。

外孙女第一次画油画

（2017 年 8 月 24 日）

大港街头充画家，浓浓淡淡乱涂鸦。
谁能看出其中意，飘飘洒洒绣球花。

丽水古堰画乡

（2017 年 8 月 24 日）

莫言只有都江堰，此处师承蜀李冰。
造福千秋谁与论，政声留待后人评。

龙泉青瓷小镇

（2017 年 8 月 25 日）

青山藏小镇，大师应所期。
传承循古法，创意举新旗。
神态惹人醉，玉姿诱色迷。
世遗经典在，百韵出千奇。

龙泉宝剑小镇

（2017年8月26日）

一剑鸣天下，溯源千岁生。
莫干留正气，吴越铸精灵。
势去谁能挡，运来锋可争。
当今欧冶子，炉火更纯青。

七夕偶感

（2017年8月29日）

织女牛郎莫奈何，相欢没有别愁多。
天堂还是人间好，爱到浓时处处歌。

初　秋

（2017年9月3日）

斜风骤起水波涛，顿觉秋来炎燠消。
道上行人多足影，池边树鸟少喧嚣。

举头明月圆将满，放眼青林叶未凋。
凉热又逢交替季，静听夜雨打桐蕉。

中元节
（2017年9月5日）

时至中元节，且开地狱门。
天堂无野鬼，世上断孤魂。
谁能无死别，何处有长春。
心中香一炷，默默祭先人。

秋　韵
（2017年9月6日）

放眼看秋韵，时空是画廊。
远山皆染色，近水可流觞。
雁舞随歌远，蝉吟伴曲长。
一轮天上月，款款入诗行。

纪念毛主席逝世四十一周年

（2017年9月9日）

每逢此日总彷徨，四十年前哭断肠。
领袖归天天欲倒，巨星落地地无光。
江山未改心依旧，旗帜如初路照常。
代有风流人物在，新阳又起创辉煌。

老友小聚

（2017年9月9日）

朋友时相见，见时无所求。
今非成过去，昨是莫回头。
醇酒入心烈，壮歌伴舞柔。
青山依旧在，残月亦风流。

教师节有感

（2017年9月10日）

重教尊师千古事，春风桃李总留芳。
园丁有道传声远，蜡炬无声继世长。
三尺讲台凭使命，百年树人勇担当。
江山永固何为本，大厦巍巍赖栋梁。

秋　思

（2017年9月11日）

夏去秋来转瞬间，云山依旧渺如烟。
不同鸣鸟相同调，一样荷花别样妍。
已赴耕耘辛与苦，何争收获后和先。
风光但等中秋到，潮涌钱江月更圆。

秋 晨

（2017年9月12日）

连绵晓雨细如微，不速西风已久违。
镜水依然流碧翠，屏山转瞬染丹绯。
才辞炎夏飞花尽，又见凉秋舞雁归。
岁月匆匆看不透，还须晴日展清晖。

秋 愁

（2017年9月16日）

亦晴亦雨亦含羞，既是开心又是忧。
寥廓长天飘翰墨，苍茫大地起沉浮。
云舟动处吟新句，塞燕飞来唱旧酬。
诗画江南如梦里，似真似幻似风流。

秋　晚

（2017 年 9 月 18 日）

细细凉风夜未寒，一天星斗正阑珊。
月光随着灯光秀，花影伴随人影欢。
澎湃潮声来海上，清芬桂雨入庭前。
春晖岂比秋霞好，向晚时分更可观。

秋　风

（2017 年 9 月 19 日）

一年一度又秋风，妙得自然成画工。
旷野微微先露白，群山莽莽再描红。
千姿融进图文里，百韵调和水墨中。
观色察言非最爱，更从疾处识英雄。

秋 雨

（2017年9月20日）

海上来风未可期，迷蒙一片起涟漪。
河山渺渺连珠线，草木深深湿翠衣。
流水舒心鱼作乐，青山得意鸟鸣啼。
欣看万物何愁有，好雨泽时细入泥。

小友偶聚

（2017年9月20日）

暮雨洗征尘，晚风迎故人。
别离时已久，相见语无伦。
有意东篱客，奈何官宦身。
今宵宜尽兴，一醉返归真。

雨天遐思

（2017年9月21日）

绵绵连日雨，霾雾掩真容。
大野形无路，遥岑影断踪。
江天弥隐晦，云水愈惺忪。
莫道晴方好，风光各不同。

参加省中行①与淳安中学结对助学
十年庆祝活动得句

（2017年9月22日）

秋来天正好，简约庆功成。
十载爱心路②，三基③公益经。
春风添助力，桃李报真情。
向善同携手，还将接力行。

---

① 省中行，此为中国银行浙江省分行的简称。
② 省中行与淳安中学结对助学连续十年，累计资助100名贫困学子完成高中学业，
  故活动主题词是"十年爱心路，百名学子梦"。
③ 三基，指慈善公益活动的基金化、基地化和基层化。

秋 分

（2017年9月23日）

运转时来雨亦晴，半分昼夜两均衡。
山川初染妖娆色，江海又呼潮候声。
桂雨缤纷随处落，松风浩荡向天横。
开怀更待中秋夜，灯火人家共月明。

秋 月

（2017年9月23日）

每逢秋半月分明，云亦淡来风亦轻。
望里婵娟神得韵，眸中玉宇影随形。
清辉气象如禅界，瑰丽风华属佛庭。
欲识人间真面目，还须竹下听箫声。

秋　叶

（2017 年 9 月 25 日）

秋叶飘零秋夜凉，繁华过后是沧桑。

不期而至风加雨，待日将临雪盖霜。

青翠开篇真本色，猩红谢幕亦荣光。

纵然状态因时变，自有初心总向阳。

浦江第十届中国书画节暨"万年浦江"
全国中国画人物作品展有记

（2017 年 9 月 26 日）

一年一度节重开，万载浦江搭擂台。

拟向马良询旧事，亦从华夏选新才。

无边风月胸中出，壮美河山笔底来。

壁上更看人物秀，出神入化若星魁。

秋 荷

（2017 年 9 月 27 日）

秋雨霏霏洗落尘，湖中菡萏未遮身。
寒潮时袭风荷院，冰雪欲封虞美人。
花贵果珍持本性，清来浊去守天真。
莫言绿褪红消尽，他日重生更有神。

秋 桂

（2017 年 9 月 29 日）

小径幽深华露浓，清香诱我入花丛。
飞珠吐玉琼瑶树，流韵传神淡雅风。
蜂蝶纷然歌带舞，骚人慷慨曲由衷。
吴刚应羡世间好，秋桂酿成家酒丰。

访径山草堂

（2017 年 9 月 30 日）

此来庄稼地，如入武陵村。
童叟戏鸡犬，友朋醉酒醇。
不愁谋稻米，偏爱弄泥尘。
能晓田家事，问君有几人。

贺国庆中秋双节

（2017 年 10 月 1 日）

国诞家圆双节臻，飞花处处显精神。
九州万里开生面，诸夏一家喜盈门。
雨露阳光佳果硕，清风明月好音频。
空前盛会又将至，梦里江山与日新。

秋 雁

（2017年10月2日）

大雁南归字成行，天高云淡写辉煌。
有山尽染红黄色，无水不流青绿浆。
江海潮推人海涌，桂花雨助菊花香。
中秋圆月家家酒，更引诗情向远方。

中秋望月

（2017年10月4日）

月到中秋分外明，举头一望到天庭。
蟾宫今夜应无寐，炎帝当时却寡情。
星汉煌煌通海宇，银河浩浩接云旌。
嫦娥依旧相思苦，总把人间当玉京。

中秋夜无月

（2017 年 10 月 4 日）

莫怪今宵月不明，云遮桂魄雾遮星。
入眸望境虽无望，弄影清风但更清。
坐地千城灯火旺，向天万户举杯倾。
我心依旧向明月，还冀来年此夜晴。

中秋无月明

（2017 年 10 月 5 日）

天有阴晴日，月逢圆缺时。
我心依旧在，谁与共相知。

晨起随想

（2017 年 10 月 6 日）

不等鸡鸣便出门，时随明月伴星辰。
昔曾许国争朝夕，今为强身赶晓昏。

拂面清风诚友爱，开怀笑语亦纯真。
昼来夜去皆随意，信步闲庭自有神。

十五月亮十七圆
（2017年10月6日）

黎明即起看皎月，十五不圆十七圆。
人算何能比天算，自然岂可想当然。
桑榆所失东篱得，红日过头夕照偏。
事有由来物有律，月圆月缺古难全。

次韵吴伟平先生故乡诗
（2017年10月8日）

故园已久违，逢节每难归。
前路与时远，回程逐日稀。
乡愁挥不去，忆念总相随。
游子身千里，遥思母倚扉。

秋　潮

（2017 年 10 月 8 日）

秋潮又起势难收，倒海翻江搏激流。
鼓鼙惊雷吞日月，旌旗掣电壮云舟。
凌空星雨掀涛起，压岸人声逐浪浮。
天下奇观唯此好，奔腾不息万千秋。

晨闻鸟鸣

（2017 年 10 月 9 日）

五更未到鸟先鸣，托起朝阳抖落星。
世上何来天籁语，此声应是最佳声。

秋　菊

（2017 年 10 月 9 日）

萧瑟声中灿若霞，东篱来客赴韶华。
娇肤弱骨由天赐，玉露金风向日斜。

领袖群伦宜作帝，独开逸境足堪夸。

一身清气何能尔，香满乾坤就此花。

秋　枫

（2017年10月11日）

西风漫卷向天涯，满地殷红映晚霞。

树树金枝涂赭色，张张玉叶染朱砂。

已怀真意得如意，又见非花胜似花。

雨雪风霜皆历尽，此生未负好年华。

秋　寒

（2017年10月12日）

风来夜半起寒潮，漫卷东南冷气飙。

渺渺长天空漠漠，茫茫旷野漫迢迢。

水声有意流深远，月晕无情影遁消。

树上鸟儿浑不觉，自鸣晨曲兴犹高。

秋 夜

（2017年10月13日）

时过中秋夜渐长，寒烟骤起暮云凉。

飞花落叶铺蹊路，斜雨细风敲牖窗。

恋土闲蝉覆露白，归窠倦鸟入眠香。

忽来蝴蝶翩翩舞，教我酣然梦老庄。

观看杭州国画院《习近平谈治国理政》主题书法展次楼炳文先生韵

（2017年10月15日）

潮起之江岁月长，抱青一展起铿锵。

满墙金句皆真理，触目宏文胜舜汤。

浓墨纷纷纸上落，赤旗猎猎梦中扬。

以书弘道今犹是，如见新天万丈光。

随 感

（2017 年 10 月 16 日）

岁月匆匆未觉长，偶翻记忆亦平常。
曾经沧海知深浅，已度春秋识热凉。
寻趣登楼邀皓月，得闲倚树看斜阳。
清风谓我不言老，犹有诗心仍徜徉。

乡 思

（2017 年 10 月 17 日）

有种情思别样长，丝丝缕缕结愁肠。
故园遗梦空追远，父老余音犹绕梁。
土屋柴门颜褪色，粗茶淡饭味留香。
欲将往事酿成酒，遥对乡山频举觞。

庆祝党的十九大胜利闭幕（组诗九首）

（2017年10月25日）

（一）盛会开

京华十月响春雷，喜报空前盛会开。

思想高登峻峰顶，核心若定紫光台。

小康决胜时间紧，大梦将圆日月催。

万众一心跟党走，为人民者得将来。

（二）大道行

大道朝天召我行，看天自有好心情。

清风骤起尘霾尽，旭日初升冷雨停。

踏访旧踪时不早，追寻新梦岁还轻。

风流人物今犹是，万古江山开太平。

（三）红日升

红日一轮升海州，华堂论剑定春秋。

承平已作升平赋，盛世还将万世谋。

上国从来多道义，江山自古出风流。

而今更立潮头上，领袖群伦青史留。

（四）丰收季

季节逢时喜事多，开门便见鸟鸣锣。

民丰物阜家家喜，水秀山明处处歌。

时代新开迎国泰，乾坤再造庆人和。
来年更会收成好，盛世宏图已打磨。

（五）开境界

五年一度又金风，染得河山万里红。
十九届行新号令，数千党代驾艨艟。
开天辟地垂青史，继往开来为大公。
更待中兴梦圆日，万民欢庆九州同。

（六）新号令

秋来到处好风光，时代宣言震八荒。
不改初心尊马列，新开境界看东方。
英贤一代胜尧舜，伟业千秋振汉唐。
亿万神州齐奋起，泱泱大国更辉煌。

（七）党魂在

走出南湖近百年，如今又上一重天。
久经磨难心依旧，百炼成钢志更坚。
"打虎""灭蝇"除隐患，创新改革执先鞭。
承前启后党魂在，使命担当有铁肩。

（八）再远航

金声玉振五洲扬，磅礴巨轮再远航。
已改前朝贫与弱，又争今世富而强。
和平守护拼全力，命运共同协万邦。
放眼全球谁逐鹿，中华民族自煌煌。

（九）红透天

灿烂朝霞红透天，神州万里喜开颜。

似歌流水声声赞，如绣高山处处妍。

日照铺开新画卷，月光掠过旧词篇。

时来运转皆同力，海阔天空帆正悬。

庆祝香港回归祖国二十周年

（2017 年 10 月 25 日）

从来华夏有香江，风雨沧桑见史章。

外敌贪心狂宰割，天朝无力挽危亡。

百年耻辱今时雪，一代荣光后世长。

且待神州圆梦日，明珠熠熠更辉煌。

致浙师大中文系77届同学会^①

（2017年10月27日）

当年求学正青春，弹指一挥过四旬。

未见时常怀故友，相逢偶尔问何人。

是非得失由它去，健脑强身当自珍。

婺水悠悠情不老，同窗之谊最纯真。

重阳义乌访红峰村

（2017年10月28日）

正值重阳节，时来叶半黄。

香风薰古木，紫气绕门墙。

水拥勾乘地，山环皇裔乡。

我心无别意，只为仰金堂。

---

① 毕业40年后，浙师大中文系77届三个班级同学首次聚会笔者因故缺席，甚为遗
憾。草成一律，以示祝贺。

再访重阳书院

（2017年10月28日）

重阳佳节访重阳，仁者高兮德者长。
有水有山洪福地，亦诗亦画武陵乡。
田家时有才人出，村院于今翰墨藏。
世事沧桑皆阅尽，我来此处作书郎。

日　出

（2017年10月29日）

日出东方一片红，秋风无语亦雍容。
枝头小鸟啾啾问，今岁桂花开几重。

小院又丰收

（2017年10月30日）

今年劳动又丰收，装点庭园迎晚秋。
树上柚枹沉甸甸，墙边瓜菜绿油油。

红榴绿橘刚藏好，白菜青葱又露头。
不是为夸颜色好，只将小院寄乡愁。

贵州七日行（十五首）

（2017年11月5日）

夜宿贵阳

又到林城夜不眠，推窗遥看月高悬。
翻来覆去无清梦，总是徜徉山水源。

南明河畔夜遇地书者

取墨南明因秀水，挥毫河畔写闲书。
民间自有真人在，小试锋芒我不如。

贵阳飞兴义途中

层云飞渡万峰低，似见空中蒙太奇。
俯瞰人间真渺小，今朝教我与天齐。

兴义万峰林

谁说万峰皆不高，群山似海起惊涛。
我来此地看风景，云彩竟然挂半腰。

武君家吃夜宵

既辣又香稍带酸，私家土菜挺新鲜。
与君痛饮茅台酒，欲罢难休乐似仙。

晨行南明河畔

一天星斗落江中，两岸层楼灯火红。
绿道蜿蜒三十里，回看曲水似蛟龙。

修文谒龙场

非因悟道谒龙场，王学声名早远扬。
磨难中成三不朽，先生气象自堂堂。

夜宿三都

一江灯火向南流，水映中天月照楼。
小邑今宵逢夜市，半城歌舞送清秋。

参加浙江五大宗教贵州行扶贫活动

电商培训助三都，结对携将穷困除。
五教协同增合力，浙黔联动探新途。
鱼渔兼授功无量，人我共赢德不孤。
时代又吹新号角，脱贫决胜起宏图。

三都尧人山

久仰尧山秀，林涛接九天。
瀑飞悬壁上，鸟度彩云间。
异水藏奇石，高丘隐谪仙。

此来思小住，莫问是何年。

拉揽水族迎客人

迎宾先敬三杯酒，男奏女歌舞亦柔。
欢乐声中情自醉，我来学步不知羞。

平塘中国天眼

天风浩荡啸天台，天路因为天眼开。
宇宙星球多奥妙，一口大锅入眸来。

西江千户苗寨

世说蚩尤后，苗王踞此间。
层楼叠岭上，梯地挂山巅。
街巷营商盛，厅堂歌舞喧。
一壶流水酒，客醉上千年。

凯里下司古镇

明清一重镇，何幸踞清江。
自古民商埠，至今文武邦。
长街存雅气，短巷溢书香。
无酒亦成醉，客来恐忘乡。

丹寨卡拉鸟笼村

村头名木古，井底水流深。
世有非遗宝，代传工艺珍。
一笼销域外，百鸟引游人。
林下鸡肥美，现烧味更纯。

立冬得句

（2017年11月7日）

时至立冬未见霜，落花桂菊仍留香。
只因十月风光好，不老青山总向阳。

立冬次日晨拾句

（2017年11月8日）

秋光思不去，朝日愈分明。
似画千树舞，如歌百鸟鸣。
寒霜来有限，冷雨遁无形。
天道应酬我，时间拟暂停。

满江红·感怀

（2017年11月8日）

自古帝王，回头看、替更无数。逃不出、积贫积弱，受欺受侮。
辟地开天红棹起，改朝换代民为主。令中华、从此立东方，谁能予。

新时代，新布局。强国路，全民赴。再长征万里，义无反顾。海晏河清惊宇外，尧天舜日归中土。梦圆日、一统我江山，龙蛇舞。

满江红·随想
（2017年11月8日）

桂菊芬芳，才揖别，就来冬雨。阡陌上，既无蝶影，亦无鸟语。山色萧然催叶落，水光遂尔辞秋去。问上苍、岁月急匆匆，因何故。

天无轨，地有路。时节变，非憎恶。看人间正道，龙飞凤舞。盛世千年堪一遇，人生百岁方初度。借来风、伴我步闲庭，吟今古。

满江红·无题
（2017年11月8日）

不老青山，登高处、忽来愁绪。抬望眼、壮心不已，深情几缕。往昔少年曾得意，于今白叟无悲楚。已经过、雪雨和风霜，思归去。

家国事，以身许。朋友谊，常相聚。又时培稼穑，偶司烹煮。烈士暮年应识趣，斜阳夕照休辜负。冀余年、诗酒共相随，同欢度。

夜 行

（2017 年 11 月 9 日）

暮色悄然至，晚霞伴我行。
寒烟浸老树，冷露湿新亭。
行疾思追月，步稳欲数星。
西风何羡我，自觉尚年轻。

富阳杨家村

（2017 年 11 月 13 日）

驱车中午后，寻道访山乡。
银杏千年老，古村一地黄。
红椒悬屋角，玉米挂门窗。
秋色辉煌里，争相摄影忙。

冬 雨

（2017年11月15日）

夜来风雨几分寒，晨起独行衣觉单。
已得春华结秋实，岂愁夏种带冬闲。
阴晴冷暖为常态，苦乐悲欢乃自然。
时节更新何所虑，东方日出又晴天。

风吹雨落

（2017年11月16日）

风吹夜半渐阑珊，雨落更深清梦酣。
畅想曦阳东海出，怀思霞彩北山环。
披衣小坐寻新句，举步潜行觅大观。
天地阴晴皆是景，我心依旧似从前。

晨 行

（2017 年 11 月 17 日）

风摇烟树雾蒙纱，又见塘河跳雨花。
道上晨行唯有我，此时方觉更清嘉。

落 叶

（2017 年 11 月 18 日）

萧萧落叶莫忧伤，犹记当时曾翠苍。
高树因君多茂盛，鲜花无尔少芬芳。
夏炎蔽体遮淫雨，冬冷赤身迎暖阳。
此去前头应不远，春来时节续荣昌。

入 冬

（2017 年 11 月 19 日）

秋雨消停时入冬，炎凉两气互交融。
高丘仍挂东南月，平野已吹西北风。

岭上云腾霜露白，江间日落水流红，
时空变化原如是，天地本来存异同。

晨　跑

（2017 年 11 月 20 日）

斜云迷雨雾，行足就高低。
雀鸟眠深树，鱼龙蛰浅溪。
遥山难仰望，静水我心期。
前路何能阻，西风莫自欺。

霜

（2017 年 11 月 22 日）

昨夜腾龙方化雨，今朝结露已成霜。
谁将寒气吹千里，又把冰花撒八方。
满目溪山半染白，一帘杏柳尽涂黄。
莫言至此生机尽，松竹从今更翠苍。

拜谒陈亮墓

（2017年11月24日）

千年一遇状元郎，天地悠悠岁月长。
生不逢时时乱世，死无遗憾憾昏王。
谈兵主战驱强虏，立说开宗启史章。
心腹文词千古在，龙吟虎啸自铿锵。

永康芝英紫霄观

（2017年11月25日）

千载紫霄成旧游，沧桑历尽几沉浮。
道踪佛迹如犹在，书院碑文仍可留。
高士神闲琴煮鹤，骚人逸趣梦为舟。
曾经过去风光好，更看将来气象遒。

永康灵岩

（2017年11月25日）

湖光山色两依偎，洞壑纵横广厦开。
柱石为寮响鼙鼓，碧波作镜照云台。
丛林日出阴霾散，殿宇光从紫气来。
故国神游如梦里，清风习习入襟怀。

沁园春·永康方岩

（2017年11月26日）

谁赐灵山，巨印方圆，削壁染丹。临天门之下，空悬危栈；奇峰异石，雪瀑冰泉。翠柏苍松，晨钟暮鼓，洞壑丛林生紫烟。登高处、胜仙葩阆苑，名震东南。

名山化育人贤，念天地、悠悠老祖先。有胡公立德，黎民得幸；龙川立说，义利启源。武略文韬，匡时济世，代出才人薪火传。怀今古、看青山依旧，已换人间。

沁园春·永康五峰

（2017年11月27日）

万寿之山，渤海移来，雄踞浙中。似琼瑶逸境，钟灵毓秀；清音静谧，翠色空蒙。修竹茂林，流泉飞瀑，兜率重楼悬壁空。临其境、覆崖如城郭，直抵苍穹。

曾经岁月峥嵘，忆此地、古来藏虎龙。昔陈朱论辩，攸关义利；东南抗战，于国衰荣。烽火燎原，旌旗漫卷，赤水丹山血染红。逢盛世、再登高远望，正起雄风。

水调歌头·永康芝英

（2017年11月28日）

天贶风华老，千载一名村。今朝寻梦故里，正遇小阳春。古庙旧祠老市，小巷高墙幽径，秀水绕庭门。风远流云翠，月近照林深。

迁南国，开新埠，是先人。敬宗尊祖问道，薪火育精神。务本事功大匠，尚武崇文名仕，人物若星辰。坦荡立天地，清气满乾坤。

水调歌头·永康公婆岩

（2017年11月29日）

盘古开天际，叱石化婆翁。来此凿壁设嶂，山复水重重。云拥危岩深壑，风卷林涛雨瀑，变幻渺无穷。四季皆竞秀，秋染半山红。

下山脚，穿村舍，听樟松。曾记炊烟袅袅，常有雁鸣空。流水小桥阡陌，诗酒田园朝暮，岁月自从容。回望来时路，如入武陵中。

无　题

（2017年11月30日）

寒雨连江落未停，鱼难跳掷鸟难鸣。
莫言天地无公道，山自高崇水自清。

晨　见

（2017年12月3日）

寒雨停时风亦停，又闻鱼跳鸟飞鸣。
江流非急亦非缓，草木半黄间半青。

里妇舞歌寻逸趣，仁翁放线钓闲情。

塘河两岸多行者，舟影波光欸乃声。

韩天衡学艺七十年书画印作品展观后感
（2017年12月5日）

誉满九州名满门，艺坛七秩任纵横。

运斤郢匠开清境，濠上观鱼脱俗尘。

点石竟能生百味，挥毫岂不入三分。

此来看罢画书印，始信今人胜古人。

霜　晨
（2017年12月6日）

推门顿觉五更寒，落叶飘零霜满天。

远处风来月高挂，蟾光似水照苍颜。

大雪无雪

（2017年12月7日）

曾记儿时玩雪人，冰天雪地更精神。
可怜今日空无雪，只见清风伴月轮。

落　叶

（2017年12月8日）

落叶飘零如弃渣，曾经岁月不堪夸。
蒙恩雨露形无缺，受惠阳光韵有加。
老干风中还积健，新枝雪里待萌芽。
生来只与天时便，他日成泥更护花。

霜　落

（2017年12月9日）

霜落江天渺无垠，西风乏力费哀吟。
莫愁敝树凋空寂，自有黄鹂鸣好音。

忆秦娥·霜如雪

（2017年12月13日）

秋才别，莹花满地霜如雪。霜如雪，流光暮水，腾辉晨月。

气寒已把小虫灭，风罡再使尘霾绝。尘霾绝，河山可待，冰清玉洁。

冬　雪

（2017年12月14日）

今日，我国北方普降大雪，浙江少数山区亦雪花纷飞，厚达十几厘米。虽身不能至，但心向往之。

今日忽飞雪，银鳞满地铺。

原驰瑶象舞，山应玉龙呼。

信鸟无疑迹，归人不识途。

蓬壶清梦里，飘渺有还无。

写 诗

（2017 年 12 月 17 日）

欲作新诗搜破肠，腹中墨少总惶惶。

偶来灵感成佳句，夜半披衣录备忘。

"文心蔚然——文蔚书画展巡回展（浙江展）"观感

（2017 年 12 月 17 日）

宛如西子立婷婷，一脉清流自帝京。

壁上江山多古意，画中人物总关情。

有 感

（2017 年 12 月 17 日）

无官无责一身轻，我本布衣心本平。

往事或须谁鉴证，未来似可自经营。

习诗偏喜杜工部，临帖难为王右军。

好友相逢茶酒醉，只求快乐不求名。

晨 见

（2017年12月19日）

冬雨初晴后，初阳倍觉亲。

凝霜堪爽眼，流水亦称心。

人竞健身道，鸟弹天籁音。

莫非春欲到，天道亦酬勤。

贺浙江省慈善联合总会成立

（2017年12月20日）

一元将复岁更新，启后承前倍感恩。

慈举善行情可贵，扶贫帮困意犹真。

福田广种堪匡世，好事多为可养身。

众力合成开大局，人间有爱便如春。

咏菖蒲

（2017 年 12 月 21 日）

尧韭非神草，野生千万年。
不资一寸土，能耐十分寒。
间以水和石，处之静与闲。
红尘身度外，淡泊自超然。

先父百年祭

（2017 年 12 月 22 日）

论寿应该过百年，奈何早早赴黄泉。
为人做事惟忠厚，时运命途堪可怜。
今世有心亲不待，来生尽孝侍尊前。
严慈驾鹤同仙去，但愿天堂得满圆。

再咏永康西津桥

（2017年12月23日）

自古天开属要津，苍茫岁月费长吟。
三朝廊阁遮风雨，八字桥门通古今。
近水远山千载好，商楼民舍一时新。
往来皆是匆匆客，晚唱渔舟梦里寻。

贺杭州永康商会成立五周年

（2017年12月24日）

岁月匆匆忽五年，风云际会得因缘。
从无到有凭时势，变弱为强赖哲贤。
本色经商曾入史，创新立业又开篇。
今宵齐唱迎新曲，漫道雄关莫等闲。

贺浙江省诗词与楹联学会换届[①]

（2017 年 12 月 25 日）

盛会犹如点将台，雄才欲上九重垓。

唐风宋韵承薪火，越调吴腔启未来。

时代高扬主旋律，江山尽献好题材。

今朝且把新人赋，期引群芳恣意开。

献给毛主席一百二十四周年诞辰

（2017 年 12 月 26 日）

千古风流一伟人，茫茫长夜若星辰。

建军率党惊天地，立国为民泣鬼神。

思想光辉继世在，情怀气象与时存。

今朝幸有金阳照，无限江山无限春。

---

① 浙江省诗词与楹联学会第七届会员代表大会选举产生了新一届学会领导。

年前晓雨

（2017 年 12 月 28 日）

久晴来晓雨，潇洒挹清尘。
水起浓浓意，风生淡淡云。
时无花落地，偶有鸟留音。
草木将生发，一元待复新。

夜宿盘龙谷

（2017 年 12 月 28 日）

一

岁末盘龙叶未凋，时闻竹雨伴松涛。
夜来万籁声无息，偶有几声山鸟叫。

二

老友新朋逸趣高，闲云野鹤亦风骚。
今宵来者皆潇洒，把酒挥毫兴未消。

"故园寻梦"芝英古镇十二人书画展今日开幕

（2017年12月29日）

故园寻梦感时真，翰墨飘香老宅门。
忆旧犹新惟履迹，于斯为盛乃人文。
竖横撇捺回家路，顿挫抑扬游子音。
今日还乡时正好，千年古镇待开春。

元旦感怀

（2018年1月1日）

斗转星移又一年，光前裕后总欣然。
江山依旧黎民主，时代已开尧舜天。
过去初心存信史，而今践诺启新元。
雄关漫道真如铁，万里长征再着鞭。

杭州市新年祈福走大运

（2018年1月1日）

巧借谐音讨兆头，祈福新年运河游。
信之挥走霾和雾，行者追来老与幼。
际会多从难处得，风光不在易中求。
一元复始晴方好，天佑苍生美梦酬。

小寒即兴

（2018年1月5日）

时至小寒人未觉，斜风细雨似张扬。
东山西岭林飞雪，右舍左邻花欲香。
年节将临除旧岁，老天何幸启新章。
夜来不见窗前月，惟有故园入梦乡。

元月初雨

（2018 年 1 月 6 日）

风轻今夜静，雨落入冬寒。

大野无颜色，闲庭绕暮烟。

觅诗浑不觉，追月梦犹酣。

欲问春消息，尚须过大年。

晨跑忽遇小雨得句

（2018 年 1 月 6 日）

雨携风刺骨，呵气便成霜。

高树留残叶，飞鸿去远方。

热忱终不怯，冷遇亦无妨。

犹喜江南雪，六花为我狂。

昨于杭州国画院写福祈福

（2018年1月7日）

小楼逢好雨，无酒亦成诗。
时值迎新岁，福临辞旧时。
对联两妙语，方斗一佳词。
有愿从心许，未来应可期。

晓行拾句

（2018年1月8日）

天方破晓雨方停，风不撩人鸟不鸣。
此刻行来何所乐，塘河岸上听舟声。

悼念杨招棣同志

（2018年1月11日）

忽折苍松欲断魂，上天何故未留人。
为师学贯史文哲，入仕才通党政群。

家国心胸怀物理，书生意气纳精神。
声容笑貌宛如在，亮节高风堪永存。

"指禅·纸禅——樵隐、大庸墨迹展"观感
（2018年1月13日）

纸上清风指上禅，横生逸趣等闲看。
会心一笑图文里，抛却蓬尘得大千。

岁暮随想之一
（2018年1月13日）

方知岁月逝如烟，朝去暮来又一年。
往日瞬间抛脑后，新程即刻到跟前。
了无大事了无恼，半是空忙半是闲。
一介布衣归本我，自由自在自悠然。

岁暮随想之二

（2018年1月16日）

日落西山起暮烟，老歌新唱送流年。
吟风总在花开后，弄月何须雪降前。
有志探寻书里趣，无能拾取墨中闲。
友来相待不关酒，偶尔诗心赴沛然。

岁暮随想之三

（2018年1月17日）

苍茫世态渺如烟，送往迎来年复年。
功过常居先进后，去留时在晚生前。
曾经沧海难重越，依旧初心莫等闲。
夕照青山堪烂漫，云舒云卷总欣然。

岁暮随想之四

（2018 年 1 月 18 日）

瑞气祥云生紫烟，最欣回首是当年。
功成虽在新元后，劳作终于旧岁前。
敬业一生存苦乐，荣休半载未愁闲。
运来正值升平日，杯酒高歌自豁然。

欲　雪

（2018 年 1 月 18 日）

云低天欲暗，白昼似黄昏。
万岭寒烟覆，千江冷气沉。
开窗恐霾入，闭户惧菌侵。
切盼琼芳至，豁然地势坤。

寒　梅

（2018年1月19日）

风中独立数枝梅，疑是瑶池仙子栽。
最盼漫天飞雪舞，清香一袭报春回。

大寒晨见

（2018年1月20日）

大寒天不雪，微雨入今晨。
雾重遥岑渺，风轻近水浑。
层云藏曙色，深树掩鸣禽。
举目湖山老，心驰气象新。

寒雨乍停

（2018年1月22日）

寒雨三更歇，天公乍放晴。
风闲云雾绕，江静水波平。

随意寻庄蝶，何如慰逸情。
晨行纤道上，听鸟赋春声。

隆冬暖阳

（2018 年 1 月 23 日）

数九无冰冻，隆冬出暖阳。
江南风不度，山北雪难狂。
老树芊芊绿，新梅淡淡香。
谁言春未到，年酒已开缸。

列席省政协十二届一次会议有感

（2018 年 1 月 24 日）

其一

盛会今逢腊八临，时来春雪报佳音。
华堂依旧风光好，更看坐前人事新。

其二

腊月每逢年会临，嘉言妙语总温馨。
今来莫计曾经事，只道岁新人更新。

冬雨见晴

（2018年1月24日）

冬雨连连终见晴，无风无雪到平明。
阳升顿觉时回暖，雾散始知天更青。
岸竹竿摇三丈翠，庭梅蕊发十分情。
抬头树鸟声声唤，春在途中教我迎。

腊八雪

（2018年1月25日）

腊日知何意，六花欲拥门。
浑然来泰岳，洒脱自昆仑。
既使千山素，且将一水淳。
漫天辞岁雪，清气涤心尘。

次韵舜威兄诗

（2018年1月26日）

君来时正好，昨夜尔临门。
凝雨花间落，瑶林树上存。
西湖泛玉液，东海举琼樽。
直向春潮去，天人共竞奔。

望　雪

（2018年1月27日）

瑶树琼楼入碧空，周天寒彻妙无穷。
莽原渺渺驰银象，旷野茫茫奔玉龙。
槛外赏梅花正艳，炉前温酒火初红。
欲吟佳句知多少，此境原来亘古同。

雪夜与友人西湖山庄小聚

（2018年1月27日）

葛岭寒英覆，断桥凝雨稠。

素描揽秀苑，笔润望湖楼。

光景十年别，芳华一日收。

客来多快意，泼墨泛琼舟。

平明雪照

（2018年1月28日）

昨夜西风冽，琼林遍地栽。

银蛇盘玉阙，腊象卧瑶台。

本色留三界，流光入九垓。

平明为雪照，杖策久徘徊。

残荷不残

（2018年1月28日）

盖叶枯焦茎不残，犹存风骨立非凡。
冰欺雪压还坚韧，春发新莲更可观。

次韵明公大雪诗

（2018年1月29日）

潇潇洒洒向天公，望里江山总不空。
赤子程门曾立雪，魏王碣石尚流风。
雄鸡常唱九州白，大梦时歌四海同。
玉树纷然如画美，图成未忘植林翁。

贺省政协十二届一次会议胜利闭幕

（2018年1月29日）

久雪初晴时正好，今朝盛会立标高。
一腔心语如天籁，几代才人胜舜尧。

民主协商成特色，协同团结架金桥。
一年一度东风劲，春到江南分外娇。

造雪人

（2018 年 1 月 29 日）

有雪无人太寂寞，有人无雪不精神。
雪嬉人亦人嬉雪，笑看爷孙造雪人。

雪后作

（2018 年 1 月 30 日）

天公因作美，润物亦无声。
静水寒冰暗，寂山冻雪明。
庭梅含紫绿，野柳间黄青。
路有晨行者，引来几鸟鸣。

贺明公七七大寿

（2018年1月31日）

鹤松应有本，风雅自天成。
耕读于南亩，功名出菜茎。
才高山仰止，望重德宜行。
七七方初度，岁长老更青。

腊月十五月全食有记

（2018年1月31日）

百年一遇景观同，圆月何如隐碧空。
玉兔瞬时难待见，婵娟旋即脸羞红。
凭风坐地听松鹤，举酒对天向骏骢。
欲借人间光影好，琼轮高挂复恢宏。

品外孙女的年画

（2018年2月1日）

老人心事可谁知，稚笔成图令我痴。
画里过年常入梦，翻开记忆是儿时。

雪后访西溪

（2018年2月3日）

西溪雪后绘丹青，光景因时入画屏。
墨泼湖山浓亦淡，色描草木白还青。
对焦摄影人相似，行棹穿湾鸟不惊。
登上塔楼凭栏看，晓烟暮霭赋诗情。

重访玉山古茶场①

（2018年2月4日）

当年承指顾，语重且心长。

清韵追踪远，古茶遗梦香。

毛峰原产地，商贾互通场。

宏愿十年践，如今可剡章。

重访管头村②

（2018年2月4日）

春始之时访旧踪，清风一路入眸中。

穷乡僻壤经千变，绿水青山过百重。

乌石民居形色老，鸡豚腊酒味香浓。

休闲特色农家乐，堂上杯茶话习公。

---

① 金华市磐安县玉山古茶场为全国重点文物保护单位。2006年6月13日，时任浙江省委书记习近平到此考察，嘱当地"要保护开发好古茶场"。经过10多年努力，古茶场保护建设已初具规模，古茶场文化小镇被列入省级特色小镇创建培育名单。

② 管头村地处磐安、新昌、天台三县交界处的尖山镇，有1200多年历史。2006年6月，笔者曾随时任浙江省委书记习近平同志到该村考察。12年后笔者重游故地，管头村已成为声名远扬的"火山台地，空中乡村"。

赴市县慈善慰问
（2018年2月5日）

雪后阳生暖意浓，走村入户访贫穷。
无能待助伶仃子，有难需扶病老翁。
慈爱授人而悦己，善行济世且修功。
为求黎庶皆康乐，愿把微身献义工。

残雪暖阳
（2018年2月7日）

残雪碎冰尚未消，暖阳欲把冷冬抛。
刘郎不识梅花面，春已悄然缀树梢。

小 年^①

（2018年2月8日）

残雪方消尽，蓦然又小年。
梅开冬至后，酒备立春前。
社戏逢时火，人歌盛世喧。
相期除夕夜，举国庆团圆。

无 题

（2018年2月9日）

小年俄顷过，不意岁将阑。
日月升而落，冬春去又还。
桃符呈喜气，爆竹绽欢颜。
忽有使君至，堂前送吉言。

---

① 小年在各地有不同的概念和日期，北方地区为腊月二十三，南方地区为腊月二十四，苏浙沪地区还把除夕前一夜也称为小年。

健身跑步

（2018年2月9日）

黎明即起健身欢，万步长征兴正酣。
一路春风如助力，两行脚步不蹒跚。
跋山涉水当无畏，傲雪凌霜视等闲。
已逝芳华何再复，只期康乐伴年年。

咏　梅

（2018年2月10日）

将辞腊月起相思，欲折桥边花几枝。
傲雪娇身谁不觉，凌霜劲骨韵先知。
争春只为迎春早，斗艳何愁吐艳迟。
今我寻来清吟处，树前尽览咏梅诗。

岁杪得句之一

（2018年2月12日）

岁杪时怀旧，乡园梦里寻。
三阳升碧水，孤月照苍岑。
冬去花生色，春来鸟动心。
物华尚如是，谁不泪沾襟。

岁杪得句之二

（2018年2月12日）

夜静岁阑珊，倏然又一年。
昨还霜雪地，今已艳阳天。
闻鸟声声脆，观梅树树妍。
迎新辞旧日，不变是情缘。

岁杪得句之三

（2018年2月14日）

故岁明将尽，平身过小年。
桃符即刻换，春讯趁机传。
莫计曾经苦，当思往后甜。
今宵容我醉，从此得宽闲。

过大年

（2018年2月15日）

守岁遗风老，围炉夜不眠。
窗花摇倩影，烛火映欢颜。
春晚笙歌朗，大餐风味鲜。
酒酣人尽兴，一醉到明年。

除夕灵隐寺

（2018年2月15日）

千年名刹冠东南，除夕向来宜听禅。
鹫岭灵峰潜大隐，江潮海日赋名篇①。
天人相合堪同道，儒释交融可共参。
观景当如风景者，修身祈福两欣然。

元　日

（2018年2月16日）

元日今朝至，春天已主张。
惠风携润雨，柳树缀鹅黄。
辞旧词还在，迎新酒未干。
开篇时正好，乘兴写辉煌。

---

① 初唐宋之问《灵隐寺》一诗中有"楼观沧海日，门对浙江潮"之名句。

大年初一

（2018年2月16日）

一元方复始，快事便临门。
甘露悄然润，惠风次第温。
灵禽啼晓色，玉犬报佳音。
潮涌千层浪，梅开一树春。
徐徐升正气，浩浩荡埃尘。
物我同欢悦，诗声共与论。

戊戌年初二住乌村

（2018年2月17日）

乌镇有乌村，年来客满门。
民风纯似水，世味暖如春。
地野翁寻梦，境新稚发心。
恍如回故里，又见众乡亲。

早起乌村

（2018年2月18日）

乌村人起早，陌上静无尘。
耳畔清风老，眼前曙色新。
念怀过往事，影戏鸭鹅豚。
我本田家子，行来总觉亲。

夜乌镇

（2018年2月18日）

灯光月影两交融，时有欢歌入夜空。
水榭石栏人济济，红波绿浪棹重重。
星河尽是八方客，声电欲驰千里蓬。
天上人间谁最乐，稚童笑指老顽童。

枫泾古镇

（2018年2月19日）

吴越相邻久，枫溪万古流。
三桥百步里，十港一眸收。
市井新茶肆，廊棚老酒楼。
轻舟迎远客，烟雨载春秋。

悼念张浚生同志[1]

（2018年2月20日）

胸怀家国一书生，公事私情大有成。
问学争魁于闽浙，为官勤政始杭城。
香江已遂回归梦，求是仍留善治声。
忽报先生驾鹤去，顿教吾辈泪纵横。

---

[1] 张浚生同志曾任中共杭州市委副书记兼秘书长,是笔者在杭州工作期间的直接领导和良师益友。

嘉善巧克力小镇

（2018年2月21日）

小镇凭空出水乡，一时鹊起美名扬。
葱茏草木桃源梦，浓郁风情域外香。
生产流通甜蜜蜜，休闲行旅喜洋洋，
客来皆是开心事，亲子庆婚寻健康。

人日得句

（2018年2月22日）

开年方七日，春意已疏狂。
鱼虫初觉醒，柳枝半缀黄。
风和时雨润，梅艳众芳香。
人事谋新局，从今日渐忙。

老龙井御茶园

（2018年2月22日）

日前小饮御茶园，龙井如壶诉本源。
十八云华由帝赐，九溪碧浪自峰巅。
宋梅几树迎春暖，秦月一轮悬昊天。
人到此时谁不醉？皆因山水与林泉。

正月初八天大好

（2018年2月23日）

年来难得好晴天，一扫残云与暮烟。
葛岭松枝齐笑仰，灵峰梅朵共娇妍。
东君似报冬消尽，暖气欣回春渐酣。
犹有风光须放眼，浙江潮起更无前。

正月初九太阳升起后

（2018年2月24日）

天气因人好，春花为我开。
诗情奔眼底，画意入胸怀。
日暖江山丽，风清紫气来。
自然能妙造，何必剪刀裁。

浙师大校友恳谈会

（2018年2月24日）

年年今日会，倍觉用心深。
追昔同燃烛，抚今共感恩。
春风滋雨露，桃李长精神。
欲醉何须酒，情真更动人。

正月十二晨见

（2018年2月27日）

年味何曾去，暖阳已满门。
高山流水老，大地发春新。
风伴宫商曲，鸟鸣天籁音。
满屏梅得意，醉了赏花人。

正月十二夜雨

（2018年2月27日）

小楼听夜雨，窗外几分寒。
树老花零落，更深鸟自眠。
清风来又去，明月复而还。
物候随天律，阴晴一念间。

灵峰探梅

（2018年2月28日）

春到灵峰天亦纯，芬芳华露断无尘。
风推香海翻金浪，韵酿清醇举玉樽。
如画如诗如梦境，是梅是雪是精神。
重来又值曈曈日，人照此花花照人。

正月十三上灯节

（2018年2月28日）

日暖春山残雪消，东风舞动小蛮腰。
已闻寒树莺声起，又见冰河舟影摇。
月上中天方自在，阳生大地更逍遥。
上灯时节灯高挂，疑是银河落九霄。

夜游浦江东街

（2018年3月1日）

是夜如明昼，长街若泼银。
灯悬楼阁下，月挂府城门。
廛市访高隐，凤庭赏美人。
果然看不厌，妙在自然真。

戊戌元宵节

（2018年3月2日）

元宵今又是，依旧闹花灯。
灯照星汉外，花开不夜城。
中天无月缺，在地有龙腾。
人阵似潮涌，频传笑语声。

重游浦江嵩溪村

（2018年3月2日）

此间山水好，雨润物华新。
嵩麓鸣青鸟，清溪映翠林。
祠前逢耆老，巷后访孙昆。
欲问千年事，桥亭说古今。

酒村虬树坪①

（2018年3月3日）

雾渺云缥处，高悬一酒瓶。
泉从天际落，黍就山巅生。
好料宜欢伯，佳酿适隽英。
客来心自醉，风过鸟酩酊。

---

① 虬树坪地处浦江县最北部的高山之上，因盛产白酒闻名。

今日惊蛰

（2018年3月5日）

春光时缱绻，日暖薄衣衫。
梅朵红如血，溪云渺似烟。
黄鹂思鸣柳，紫燕欲穿檐。
昨夜初雷震，雨声伴我眠。

戊戌惊蛰适逢十三届全国人大一次会议开幕有作

（2018年3月5日）

岁月轮回曾几经，天公得意赋豪情。
因时树老枝抽蘖，顺势花新香满庭。
塞北风光犹向往，江南春色已分明。
人逢启蛰精神爽，遥望龙蛇起帝京。

二月春早

（2018年3月7日）

二月春回早，清风不用赊。
桃红花吐蕊，柳绿树抽芽。
月静颜如玉，阳升灿若霞。
闻香寻秀色，听雨煮新茶。

乍暖还寒

（2018年3月8日）

近来多雨水，乍暖又偏寒。
朝发嫌衣厚，晚归觉褥单。
清风依旧在，明月总回还。
一想开心事，春光便灿然。

西江月·三八妇女节

（2018年3月8日）

恰好风流绝世，正当本色芳华。美如皓月自天然，天下半边不假。

武治文功报国，相夫教子持家。从来巾帼似女神，今日行空天马。

春　愁

（2018年3月10日）

杏月犹如少女柔，花开丽艳惹春愁。
蝶蜂逐蕊翩跹舞，莺燕追香歌未休。
山野犹闻新牧曲，川平难见老黄牛。
时光已把容颜改，我自酣然作梦游。

晓　行

（2018年3月11日）

桃李芬芳杨柳青，晨风拂面好温馨。
人如早起凭先觉，鸟若迟来鸣不平。
锦瑟年华非永驻，辉煌岁月瞬无形。
一年最是春光好，莫负初心赶晓行。

小院农事

（2018年3月11日）

我原属布衣，稼穑未疏离。
辞仕归田去，新开地一厘。
夏时花满树，秋季果悬篱。
蔬菜适时种，过程全有机。
病虫勿用治，肥料见机施。
经历寒霜后，春来收获期。
鲜烹吃不了，腌制正其时。
干湿捏分寸，淡咸把适宜。
砂锅炖肉嫩，铁罐煮汤稀。
小饮就粗菜，临窗听鸟啼。
有劳才有乐，期颐应可期。

香　席

（2018年3月11日）

印庐设席只闻香，如许清芬满腑腔。
静室炉薰宜散虑，悠闲直觉入仙乡。

春日永福寺吃茶得句

（2018年3月12日）

寺从东晋始，法相总庄严。
华盖出尘世，梵音入广寒。
鸣泉能悟道，松壑亦通禅。
春日吃茶去，天真得自然。

入　春

（2018年3月14日）

一轮红日送朝晖，满目霞烟生紫微。
杨柳枝头闻翠鸟，桃花园里赏芳菲。

山青水绿辞霜去，云淡风轻迎燕归。

千里江南时正好，春光与我共相偎。

今晨雨后适逢全国政协十三届一次会议闭幕
（2018年3月15日）

好雨知时频举觞，歌山画水酿琼浆。

词风骀荡桃花苑，律韵轻柔杨柳乡。

北去龙蛇开大境，南归莺燕绕中梁。

人逢盛事心情好，喜得新诗共八行。

玉兰花
（2018年3月16日）

自信花开早，不须绿叶扶。

金风生玉骨，甘露养冰肤。

颜素添红秀，姿柔显雅儒。

暗香吹雨落，清气漫天铺。

梨　花

（2018年3月17日）

二月梨花舞，香来乱蝶飞。
风熏白荡海，雨浸粉墙闱。
林树谋枝茂，农人盼果肥。
莫争谁引领，万物自蕤葳。

大学同窗偶遇

（2018年3月18日）

窗友别离久，偶逢话佐杯。
笑言风韵老，莫道鬓毛灰。
往事当珍惜，少年不再来。
只求康且乐，家宴待君开。

桃 花

（2018年3月19日）

春满桃花树，飞红落海州。
东君曾识面，流水不知愁。
妙曼风行色，多情月满楼。
南山应景仰，寿者胜王侯。

梅 花

（2018年3月20日）

梅树本高洁，花开愈动人。
经霜生傲骨，见雪长精神。
名满群芳妒，岁寒三友真。
无言香自远，闻者便知春。

柳 花

（2018年3月20日）

树合鹅黄缀，花开流水香。
迁莺鸣乐曲，归燕舞霓裳。
细雨绵绵意，软风淡淡妆。
故人空折柳，今我为伊狂。

春 分

（2018年3月21日）

春季中分半，燕归柳色新。
花红如焰烛，树碧似青樽。
才过屯雷响，又闻布谷音。
烟村人起早，新土待耕耘。

樱　花[1]

（2018年3月22日）

历久弥珍贵，东瀛去复回。

原从山野始，竟向上林栽。

粉面羞羞阖，明眸楚楚开。

逢时多谢意，花雨满楼台。

茶　花

（2018年3月23日）

海榴颇耐久，故事总无穷。

树老青依旧，花开火样红。

曾经霜与雪，亦历雨兼风。

烂漫初心在，逢君一笑同。

---

① 樱花原产于喜马拉雅山脉，后传入长江流域，唐朝时期东渡日本。

杏　花

（2018年3月24日）

莺飞闲草长，梅落杏花新。
曾醉深山里，亦痴浅水滨。
晨曦描粉黛，夜月挹芳唇。
颜色随春去，流光不等人。

郊　游

（2018年3月24日）

踏青天正朗，偕侣探乡愁。
桃李争蜂蝶，鱼虫戏鹭鸥。
赏花情漫漫，摘果乐悠悠。
春酒三杯醉，家山入梦游。

春游八卦田

（2018 年 3 月 25 日）

宋时帝祚开尘境，宫外山南有籍田。

八片平畦栽稻菽，一湾浅水植荷莲。

花新不觉遗存在，风淡纷然故事传。

今日来寻龙虎地，适逢新史又开篇。

紫荆花

（2018 年 3 月 27 日）

花团何锦簇，南国藉春风。

不去蓬莱阁，偏来乡野中。

疏林间紫色，无叶缀桃红。

寒食悄然近，观山兴已浓。

李 花

（2018年3月28日）

李花元自白，一贯以清欢。
著色纯如雪，持身素若禅。
时同桃起舞，偶与蝶翩跹。
爱惹游人醉，成蹊却不言。

新湖香格里拉观感

（2018年3月28日）

湖新山老共相酬，鸟自高飞鱼自游。
满垄花香能醉我，此身疑是到瀛洲。

杜鹃花

（2018年3月30日）

节临寒食近，时到子规啼。
暖树深如雪，晴花赤似旗。

丹山穿紫燕，红雨洒青溪。
最是香飘处，君来酒满厄。

春 暖

（2018年3月31日）

日丽河山秀，风和草木滋。
雨过谁不觉，晴暖我先知。
云水看新画，林泉读旧诗。
江南天转好，行咏莫迟迟。

阳 春

（2018年4月1日）

阳春三月里，草木竞芳华。
颜色何曾似，芬香各自夸。
燕穿杨柳树，蜂醉碧桃花。
踏履青郊外，松风煮雨茶。

清明前三日扫墓

（2018年4月2日）

又到节临寒食时，坟前三拜寄哀思。
亲恩如海未曾报，欲表孝心已愧迟。

永康华溪咏怀

（2018年4月3日）

华溪日夜向东流，历尽沧桑无数秋。
铸鼎轩辕留圣迹，躬耕虞舜在山丘。
代传人杰为康永，天贶地灵属丽州。
入夜又闻旧时雨，恰如春水诉乡愁。

建德胥岭油菜花

（2018年4月3日）

胜日来胥岭①，漫山油菜香。
岑峦披玉翠，坡地叠金黄。
游客观光热，主人煮酒忙。
花间多旧忆，空谷载辉煌。

明前有雨

（2018年4月5日）

昨夜明前雨，细声唤故人。
高山含泪眼，流水洗心尘。
节候常如故，物华时换新。
先贤曾托梦，今日已成真。

---

① 胥岭，因春秋战国时期吴国大夫伍子胥曾路过此地而得名。从岭尖到山脚有一
条千年古官道，其间存有胥峰、胥溪、胥渡、子胥庙等历史遗迹。

清明雨后作

（2018年4月6日）

清明是个愁，雨后竟如秋。
花落莺空啭，山寒水独流。
踏青谁忍去，祭祖泪难收。
岁岁曾相识，悲声染白头。

悼念卢坤峰先生

（2018年4月6日）

谁妒英才恨不公，西湖昨夜起悲风。
画坛痛失高标士，仙界平添翰墨翁。
竹骨分离尘世外，兰魂契合鬼神中。
人天相隔阴阳界，欲寄哀思仰绝峰。

贺杭州国画院成立五周年

（2018 年 4 月 10 日）

画坛新苑庆芳年，捷报纷飞成大观。

老骥挥鞭歌浩浩，雏鹰奋翅舞翩翩。

笔精墨妙江山秀，虎啸龙吟时代篇。

一路放怀追梦去，高原之上夺峰巅。

四月天

（2018 年 4 月 10 日）

人间四月好，朝日满晴辉。

紫燕堂前绕，黄鹂树上飞。

花繁芳草盛，水碧野鱼肥。

极目春江暖，踏青时莫违。

晴　日

（2018年4月11日）

晴日天刚晓，清风便叩门。
云霞迷大野，雨露挹轻尘。
蜂恋千重色，鸟鸣万籁音。
寻芳须赶早，阳月已春深。

卜算子·春暮

（2018年4月12日）

细雨裹斜风，浓雾锁烟树。水汽氤氲今早晨，花落知无数。
布谷唤银莺，童稚骑黄牯。遥想乡园春暮时，景在蛙鸣处。

水调歌头·金华地委老同事重聚

（2018年4月15日）

往事逝如水，岁月总峥嵘。三十五年过去，念念在心中。曾是初生牛犊，正值蹒跚起步，从政路朦胧。俯首求相教，拱手仰师兄。

承天运，接地气，借春风。耕种一方热土，别后各西东。走过冰霜雪雨，收获秋冬春夏，青壮竟成翁。旧梦长相忆，未敢忘初衷。

浙师大校庆节[①]

（2018年4月16日）

庠序三分域，芬芳四月天。
春风醉桃李，学子乐开颜。
歌咏新时代，心期好梦园。
鹏程千万里，奋翅再争先。

[①] 4月16日是浙师大一年一度的校庆节。校庆节是师大人的节日，金华、萧山、杭州三个校区共同庆祝。

谷雨得句

（2018年4月20日）

转眼芬菲尽，倏然入暮春。
青山相对久，流水不留痕。
夹岸花容易，临江树色深。
热风吹暑气，谷雨煮茶淳。

贺卢乐群艺术馆开馆

（2018年4月20日）

千载人文府，再开新殿堂。
满房陈纸贵，四壁溢书香。
墨舞江山秀，笔歌云水狂。
于斯为大雅，国粹正重光。

高姥山看杜鹃花

（2018 年 4 月 20 日）

又到磐安四月天，山花烂漫满晴川。
热风红雨羊毫下，占尽春光是杜鹃。

次韵明公高姥山作

（2018 年 4 月 21 日）

白云生处鸟声频，满目芳华带雨新。
如火杜鹃堪烂漫，临风岩壑绝无尘。
盘峰已许庄生梦，高姥犹存望帝春。
昨住仙乡浑不觉，卧看云汉启星辰。

石榴花

（2018 年 4 月 24 日）

庭前一棵树，原本住山崖。
时雨润虬干，好风发嫩芽。

花开红胜火，籽结密如麻。
待到金秋日，果甜谁不夸。

紫荆公园油菜熟了
（2018年4月30日）

冬时播种发新芽，春到花开灿若霞。
雨露阳光催果熟，子生圆满报东家。

晨钓者
（2018年5月2日）

河边独坐是闲人，不钓游鱼不钓春。
春去夏来浑未觉，无鱼钓起亦无嗔。

无　题

（2018年5月3日）

春光何必去匆匆，惹得佳人愁几重。
所幸一番风雨后，深林依旧鸟鸣中。

无　题

（2018年5月4日）

桃李落红梅子青，晓风残月看分明。
江南目断春归去，留得蛙声与我听。

立夏逢雨

（2018年5月5日）

时临立夏不须猜，小麦欲黄莲欲开。
忽地风携连夜雨，残春归去又归来。

紫金港河桥

（2018年5月7日）

小桥一卧自从容，流水向来不记功。
春夏秋冬从此去，载人无数过西东。

晨过紫金港河桥

（2018年5月8日）

清晨独步过桥头，烟雨迷蒙草木幽。
偶有小船桥下过，蓦然惊起几凫鸥。

初中毕业五十周年同学聚会

（2018年5月9日）

五十春秋弹指间，曾经往事仍新鲜。
心纯易立鸿鹄志，势乱难成学业篇。
岁月无私天不老，人生有谊梦常牵。
今宵把酒心同醉，依旧率真如少年。

仙都感怀

（2018年5月10日）

孤峰谁架鼎？始祖乃轩辕。
灵水腾龙虎，神山聚帝仙。
登临无限意，回望万千年。
一脉成今古，九州自昊天。

首次参加初中同学会

（2018年5月10日）

五十年来未敢忘，重逢不识少时郎。
花名册上曾经在，开口依然是旧腔。

汶川大地震十年祭

（2018年5月12日）

天裂水无底，地崩山倒悬。
生民临死别，举国竞驰援。

精卫惟填海，女娲只补天。

汶川十年祭，奇迹在人间。

母亲节哭母亲

（2018年5月13日）

可怜世上谁无母？大爱如天天击筑。

劳作一生添病疾，寒灯半夜勤缝补。

不知回报不知愁，若得收成若得福。

跪乳羔羊悔已迟，我心如泣亦如诉。

春末夏初

（2018年5月13日）

莫叹春归去，榴花照样红。

游凫不避雨，飞燕总迎风。

油麦城边熟，杏梅郊外丰。

季节轮回过，时光交互中。

参观南湖浙江红船干部学院

（2018年5月15日）

开天辟地敢为先，大国泱泱第一船。

主义引航凭奋斗，红旗指向为黎元。

改朝换代沧桑史，守正出新时代篇。

今日我来多快意，南湖薪火已燎原。

我省某地气温突破四十摄氏度有感

（2018年5月17日）

骤来酷热欲昏昏，若见儿时梦亦真。

井水香瓜犹解暑，棒冰才卖两三分。

访韩天衡美术馆

（2018年5月18日）

清风来沪上，人境豆庐深。

室雅藏瑰宝，德高献国珍。

有文多逸事，无物不佳闻。
谈笑忘归处，溯源一脉春。

观曾宓先生书法作品展
（2018 年 5 月 18 日）

挥毫知率性，落笔见天真。
无意临他帖，存心创自身。
文言同有趣，书画共通神。
清静消烦扰，悠哉散淡人。

过径山寺
（2018 年 5 月 23 日）

名刹何其老，青山共白头。
烟云藏日月，松竹掩宫楼。
故国禅尊祖，扶桑道谓瓯。
斯来寻古意，一脉续千秋。

小友招饮桃源村

（2018年5月25日）

晚来拾级上庭轩，人境却无车马喧。
好友相招何用酒，惟能醉我是桃源。

南雁荡山

（2018年5月28日）

雁荡分南北，风光有异同。
既兼衡岳秀，亦得岱宗雄。
危石多名状，洞天三教融。
时来寻化境，山雨忽空蒙。

苍南渔寮

（2018年5月28日）

旧地重来逸兴高，清凉境界自逍遥。
舟帆点点寻常见，朝看日出夜枕涛。

永昌堡怀古[①]

（2018年5月28日）

似见狼烟起海疆，倭夷犯我太疯狂。
可怜百姓遭涂炭，堪敬二王自筑墙。
将士同歌驱寇曲，兵民共写保家章。
当年故垒今犹在，国恨绵绵不可忘。

再访洞头

（2018年5月29日）

江尾海之头，碧流拥绿洲。
一桥通百岛，四季若三秋。
石怪堪惊鸟，波平可驾舟。
我来思不去，无酒亦消愁。

---

① 坐落于温州市龙湾区永中街道的永昌堡，明嘉靖年间为防倭患，由邑人王叔果、王叔杲等人筹资兴建。堡呈长方形，南北长778米，东西宽445米，高8米。虽经400多年风雨沧桑，主体建筑仍保存完好，现为国家重点文物保护单位。

陪外孙女过六一
（2018年6月1日）

爷孙共过儿童节，孙尽兴来爷乐天。
人有童心不会老，晚年正好是玩年。

高考随想四章
（2018年6月9日）

其一

考试何须下苦功，敢交白卷是英雄。
当年多少荒唐事，今日想来如梦中。

其二

不是科班不算才，千军独木亦堪哀。
条条大道通罗马，岂有人生无舞台。

其三

十二寒窗今出招，如林高手比低高。
人生考试方开始，腹有诗书气自豪。

其四

成王败寇太牵强，一考终身谁主张。
有志方为千里马，无才不是状元郎。

次韵舜威兄端午前二日诗
（2018年6月16日）

人逢知己举杯高，总有诗心当自豪。
醉看汨江东逝水，流风不尽是离骚。

端午感怀
（2018年6月18日）

汨江日夜流，难载古今愁。
三闾舍生死，九歌怀苦忧。
雄黄驱鬼蜮，夔鼓号龙舟。
清梦依然在，年年到楚州。

第二届中国阳明心学高峰论坛于绍兴闭幕

（2018年6月18日）

越士多思哲，守仁集大成。

立身三不朽，悟道独知行。

学说分流派，本源共续赓。

此心如唤醒，便见大光明。

游柯桥兜率天宫景区

（2018年6月19日）

天贶稽山老，地修兜率新。

清风吹法雨，朗日照祥云。

禄仕祈腾达，苍生盼庇荫。

我来非拜佛，只是觅初心。

次韵金师明公端阳作

（2018年6月20日）

年轻未觉岁匆匆，过了六旬知不同。
才别阳春花欲火，便来梅季雨兼风。
天随人愿终为假，事与愿违常变空。
该放下时须放下，莫如归去做闲翁。

纪念改革开放四十周年
"浙商文化寻根之旅"今启动

（2018年6月21日）

谁持巨笔写辉煌，四十年来数浙商。
一遇阳光便灿烂，每逢风雨亦昂扬。
穷能先改无成有，富可重生大变强。
超越前人看来者，漫随时代启新章。

戊戌自寿

（2018年6月24日）

白驹过隙疾如梭，岁月平添两鬓皤。
自信初衷尚未改，可怜意气渐消磨。
别无要事忧烦少，偶有帮闲快活多。
沧海曾经还是水，人生不过一微波。

夜宿普陀山息耒小庄

（2018年6月29日）

念想名山久，昨来夜未深。
入怀云有意，触目月无尘。
法雨临沧海，梵音入翠岑。
梦中清静地，到此竟成真。

仲夏登洛迦山

（2018年6月30日）

洛迦朝圣地，万古卧观音。
海气环舟棹，山光绕晓昏。
拾阶风不觉，登顶雨淋身。
未谒高僧墓，已然见本心。

陪外孙女朱家尖玩海

（2018年7月1日）

周末来玩海，人如饺子多。
追波逐浪者，尽是小儿科。

仲夏惊雷

（2018年7月5日）

冲天一震是惊雷，白雨跳珠扑面来。
忽报钱江夜潮起，耳边风月又相催。

戊戌小暑

（2018 年 7 月 7 日）

小暑随天意，合时待出梅。
晓风消湿气，夜雨涤尘埃。
南地稻将熟，北塘荷正开。
蝉蛙声又起，诗兴自然来。

崇明岛一瞥

（2018 年 7 月 8 日）

长江大门户，东海小瀛洲。
纳吐千山水，航通万里舟。
晨来迎日出，暮去送霞流。
郭外无尘地，望中吾所求。

老友重逢

（2018年7月9日）

欣逢老友话如潮，共说当年兴更高。
斟满离愁壶里尽，豪情再上九重霄。

纪念改革开放四十周年

（2018年7月10日）

万里江山万里春，鼎新革故扭乾坤。
卅年巨变看中国，信是今人胜古人。

天临六月

（2018年7月13日）

天临六月好，光景不须裁。
梅雨悄悄去，新风款款来。
彩霞朝日绕，菡萏向阳开。
月照深林里，竹声入我怀。

晨光万道

（2018年7月15日）

谁写苍穹成画图，晨光万道碧云铺。
不须人手添颜色，妙得自然惊世殊。

今朝入伏

（2018年7月17日）

今朝入伏合天时，赤日炎炎谁不知。
盼有清风能惠我，蛙声几许亦如诗。

外孙女生日

（2018年7月20日）

孙女届垂髫，庆生兴致高。
暖风迎凤鬻，露雨润花娇。
把酒邀明月，泛舟听夜潮。
几多如意事，至乐在今宵。

戊戌大暑

（2018年7月23日）

天机谁不信，"安比"遁无形。

风过炎云湿，雨消热气蒸。

人心烦暑燠，草木苦干晴。

夏伏宜晨练，蛙声尤动听。

夏　雨

（2018年7月26日）

夏雨骤来真及时，风携快意几丝丝。

犹如枯木逢甘露，恰似江郎发好诗。

积揽湖光还潋滟，遐观山色复参差。

云遮月影清凉夜，闪电携雷戏墨池。

午 日

（2018年7月31日）

午日当空照，伏云似火烧。
塘河水温热，岸树叶垂凋。
几度汗衣湿，整天电扇摇。
此时无所欲，惟盼爽风飙。

不期晨雨

（2018年8月1日）

不期晨雨至，润泽若甘霖。
珠跳随人喜，线斜逗鸟欣。
流风吹湿土，静水涤愁云。
时节还炎暑，秋声已可闻。

荷

（2018年8月4日）

西湖六月晴，菡萏立婷婷。
翠接无穷碧，香漫别样馨。
凌波真国色，戏水小蓬瀛。
更待黄昏后，风荷共月明。

戊戌立秋

（2018年8月7日）

昨夜临时雨，今朝已立秋。
微风难解意，残伏未曾休。
稻熟闲人少，莲青看客稠。
偶闻桐叶落，白发系乡愁。

青海塔尔寺

（2018 年 8 月 11 日）

格鲁开宗寺，宗喀传盛名。
天青日朗耀，地净月光明。
学艺传三绝，修禅度众生。
菩提原是树，累世自通灵。

青海茶卡盐湖

（2018 年 8 月 12 日）

谁设天之镜，穹苍湖上浮。
云霄沉海宇，河汉起蜃楼。
自古荒蛮地，而今美丽洲。
秋来时正好，朗日照行舟。

又到青海德令哈

（2018 年 8 月 12 日）

海西千万里，小别又重回。
不为风光美，只因人事催。
高原能聚宝，大漠可生财。
此行情更迫，恰逢国运开。

甘肃张掖平山湖大峡谷

（2018 年 8 月 14 日）

无湖无水起波峰，万古奇观血染红。
险壑危丘浑不觉，我来如坠太虚中。

张掖七彩丹霞

（2018 年 8 月 15 日）

油彩抹成七色霞，更将神韵赋丹崖。
赤橙黄绿青蓝紫，人物山川虫鸟花。

地力万钧喷炬火，天工千古舞龙蛇。

日光月影长观照，壮美雄奇谁与赊。

雨中游嘉峪关

（2018 年 8 月 15 日）

堂堂天下一雄关，威震河西六百年。

故事由来谁记得？游人冒雨共流连。

《又见敦煌》观后感

（2018 年 8 月 16 日）

如歌如泣说敦煌，穿越千年见汉唐。

出使首推张使者，开明莫过李明皇。

经书万卷曾埋土，浴血几经作战场。

时代又开新丝路，古城雄起架津梁。

敦煌鸣沙山
（2018年8月16日）

借得先天力，聚沙成鏊丘。
横山风啸暑，纵鏊鸟鸣秋。
寺野林泉静，水深云月流。
客来寻旧忆，坐骑是驼舟。

敦煌月牙泉
（2016年8月16日）

造化由天地，此间得妙玄。
碛丘无淡水，戈壁有咸泉。
月影随泉动，泉声伴月闲。
流沙因止步，游客竟忘还。

敦煌莫高窟

（2018 年 8 月 18 日）

雪岭多窟洞，洞窟数莫高。

飞天腾盛世，壁画聚纤毫。

瑞兽凌穹顶，灵禽傲碧霄。

千年遗迹在，依旧领风骚。

喜得《永康文艺丛书》

（2018 年 8 月 21 日）

丛书十卷始成文，扑面乡音亦醉人。

下里阳春皆绝妙，读来尽是长精神。

忽来晨雨

（2018 年 8 月 22 日）

忽来晨雨忽来风，秋未到时花照红。

稍有几丝凉爽意，雷声过后又晴空。

戊戌处暑

（2018 年 8 月 23 日）

炎暑终归去，天时日渐凉。
晨风吹爽气，暮雨起微茫。
月影荷花落，蝉鸣桂子香。
三秋应不远，农节①待登场。

戊戌中元节

（2018 年 8 月 25 日）

人老哪能不恋乡，中元时节倍怀伤。
可怜今夜无圆月，遥寄先人一炷香。

① 从 2018 年起，每年秋分日为中国农民丰收节。

浙江省暨温州市"中华慈善日"
慈善嘉年华活动今日启动

（2018年9月1日）

鹿城今日尽旗旌，慈善又将佳节迎。

盛典何须庆典酒，开心莫过热心亭。

聚沙为塔非神话，积少成多济众生。

洒向人间都是爱，更看天道正酬勤。

又宿建德

（2018年9月13日）

又来清丽地，顿觉已秋凉。

薄雾遮云影，清江泛月光。

推窗风拂面，弄棹露沾裳。

客酒今宵醉，相携入梦乡。

戊戌秋分

（2018 年 9 月 23 日）

今日秋分半，晓昏平短长。
衣单稍觉冷，露重未凝霜。
邀月弄清影，举杯映逸光。
人生如过客，来去总匆忙。

戊戌中秋

（2018 年 9 月 24 日）

冰鉴悬云汉，蟾光照海州。
团团圆国梦，满满寄乡愁。
目极天工境，神交物外游。
潮声携瑞气，伴我入清秋。

"万年浦江"全国中国画（工笔）作品展

（2018年9月26日）

丹青迎盛世，国展显风流。

墨舞真和美，笔工精与优。

情怀如海阔，佳作似星稠。

艺道无穷尽，年年更上楼。

西湖之畔午后掠影

（2018年9月29日）

天高云淡任疏狂，细柳和风共夕阳。

山色湖光皆入镜，天生丽质不须妆。

陪外孙女西溪摘柿子

（2018年9月30日）

八月秋风起，西溪柿正红。

横悬清水畔，直挂碧空中。

乘兴来收果，得闲暂效农。
辛劳终有获，老少乐无穷。

昨夜住千岛湖
（2018年10月5日）

水涵月影汉星疏，席地幕天成画图。
坐看湖山人自醉，直将秀色作屠苏。

戊戌寒露
（2018年10月8日）

时节至寒露，夜凉梦觉长。
江山还本色，天地换新装。
才赏田荷艳，又闻寺桂香。
秋生无限意，令我倍思乡。

学画墨竹有感

（2018年10月13日）

墨竹千年矣，写君若写人。
清风怀直节，落笔出精神。
我乃后来者，可怜难入门。
如何师造化，抑或得天真。

老来学书画

（2018年10月14日）

莫言岁月已黄昏，老大犹当后学人。
竹菊梅兰浓淡妙，草真隶篆线条真。
墨生五色方生气，木入三分始入神。
不为浮名为自乐，怡情养性益心身。

戊戌重阳

（2018年10月17日）

人生何易老，岁岁有重阳。
忆往心如烛，抚今发满霜。
庭中观月白，槛外闻花香。
向晚怜秋色，初衷未敢忘。

学书画偶得

（2018年10月22日）

露重秋深叶正黄，落花时节作书郎。
竖横撇捺从头起，曲直密疏逐日长。
白发青丝同得益，先生后学共相彰。
老夫何计黄昏近，趣墨人生赋夕阳。

戊戌霜降

（2018年10月23日）

霜降报深秋，江天竞自由。
丹山添雪色，碧海起云舟。
雁舞风花路，蝉眠月白洲。
岁华如逝水，日夜向东流。

咏　竹

（2018年11月6日）

品高凭有节，名重藉虚心。
沐雨滋华露，栉风洗滓尘。
玉枝添散逸，锦箨感隆恩。
长作东篱客，不思入上林。

"千载清风——古代墨竹名迹展"观感

（2018年11月6日）

画坛多幸事，高古有遗踪。

墨竹千般态，知君一脉通。

虚心堪比德，劲节自凌空。

物我何无隙，因承与可风。

偶染感冒久治不愈

（2018年11月12日）

微雨连绵冷湿交，逆风野柳亦无愵。

随形老去知无觉，利势流疴染未消。

迟暮时光催短景，历霜岁月尽妖娆。

梦中鼓角何悲壮，唯愿兹身再射雕。

浙师大同学开化聚会有寄

（2018年11月17日）

窗友相携侣，同游浙水源。
开怀抒旧事，尽兴道新颜。
无奈微疴染，未能共与欢。
初心依旧是，再聚待来年。

浙师大同学开化聚会再寄

（2018年11月17日）

乡间宜雅聚，胜似武陵源。
流水皆随意，青山尽笑颜。
语长何散虑，情重合同欢。
他日如相见，依然是少年。

戊戌小雪

（2018 年 11 月 22 日）

风动霜林乱，雨停篱菊残。

惊鸿自塞北，寒冷度江南。

无事偷闲乐，有朋呼酒酣。

同吟天欲雪，共与送流年。

感恩节适逢爱心助残慈善晚会

（2018 年 11 月 22 日）

天地无私欲，人间有爱心。

善行济残弱，慈举济清贫。

义重为仁者，情深作德邻。

感恩因你我，浩气荡乾坤。

省慈善联合总会首次书画联谊雅集

（2018年11月26日）

吴山迟日丽，雅集兴方浓。

慈爱藏心底，善行出笔锋。

画传时代梦，书赞主人公。

广庇贫寒者，斯文竟可风。

题兰竹石图

（2018年12月3日）

志远格高香在骨，岁寒三友习相同。

万古如斯青翠色，清气满怀君子风。

戊戌大雪时节逢雨雪

（2018年12月7日）

大雪节逢凝雨飞，玉沙飘舞送冬归。

莫干山上披琼树，西子湖中隐翠微。

兰叶未残将蕊绽，梅花犹艳若芳菲。
六花正把丰年兆，一派清华向熠辉。

记戊戌杭城第一场大雪
（2018 年 12 月 9 日）

凝雨连宵落，醒来雪满门。
庭前草木白，窗外璇花纯。
玉蕊堪消日，琼英不阻春。
自然循大律，造化亦由人。

题兰花
（2018 年 12 月 15 日）

幽兰自空谷，涧草乃前身。
无论移何处，暗香总动人。

戊戌冬至

（2018 年 12 月 22 日）

冬至无冬雪，云垂晓日曛。

曦光生紫气，暝色照青林。

辞岁尚还早，春声已可闻。

遥思来去路，天地与时新。

冬夜踏月得句

（2018 年 12 月 23 日）

月落溪山霜满天，西风起处夜生寒。

可怜河畔花无语，唯有野津横钓船。

辞旧迎新随想

（2018 年 12 月 30 日）

又迎新雪送残年，代谢从来顺自然。

仕道曾游劳理想，居家无事觅清闲。

大国逢时兴盛世，小区应运列平安。

如棋世事谁能料，似梦人生自可参。

雪　后

（2018年12月31日）

昨夜竟然出六花，潇潇洒洒自天涯。

银蛇蜡象惊堪舆，玉宇琼楼泛舟槎。

曲径通幽林树直，寒江钓雪渔竿斜。

炉前席上看光景，待客最宜诗酒茶。

2019中国（杭州）新年祈福走运大会

（2019年1月1日）

年年行大运，健步浥轻尘。

瑞雪才辞旧，祥风便布新。

入怀千里秀，放眼万家春。

祈福顺民意，江山属主人。

水南半隐

（2019 年 1 月 3 日）

难得休闲到水南，自然文物两相怜。
幽兰无语流香韵，秀竹有声挽翠颜。
偶尔柳莺鸣绿浪，不期雪月印庭轩。
轻舟数点浮云里，山色湖光半隐间。

戊戌小寒

（2019 年 1 月 5 日）

小寒今日至，雨雪亦微芒。
南国花依旧，北疆玉作妆。
村烟临岁近，游子梦还乡。
越水浮生色，梅红待柳芳。

午过湖州大东吴大厦

（2019年1月5日）

大观如绝壁，双子立高楼。

临水自天目，凭栏向海洲。

青山凝雨雾，白发诉乡愁。

杯酒青春烈，相期再共游。

于太湖参加2018善财汇年度盛典暨领袖峰会

（2019年1月6日）

夜住太湖烟雨寒，苍茫夜色渺无边。

洞庭月没天将雪，蓬岛灯明人未眠。

吴越争雄成旧史，鸱夷①行善又承传。

今朝再续爱心曲，为使贫民生笑颜。

---

① 鸱夷即范蠡。春秋时期,功成名就的范蠡化名改姓为鸱夷子皮,三次经商成巨富,三次散财济贫民,可以说是中国经商和行善的鼻祖。

临近岁杪感怀

（2019年1月7日）

劳碌天生定，无官事亦忙。

闻鸡还健步，对月偶吟觞。

务实消时短，赋闲伴日长。

情怀依旧在，伏枥不须缰。

老年大学紫金港分校期末雅集

（2019年1月11日）

祥风瑞气满闲庭，雅集欣将己亥迎。

写福写联写春梦，画兰画竹画秋声。

艺文未必谁专属，大器安知可晚成。

功利从来非我爱，唯其翰墨最钟情。

省慈善联合总会新春公益答谢晚会

（2019年1月11日）

年会并非只贺新，还因答谢善行人。

捐钱捐物捐能量，献艺献文献福音。

史载慈悲无贵贱，承传功德有精神。

普天之下皆兄弟，大爱泱泱贯古今。

上海第二十五届"蓝天下的至爱"慈善晚会①

（2019年1月12日）

至爱今宵汇，泪流情不禁。

申城开旋律，吴越荡回音。

异地同扶困，互联共济贫。

善行无地界，一体可多赢。

---

① 此次晚会邀请苏浙皖的慈善总会、慈善联合总会会长参加，共同启动长三角"慈善之星"评选和媒体慈善公益联盟，标志着向"长三角慈善一体化"迈出了重要一步。

开化岁末行

（2019 年 1 月 14 日）

春雨未来华露生，微风伴我岁末行。
山青水绿人依旧，柳拂莺飞花欲明。
连巷楼房接远岫，夹江灯火映疏星。
根雕佛国应无二，梦里桃源始见成。

赴开化常山节前慰问

（2019 年 1 月 14 日）

戊戌年将尽，三衢例走亲。
串村访贫困，入户问寒温。
推究治根计，缺劳多病身。
吾为农家子，无职亦忧心。

贺徐小飞墨竹作品展

（2019年1月16日）

墨竹重开展，适时值暮冬。
枝捎春信息，节带绿纱笼。
细品精神韵，雅怀笔墨功。
知君如写德，一派古人风。

戊戌岁杪有感

（2019年1月17日）

浑浑噩噩度流年，愧向人前说大千。
卸任方知堪乐道，居家未必只休闲。
且行且走且寻趣，亦艺亦文亦问禅。
好运奔来全不觉，回头一望泪潸然。

读徐小飞《瓦釜集》

（2019 年 1 月 18 日）

人生铸儒贾，天地作诗心。

落笔情怀老，入篇格调新。

听声观泰宇，循律入泉林。

瓦釜何能及，斯文启后昆。

省慈善联合总会慈善团拜会

（2019 年 1 月 18 日）

中午日光明，相招众弟兄。

既酬贫弱者，亦谢义工兵。

呵护千般爱，关怀无限情。

人人行善举，冬日亦温馨。

观中华姓氏图腾艺术展

（2019 年 1 月 19 日）

泱泱华夏族，姓氏尚图腾。
雅篆高人创，斯文奕代承。
宗亲存广证，玄鸟历深耕。
溯源归一脉，世泽润家声。

戊戌大寒

（2019 年 1 月 20 日）

前日暖阳才露身，今朝微雨又临门。
趋淡节风归旧部，渐浓年味属新人。
老叟何愁薪贵贱，稚童更喜雪缤纷。
大寒岂可无杯酒，一梦醒来便是春。

闪腰有感

（2019 年 1 月 22 日）

近来华盖运相交，稍不留神竟闪腰。
七尺儿男强忍痛，一家主妇尽心操。
平常本属无情物，患难磨成柳叶刀。
自己方能防未病，逸劳有度莫超标。

无　题

（2019 年 1 月 23 日）

岁暮晴真好，和风兆瑞祥。
阳生香雪海，月落水云乡。
写福趋时尚，衷情恋旧章。
友朋如惦记，掌上吐衷肠。

爱女生日

（2019年1月23日）

又逢爱女庆生辰，屈指已经卅六春。
孔雀开屏谓王者，芙蓉出水是花神。
人无伟业强专业，家有千金胜万金。
何幸老夫堪富足，天伦之乐最开心。

咏　梅

（2019年1月25日）

墙角横枝瘦，寒来先识君。
雪中埋玉骨，霜里铸冰魂。
四雅当为首，一生无俗痕。
非同桃李色，花开独报春。

新华书院迎春雅集

（2019年1月27日）

蕙兰浮水石，绿萼缀芸窗。
古淡杯中茗，时兴盏里香。
正宗昆曲老，地道律诗长。
来者皆文友，琴声伴酒觞。

今日小年

（2019年1月29日）

腊月晴无雪，江南过小年。
墙梅开欲醉，河柳拂如烟。
辞岁应欢喜，迎春更惜缘。
天公何有待，世味庆团圆。

咏　兰

（2019年1月29日）

幽居原在野，散淡入华堂。

茎叶不争宠，蝶花总斗芳。

心心湘水静，念念楚骚狂。

若个真君子，竟留千古香。

除夕与立春同日

（2019年2月4日）

辞岁巧逢天立春，和风细雨浥清晨。

钱塘江上头潮起，灵隐寺中紫气临。

竹立千竿流绿意，梅开数朵送香芬。

百年一遇龙花会，盛世新开幸福门。

守 岁

（2019年2月4日）

今宵兴守岁，一夜两分年。
鞭炮零星起，雨花纷乱添。
荧屏皆好戏，柴桌尽欢颜。
家酒心中醉，此风千古传。

己亥年初二得句

（2019年2月6日）

一元方复始，万象即更新。
松竹吟君子，梅兰赋丽神。
逍遥观景者，乐道画中人。
访客携春至，相招酒满樽。

居家偶得

（2019年2月7日）

时光如逝水，岁月不留痕。
解甲归来早，已经第二春。
开年了无事，闭户少出门。
旧宅未修好，租房暂寄存。
仁里熟人少，社区曲径深。
闲庭逢陌客，隔壁遇芳邻。
寒庐墙柳翠，陋室桌梅新。
微雨开清境，细风去俗尘。
爱人总相敬，儿女更知尊。
府上嘘寒少，掌中寄语真。
常为烧涤妇，偶作扫地僧。
秉烛爬格子，闻鸡炼身心。
无时看报纸，每日读新闻。
玩友期相聚，相交因墨亲。
摹临王赵帖，仿效李杜文。
迎客开陈酿，举杯醉故人。
与人勤劝善，于己守常伦。
参政知言少，建言自愧贫。
少时思动静，到老念晴阴。
对镜青丝白，回看夕照沉。
浮名终忘却，但得等闲身。
灯下风华老，指间双眼昏。

平生何所得，唯有精气神。
高义依然在，初心共与论。
未了当年志，复兴看后昆。

细雨中游西溪

（2019年2月8日）

开年伊始访西溪，细雨迷蒙车马稀。
雪影芦花谁所见，画桥烟柳又何栖！
岂无碧水迎风笑，偶有人声和鸟啼。
莫怪浮霾遮望眼，阳春与我共相期。

永福寺吃茶

（2019年2月9日）

相邀吃茶去，携侣寺中行。
僧纳人文气，禅修高士情。
围炉谈逸事，品茗听松声。
君子淡如水，何劳用酒烹。

年初五请财神

（2019年2月9日）

大年初五请财神，命运从来靠自身。
富贵由天非听我，清欢才是等闲人。

和吟友登八咏楼诗

（2019年2月10日）

婺水苍茫豪气横，一楼八咏压江城。
当年谁解诗中味，去国方留身后名。
时有风流关不住，偶逢盛世又催生。
文心千古今犹在，耳畔长闻吟诵声。

雨中漫步

（2019年2月11日）

雨中漫步望长空，别有风光入眼中。
碎玉纷然凝雪白，朱梅依旧绽猩红。

清凉穿野精神爽，小径通幽腿脚松。
但待寒流消退后，无边春意与时浓。

借江必新同学《猪赋》意有作

（2019年2月12日）

每逢猪年必说猪，天蓬元帅美称呼。
原生荒古自然野，本性无能且懒愚。
进化于今循有律，名为畜首亦无殊。
吻长耳阔形而上，憨厚忠良仁且儒。
宠辱无惊堪可爱，死生有命得糊涂。
食糠吃草非求好，居臭逐蝇何怕污。
拉尿拉屎供肥地，长肥长胖被刀俎。
每闻乌鬼伤肝胆，自问私心叹莫如。
欲赋文辞意难表，吟诗还假必新书。
尊卑也许难论定，以德报怨总不孤。

永康颂

（2019年2月13日）

一

颂我永康，地灵之邦。
通联四海，毗邻六芳。
山接括苍，水汇钱江。
清明山色，潋滟水光。
灵湖撒网，太平划桨。
方岩赫灵，五指朝阳。
岩翁福地，石城画廊。
美丽之州，堪比仙乡。

二

颂我永康，文献之邦。
盘古开天，五帝三皇。
人猿揖别，始开智商。
舜耕历山，垦地种粮。
轩辕铸鼎，叱石成钢。
庙山遗址，万年沧桑。
老村古镇，承载史章。
吴帝赐名，世泽绵长。

三

颂我永康，人杰之邦。
代有风流，浩浩汤汤。
侍郎胡则，造福一方。
龙川陈亮，浙派主张。
才女绛雪，刚烈无双。
道台宝时，上海通商。
督军公望，主政浙江。
里仁贤达，磅礴洪荒。

四

颂我永康，红色之邦。
土地革命，建党城乡。
工农暴动，赤旗高扬。
抗日烽火，敌后沙场。
省府驻地，合力救亡。
解放战争，游击武装。
民主建政，剿灭匪帮。
血肉长城，慨当以慷。

五

颂我永康，教化之邦。
五峰书院，东莱讲堂。
状元榜眼，道德文章。
教书育人，功德无疆。
尊师重教，强校名庠。

增量提质，复兴隆昌。

千名博士，报国助乡。

人才摇篮，未来栋梁。

六

颂我永康，物华之邦。

橘红茶绿，鱼肥稻香。

肉饼豆腐，蔗糖生姜。

铸铜打铁，衡器度量。

大国工匠，五金滥觞。

非遗产品，精神食粮。

十八蝴蝶，渡海出洋。

九狮舞蹈，长盛未央。

七

颂我永康，实业之邦。

并举义利，相藉农商。

草根创业，卧雪眠霜。

走南闯北，时代担当。

创新开放，挈领提纲。

转型升级，涅槃凤凰。

应时顺势，全国百强。

仰望星空，卓越辉煌。

八

颂我永康，圆梦之邦。

政通人和，全面小康。

殊荣美誉，接踵表彰。

创业舞台，打拼道场。

奋斗不止，初心莫忘。

干在实处，走在前方。

勇立潮头，再次远航。

更上层楼，续写新章。

霏 雨

（2019 年 2 月 14 日）

梅影柳声淅沥沥，连天霏雨似无期。

风中人面难相看，霾里花容易自欺。

气象岂能凭预报，天公随律莫猜疑。

何时月照轩窗上，欲问阳春尚不迟。

雨西湖

（2019 年 2 月 15 日）

微风细雨看西湖，湖上烟波晴不如。
三塔迷蒙浮世绘，两堤浩渺济悬壶。
舟穿纤柳波掀浪，鸟立轻荷水跳珠。
写意何须君泼墨，天公为我画新图。

浙师大在杭校友欢聚

（2019 年 2 月 15 日）

每年今日即佳期，传递关怀从未迟。
成就道来皆得意，宏图相告尽开眉。
此时品味传家菜①，在下何能不赋诗。
回首曾经多少事，莫能忘却是吾师。

---

① 师大的传家美食红烧大块肉是笔者这代人读书时的最爱。

雪夹雨

（2019年2月16日）

潇洒飘零雪，可怜江畔梅。
层云添玉羽，丛树缀冰蕾。
岁暮少晴日，开年多雾霾。
望春千里远，何日可归来。

己亥元宵

（2019年2月19日）

辞岁不如意，开年雨变灾。
银河穿水漏，明月乱云摧。
倏忽元宵至，竞相天眼开。
万家灯火夜，鸿运自然来。

缅怀邓公

（2019年2月19日）

每年今日泪嘘唏，苍穹欲倒海山低。

人生三起还三落，传说惊心且神奇。

远大胸怀鸿鹄志，欧洲入党年少时。

右江暴动惊天地，工农武装举赤旗。

万里长征拥领袖，延安整风划时期。

刘邓联手大别山，挺进中原逐熊罴。

北京大典谋方略，开国建政重点移。

恢复经济图伟业，辅佐领袖作军师。

"文革"罪遭莫须有，千里迢迢贬江西。

曾经一度受重用，力挽狂潮补残棋。

纪念碑前悼总理，"反击右倾"又挨批。

神州十月惊雷响，国运重光见晨曦。

拨乱反正开新局，老将复出披战衣。

恢复高考当立断，万千学子得良机。

冲破"凡是"紧箍咒，实践标准定真谛。

力推改革不争论，市场经济破藩篱。

对外开放全方位，和平发展新主题。

科技第一生产力，求才若渴乐不疲。

任人唯贤看四化，提携后进为人梯。

主权一国分两制，港澳回归正适宜。

历史丰碑中天立，农民儿子自谦辞。

小平您好声声唤，巨人名与日月齐。

万语千言无法表，大德留待后人思。

雨　思

（2019年2月22日）

细雨绵绵无尽时，东风不解我心思。
谁能传递春消息，只见雏莺穿柳丝。

访盘石全球新经济平台

（2019年2月23日）

成事向来凭好风，时光砥砺剑成锋。
创新为要全球网，价值先行一路红。
天上端云经世用，人中才杰济时穷。
百年企业百年梦，此梦相连国梦通。

青田石雕展观感

（2019年2月25日）

天赐一奇石，地藏千万秋。
谁能持鬼斧，绝技自东瓯。

施艺凭材质，传神任运筹。
镂雕皆妙品，治印占鳌头。

与同事偶忆第八届全国残运会[①]
（2019年2月26日）

同仁难得忆当年，办会"八残"因有缘。
主事一言堪九鼎，各方尽责扛双肩。
目标"两出"争完美，结果"五无"高大全。
快事平生三五件，过程每忆总潸然。

无 题
（2019年2月27日）

年来不过两天晴，乍暖还寒尽莫名。
雾隐江川风济雨，水蒙舟棹鸟低鸣。

[①] 2011年，笔者任副省长，受命全权负责承办第八届全国残疾人运动会。这是新中国成立以来浙江省承办的最大规模的全国性综合体育赛事，既定目标是，办会出彩，参赛出色，简称"两出"。最终，不仅运动会的规模、开闭幕式的水平、浙江运动员的成绩刷新了全国纪录，而且全过程实现了无事故、无纠纷、无投诉、无上访、无负面新闻报道，即"五无"。

梅开墙角花犹丽，竹立庭前叶更青。
应信春煦已经到，我心向日自光明。

久雨初晴

（2019年3月4日）

难得云开天放晴，一番气象特清明。
燕莺乘兴随风舞，草木逢时因雨生。
久藏衣被忙翻洗，入眼物华不负名。
好事接连迎盛会，神州无处不春声。

学雷锋纪念日

（2019年3月5日）

当年举国学雷锋，斗转星移依旧红。
善举慈行诚大爱，扶贫济困道无穷。
助人其实还帮己，伟大原来自普通。
薪火相传当不辍，春风习习九州同。

春上雅苑论茶

（2019年3月7日）

雅苑开茶座，若闻空谷音。
嫩芽新上市，黄蕊涤清尘。
香合瑶山味，韵涵龙井春。
水冲腾雀舌，汤沸卷龙鳞。
馋解壶中意，襟怀散淡心。
一杯方下肚，满口便生津。
粗品如甘露，细尝比酒醇。
古泉磨润玉，野树乃前身。
炎帝先知赏，代传累世恩。
馨香飘域外，艺道自天伦。
清者禅和乐，悠哉精气神。
茶人崇羽客，国饮敬为尊。

朋友小聚

（2019年3月8日）

朋友偶相聚，举杯格外频。
酒陈容易醉，事老记犹深。
怀旧归同类，追新属异伦。
岁华应不悔，莫道已黄昏。

紫荆教学点①开学

（2019年3月12日）

明媚阳光伴惠风，开班巧与盛春逢。

岁中养气精神好，闲里偷忙兴致浓。

已许平生添色彩，还期墨海走蛟龙。

容颜易老情难老，依旧存心做学童。

参加省互联网公益慈善基地"植数节"活动

（2019年3月12日）

云上行公益，开天第一宗。

掌中方"植数"，网里便成风。

民有爱心重，智能创意浓。

人人可慈善，处处见雷锋。

---

① 此为浙江大学老年大学紫金港分校。

永福寺试墨品茶

（2019年3月13日）

天清气朗好心情，新景适时任我行。
试墨品茶皆故旧，听香读画忘名形。
此前无意轻文字，于后有心师右军。
旧地重来非俗客，湖山正合共诗声。

春来湖上

（2019年3月16日）

露浅云深路几迷，舟轻浪细水平齐。
暖风得意繁花醉，岸柳轻扬众鸟啼。
葛岭相邻保俶塔，断桥连接白沙堤。
眼前尽是风骚客，望里湖山诗自题。

浙能集团国学班开讲

（2019年3月17日）

春意盎然山水间，班开国学有情缘。
三皇五帝开初始，诸子百家启远源。
理政安民谋上略，齐家修己效前贤。
中华智慧今犹盛，满目风来薪火传。

春　雨

（2019年3月21日）

春雨迷三月，江南合旧游。
黄鹂穿绿柳，白浪渡红舟。
泼墨瑶山坠，挥毫碧水流。
今宵尘洗尽，月隐望湖楼。

己亥春分

（2019年3月21日）

一夜梨花雨，梦醒春半分。
清风濡水郭，甘露润山村。
燕啄泥巢老，柳含鹅色新。
时人应有意，不可负芳辰。

今晨走路超二万步

（2019年3月22日）

已然三月多，无事亦无趣。
蝶梦有庄周，懒床无病疾。
步行二万余，心意复欢喜。
欲炼好精神，闻鸡当早起。

与友人西溪小聚

（2019年3月23日）

西溪晴日好，有客远方来。
春暖时才到，花朝节正开。
牖窗临绿水，庭径满苍苔。
漫道平生事，快哉频举杯。

金溪招饮北京来客

（2019年3月24日）

春日湖山丽，友朋自帝京。
相招尝烈酒，议事见真情。
在任为家国，退身享泰宁。
谁能知老者，肝胆铸忠诚。

理　发

（2019年3月24日）

忍将明镜锁尘泥，白发竟同荒草凄。
顶上风光何再复，人中巧手展惊奇。
横推竖剪莺迷眼，水洗干吹柳拂堤。
理出一番新气象，岁华如昔满生机。

午过宜兴丁蜀镇

（2019年3月29日）

阳羡丁山老，紫砂依旧红。
乾坤藏茗里，清气出壶中。
炉火小成就，人文大匠功。
午来参器韵，如见曼生翁。

重游常熟沙家浜镇

（2019年3月30日）

胜日重来故地游，沙家浜上读春秋。
八年浴血驱倭寇，万丈丰碑立海州。
悲壮史诗长记取，共同命运待分忧。
江南三月春回早，大美湖湾好放舟。

午过嘉善天凝镇

（2019年3月30日）

日丽风和泽国东，重来不见旧时容。
黄花向日金灿灿，绿树遮阴郁葱葱。
阡陌如棋新格局，村庄枕水老乡风。
振兴路上天凝看，无限情怀入梦中。

春来莲泗荡

（2019 年 3 月 30 日）

春来莲泗水如柔，光景无边不胜收。
窃问家安何处好，眼前便是小瀛洲。

杭州（国际）影响力投资大会有记[1]

（2019 年 3 月 31 日）

古来慈善只赔钱，脑洞一开可逆天。
纵论投资影响力，聚焦国际最前沿。
兼容跨界经为要，互利双赢道得先。
社会问题商业解，千年公益出新篇。

---

[1] 影响力投资，既是新的投资方式，也是新的公益模式。在追求财务回报的同时，
更追求社会与环境影响力的回报，以期用商业的方法解决社会问题。

龙井饮茶会友

（2019年4月1日）

茶为龙井贵，时下抵天珍。
山溢清香远，水藏神韵真。
壶中无俗气，座上有乾坤。
招饮远方客，殷勤是主人。

己亥清明节

（2019年4月2日）

明前三日上清明，既悼亡灵亦踏青。
我择佳时思慎远，天随好雨伴阴晴。
家山虽有从前迹，杜宇犹无过去声。
三炷清香何所寄，人间最爱是亲情。

春游永康盘龙谷

（2019年4月3日）

春到盘龙微雨茫，云山雾海绕仙乡。
一溪松竹留新翠，半绽牡丹携旧香。
秉绶先知咏盘谷，右军大意写鹅王。
我来此地诗情起，曲水行吟与日长。

公婆岩的紫荆花

（2019年4月3日）

时到清明节，荆花别样红。
野生瘠岭半，香透翠微中。
相对斜阳照，依偎老石翁。
风吹零落后，新叶又葱茏。

雾中游东白山[①]

（2019年4月10日）

名山余久仰，万古历沧桑。

岭半云烟涌，原高甸草香。

青莲遗迹渺，仙女爱情长。

欲借天池水，洗心养健康。

春来东阳花园村

（2019年4月11日）

重游故地意欣然，别样风光入眼帘。

春满人家呈最美，客来盛会兴无前。

精神物质齐头进，民富村强双冒尖。

全面小康方决胜，振兴大业又争先。

---

① 东白山横跨东阳、诸暨、嵊州三市，最高峰太白峰海拔1194.7米，相传李白曾到此一游，顶峰建有仙姑庙。山上有天然草甸和天池。

应邀造访上城区行政服务中心
即兴诗赠新老同事

（2019年4月13日）

春风邀我上高楼，大美杭州入眼眸。

百里画图花映日，千重明镜客行舟。

名山不尽通天际，胜水无穷济海州。

忆昔抚今带笑看，新人已立大潮头。

与胡振钧学兄见于云松书舍

（2019年4月13日）

君来千里外，相见在云松。

昔日皆中岁，如今两老翁。

神形容自在，谈笑意由衷。

畅饮何须醉，真情比酒浓。

参加浙师大校庆节开幕式

（2019年4月16日）

每逢此日总开心，校庆欢歌响入云。
拂面和风润桃李，满天星斗耀黉门。
砺学砺行当年梦，维实维新时代魂。
老壮于斯长有记，最应铭记是师恩。

游金华山

（2019年4月16日）

高矗云天际，名同大岳齐。
山容儒释道，村傍石泉溪。
岩罅人舟过，瑶林兽鸟栖。
卓然临绝顶，炎日备寒衣。

与晓南笑宇议加盟中国国际跨国公司
促进会事

（2019 年 4 月 21 日）

晚来呈大美，如入画图中。

山色迷人眼，水光映客容。

年华谁说老，伏骥再嘶风。

家国情怀在，何愁小梦空。

贺《浙江慈善事业发展报告（2019）》首发

（2019 年 4 月 22 日）

首发蓝书存史真，且将往事作新闻。

辉煌一卷谁成就，风雨几番印履痕。

天地不仁为刍狗，世间有爱济凡人。

丹青妙手微尘事，细细读来倍觉珍。

脱贫攻坚之江公益沙龙

（2019年4月23日）

公益沙龙今又开，坐而论善展雄才。

前无往者攻坚战，自有新人争擂台。

济世从来无域界，脱贫决胜有情怀。

春风座上听高论，如见纷飞捷报来。

迎"五一"慈善雅集活动

（2019年4月23日）

暮春风正雅，文友聚轩堂。

妙笔飞文采，丹心泼墨香。

画为慈举颂，书作善行章。

大德心如烛，胸中爱满腔。

暮春西溪

（2019年4月27日）

西溪三月好，胜意不须赊。

莺燕吟千树，蝶蜂酿百花。

远山浮气韵，近水载烟霞。

春亦不思去，相期听夏蛙。

寄永康博士联谊会杭州分会

（2019年4月27日）

嘉会只需半日开，天时地利作人媒。

群星恰似银河客，征诏喜从乡梓来。

汇智已然无挂碍，聚才尚且有平台。

应知使命如山重，莫等余身白发催。

凭吊南京雨花台

（2019年4月28日）

老来初上雨花台，翠柏苍松尽默哀。
向往自由何赴死，追求真理岂遭灾。
铮铮铁骨埋黄土，猎猎罡风扫积埃。
满壁英名不忍睹，我心狂啸似惊雷。

悼念南京大屠杀死难者

（2019年4月29日）

暮春季节雨微茫，千古江城吊国殇。
不是吾民无血性，只因外敌太疯狂。
生灵卅万遭涂炭，疆土半边险沦亡。
似海深仇虽已报，江山更待与时强。

上海迷你公园

（2019年4月30日）

闹市之中绿一湾，四周大厦立如山。
身居人境得知足，头上有天鸟也欢。

庆祝劳动节

（2019年5月1日）

送走连天雨，迎来五月红。
江山升曙色，云海起艨艟。
成就复兴梦，奋飞中国龙。
人民真伟大，劳动最光荣。

重游莫干山

（2019年5月2日）

莫干因铸剑，成就一名山。
绿抱千冈去，鸟鸣百水还。

名庐非久住，野径任登攀。
落日浮云海，蔚然成大观。

五四运动百年有感
（2019年5月4日）

于无声处惊雷响，学运竟成磅礴章。
反帝反封除旧制，救民救国举新纲。
千年枷锁一朝破，五四精神奕世扬。
回望先驱追梦路，青年强则国家强。

和明公师炳文兄诗
（2019年5月5日）

骚客兼香客，白云复紫烟。
禅心归古寺，佳句出名泉。
诗兴浓浓发，佛缘慢慢牵。
人间有净土，其乐亦无边。

己亥立夏

（2019年5月6日）

时序又临夏，残春去不归。
风凉衣感薄，日暖树流辉。
瓜熟蚕丝瘦，溪缘鱼蟹肥。
何期梅子雨，岁月似梭飞。

鹧鸪天·艺术向善雅集

（2019年5月6日）

虎跑山深情亦深，清茶一盏长精神。挥毫泼墨行慈举，献画捐书济弱贫。

春未去，夏才临，流光无意问年轮。与人为善人皆可，道德文章爱至尊。

无 题

（2019年5月9日）

坐对湖山如画廊，竟然鸟语对花香。
友朋难得如初见，光景无边醉夕阳。

己亥母亲节

（2019年5月12日）

时去怨流水，节来念母亲。
遥思坟上草，顿觉泪沾襟。
总有千千结，难开戚戚心。
多情应恨我，无以报娘恩。

观"心相·万象——大航海时代的
浙江精神"展

（2019年5月12日）

堂皇说大明，越地出群英。

时遇人航海，舟凭坤舆旌。

书图分类别，心学合知行。

今世看前世，精神一脉生。

"美食与优雅生活"对话论坛召开有感

（2019年5月16日）

钱塘多胜事，宾客逸情高。

才酿宋唐韵，又烹江海潮。

佳肴藏大雅，盛宴出风骚。

若个斯文味，骤然飘九霄。

台湾王宣一家宴主人詹宏志来杭招饮有记

（2019 年 5 月 17 日）

主人诚待客，家宴自操持。

一桌乡愁话，几樽邻里诗。

素材非域外，成品属传遗。

投箸于何忍，只因相见迟。

己亥小满

（2019 年 5 月 21 日）

次优四月天，春去夏初炎。

青麦将丰熟，黄梅多雨烟。

草衰根不败，人老事非闲。

小满堪知足，世无万事全。

晨行鄞州公园

（2019年5月22日）

公园居闹市，车马竟无踪。
碧树鸣青鸟，朝阳拂晓风。
轻松捷步者，宁静钓鱼翁。
此地无烦事，常来不厌重。

浙川慈善总会签订扶贫协作和对口支援协议

（2019年5月23日）

关山隔千里，际会有因缘。
抗震曾携手，脱贫又并肩。
攻坚心似铁，决胜令如山。
一诺千金重，践行不负天。

参观西昌卫星发射中心

（2019 年 5 月 24 日）

卫星发射力无穷，探索情怀在太空。
寂静嫦娥迎伙伴，欢欣大圣逐黑雄。
古来天地何相隔，从此人机竟互通。
强国强军凭自主，伏龙伏虎备长弓。

西昌邛海

（2019 年 5 月 25 日）

千山开大镜，万壑入冰泉。
水色蓝如碧，山光紫若玄。
云蒸遮北斗，霞蔚染南天。
向晚人歌起，波平落日圆。

参观汶川大地震遗址

（2019年5月26日）

碑下追思不胜哀，似闻天地忽崩开。
生民无数遭涂炭，举国空前抗大灾。
三载浙军援复建，十年蜀地再安排。
脱贫决战重携手，坚守初心向未来。

茂县羌族

（2019年5月27日）

古来一族自炎黄，千里陟迁关塞长。
逐水牧羊因太祖，依山取石为碉房。
顽猴乱目悬崖险，野径迷蒙花果香。
别样风光非梦里，人间正道已沧桑。

访江油李白故里

（2019年5月27日）

此处曾经出大才，日诗百首酒千杯。
谁怜仙圣辞家久，未见魂兮去复回。

重访青川县

（2019年5月29日）

一路寻踪去，青川已久违。
残山成绝景，剩水满重晖。
新城开气象，原舍洗心扉。
回首曾经事，不禁泪雨飞。

夜宿青川唐家河

（2019年5月29日）

山外青山川外川，层峦叠翠接秦关。
惊心旧事皆成史，得意新风尽入篇。

野树家花栗里地，珍禽异兽武陵天。
一沟暮雨生仙气，入夜溪声伴我眠。

过昭化古城

（2019年5月29日）

关道连秦蜀，雄城续汉魂。
自然形八卦，天下势三分。
商贾通无有，人文贯古今。
兵家曾战死，盛世又逢春。

田妞学校过交易节

（2019年5月31日）

过节学营销，小妞兴致高。
用心将货备，诚恳把人邀。
坐地勤推介，走街卖力吆。
可怜辛苦费，未赚一分毫。

己亥端午

（2019年6月7日）

端午龙舟起，只缘屈子风。

忠臣何赴死，君主实昏庸。

世事常更替，功名类转蓬。

骚魂依旧在，浩气贯长空。

六到新疆

（2019年6月8日）

乘机直上九重天，万里关山一线牵。

西子莺声才别耳，天山雪影已摩肩。

固边应是成常态，强国必然载史篇。

六到新疆非过客，此来使命亦庄严。

过乌市南山风景区

（2019年6月9日）

夏时午雨忽纷纷，雾里看山若武陵。
欲乘揽车迷大野，却从民舍问青林。
望中小镇真稀少，眼底风光实不贫。
更待冬来银象舞，冰天雪地始成金。

游铁门关

（2019年6月10日）

闻说雄关老，兴来寻古游。
危岩悬碛石，险道挂崖沟。
疆界分南北，铁门通亚欧。
如今再出发，丝路续春秋。

初见博斯腾湖

（2019年6月11日）

天山南麓一明珠，沙漠之心惊世殊。
水里浮云总飘渺，镜中行棹见真如。
相机摄鸟青纱帐，蓬岛烤鱼小火炉。
莫道此生初识面，斯湖本是母亲湖。

新疆"光明快车"行

（2019年6月12日）

天涯应不远，万里送慈音。
仁者施仁术，病人除病根。
眼亮垂青睐，心明感世恩。
援疆家国计，公益济贫民。

天山神木园

（2019年6月12日）

戈壁有神木，溯源千百年。
圣徒因战死，策杖化林泉。
林老每成画，泉清各在缘。
客来忘归去，归去不看山。

温宿天山托木尔大峡谷

（2019年6月13日）

百里丹霞谁记名，江山如此赋流形。
高峰低谷从来险，石漠沙河犹未清。
百怪千奇凭想象，五光十色任迷睛。
自然才是丹青手，天觊奇观入画屏。

阿克苏观感

（2019年6月14日）

天山一重镇，地理恰居中。
大漠风情烈，平畴物华丰。
苍生且知足，社会尚繁荣。
疆浙同携手，承平立伟功。

江南入梅

（2019年6月18日）

夏风潜入夜，梅雨洒江南。
宿雾迷朝日，晨云接暮烟。
鸟飞穿老柳，鱼戏动新莲。
更向湖中看，舟行客欲仙。

南京牛首山

（2019年6月18日）

主人真好客，邀我圣山行。

双峰从地拔，一佛引天惊。

地宫呈万象，穹顶见千形。

云卷烟岚起，雨停禅意生。

"长三角一体化发展·钟山慈善行动"
今日启动

（2019年6月19日）

钟山行动始于今，步履铿锵理念新。

三角从来成一体，五方①继往守初心。

资源整合增优势，战略协同济弱贫。

纸上写来应不假，倾情践诺更为真。

---

① 五方，即上海、江苏、浙江、安徽一市三省和深圳国际公益学院。

己亥夏至

（2019年6月21日）

偏逢梅雨季，夏至湿涟涟。

泽国车无辙，水乡行有船。

炎凉随气候，丰歉在人缘。

放眼千重浪，心宽自豁然。

中国佛教书画艺术交流基地今在永福寺揭牌

（2019年6月21日）

名刹成基地，诸山因有缘。

交流相问道，互动共参禅。

试墨需求正，法书论溯源。

佛门师造化，大德会群贤。

浙江省现代青瓷名家作品展观感

（2019年6月21日）

名家办瓷展，馆宇亦相当。

神韵呈三绝^①，器形采众长。

人文归国粹，火土出辉煌。

一部青瓷史，本源属浙江。

六六生日

（2019年6月24日）

又迎生日至，岁去不知愁。

晨起茶三盏，晚来酒一瓯。

曾怀家国志，常念旧时俦。

闲里忙偷乐，童心尚未收。

---

① 青瓷有三绝，即润如玉、薄如蝉、声如磬。

仲夏访南浔

（2019年6月25日）

江南谁重镇，屈指数南浔。
一部工商史，此间过半分。
厂房精舍老，街市店堂新。
辑里丝绸贵，太湖稻米珍。
行商如远客，坐贾若亲邻。
嘉业藏书府，民楼掩树林。
青山自天目，绿水欲成金。
泛舟清溪上，竟然忘古今。

云和首届云善嘉年华

（2019年7月2日）

嘉年盛会起祥云，丽水秀山倍觉亲。
席地人声吟善举，幕天群舞颂慈音。
省城使者高歌咏，县邑义工同振频。
大庆之年传大爱，共同守望是初心。

云和湖仙宫

（2019年7月3日）

兴游何处好，最忆是仙宫。

天映水光里，云浮明镜中。

江清鱼戏棹，山静寺鸣钟。

初见蓬莱境，竟怀异国风。

为国庆七十周年作

（2019年7月4日）

华诞欣逢七十秋，银花火树耀神州。

万方韶乐歌新政，一代核心展大谋。

舜日尧天今又是，河清海晏正相酬。

江山永固初心在，不到梦圆誓不休。

久雨天晴

（2019年7月6日）

今晨来快事，久雨忽天晴。
流水蓝如碧，高山暗转明。
街坊人共舞，江树鸟齐鸣。
都道阳光好，亲和万物生。

己亥小暑

（2019年7月7日）

小暑悄然至，因循伏热长。
蝉鸣情自悦，莲动韵生香。
忽忆童年事，借风石弄堂。
仰天数星斗，无梦到苏杭。

今日出梅

（2019 年 7 月 8 日）

出梅天正好，红日甚昭昭。
云淡风吹笛，烟轻水荡桡。
池荷花怒放，江柳鸟喧嚣。
稍待斜阳后，窗临圆月高。

晨起又雨

（2019 年 7 月 9 日）

天公不作美，梅雨乱如麻。
倾倒三江水，落衰千树花。
嘉禾难孕穗，瓜藤只生杈。
信有云开日，闲庭可听蛙。

闲

（2019年7月10日）

在官从不空，卸甲得闲闲。
晨起五更后，夜眠子午前。
时光指缝过，白发鬓间添。
偶做无功事，莫沾名利边。

偶　得

（2019年7月12日）

人生总如梦，敬勉或成真。
天地曾慷慨，年华惜寸金。
虽无辅国志，但有报君心。
霜发渐稀少，空愁古与今。

今日入伏

（2019 年 7 月 12 日）

炎暑入头伏，方知临夏苦。
地潮凉气消，天湿暖云逐。
野树鸟悲鸣，荒园蝉恸哭。
此时无所求，惟盼清风沐。

浙江省第十四届美术作品展观感

（2019 年 7 月 12 日）

应邀看省展，气象亦惊人。
工意神形备，中西品类臻。
画图彰日月，物理照乾坤。
大写新时代，前贤羡后昆。

西泠名家金石雅集

（2019年7月13日）

博物收藏馆，千年不了情。
铭砖自秦汉，金石载丹青。
妙手诗书画，天成日月明。
西泠人雅集，翰墨润心声。

气象预报放晴一天

（2019年7月14日）

天公也有好心情，暂放人间一日晴。
久别曦阳犹灿烂，时闻啼鸟倍温馨。
待干衣放忙翻晒，欲览风光赶早行。
失去方知来不易，善抓当下是高明。

献给新中国成立七十周年

（2019 年 7 月 15 日）

漫从庆典说辉煌，回望千年慨且慷。
莽莽黄河多曲折，泱泱古国记沧桑。
江山似画春长在，使命如磐志未央。
今日神州同一梦，中华崛起富而强。

省残疾人艺术团演出观感

（2019 年 7 月 18 日）

听无声者舞天音，艺术如何成绝伦。
断臂衔毫如戏墨，失眸弹指更惊人。
只将命运当拼搏，不把可怜作爱心。
苦难从来多励志，一台好戏长精神。

"不忘初心——韩天衡书画篆刻作品展"观感

（2019 年 7 月 19 日）

大展热情从未消，移来甬上起高潮。

初心不忘家和国，使命专攻笔与刀。

一壁清新宜品读，满墙典雅尽风骚。

人书画印皆同老，装点江山分外娇。

外孙女八周岁生日

（2019 年 7 月 20 日）

又到开心日，庆生如过年。

荣光归小主，薪火自家传。

童稚原无虑，人生信有缘。

皇天不负我，幸运总连绵。

己亥大暑

（2019年7月23日）

是时临大暑，赤日对空悬。
山色凝风静，水光蒸赧颜。
农忙无壮汉，休假有闲钱。
万物非刍狗，问天谁与怜。

纪念八一建军节

（2019年8月1日）

南昌义举起枪声，八一军旗血染成。
生未逢时图破壁，久违盛世筑长城。
降龙伏虎为家国，入海上天惊鬼神。
使命初心牢记取，战无不胜是军魂。

戏和舜威吟长龙井画竹诗

（2019年8月3日）

其一

山园小坐日斜曛，流水竹声共白云。
师友呼来闲试笔，写心写境写清君。

其二

信手拈来竹几竿，形如伞盖保君安。
赤日当空何解暑，叶叶生风顿觉寒。

其三

性亦通人刚亦柔，虚心直节不知愁。
竹林弟子遗风在，戏墨和诗笑王侯。

其四

自有英名早远闻，存真去伪免繁文。
法无定法心为法，世上谁人不识君。

己亥七夕

（2019 年 8 月 7 日）

七巧良宵夜，因缘万古同。
相逢如喜雨，再见似惊风。
织女云桥断，牛郎雨梦空。
年年今一见，爱恨复重重。

己亥立秋

（2019 年 8 月 8 日）

三伏未消退，节来带雨长。
临风知昔暖，入夜感时凉。
年去季分半，时闲事倍忙。
休言人易老，秋色胜春光。

抗击台风"利奇马"

（2019年8月9日）

怒潮来海上，骤雨盖长空。
鼓浪吞千屿，狂飙扫万峰。
指挥如若定，进退自从容。
有备终无患，沛然思习公。

赴台风灾区慰问有感

（2019年8月14日）

犹似当年抗大灾，心潮逐浪向天垓。
暴风卷地如山倒，使命扛肩谁可违。
帷幄运筹惟统帅，成城众志挽垂危。
回看往事堪成镜，收拾河山应紧追。

衢州水亭门街

（2019 年 8 月 15 日）

衢府何其老，信安不记年。
宋唐仁里巷，秦汉韵中天。
青舍遗陈迹，儒商结旧缘。
近帆扬远水，此处得双全。

己亥中元

（2019 年 8 月 15 日）

每到中元节，怆然念祖先。
在时亲不待，失去我无颜。
忠孝为人德，古今难两全。
心香千万缕，化作月高悬。

钓鱼翁

（2019年8月17日）

早起鸡鸣际，垂纶野水滨。

金钩吞鳖甲，香饵诱鱼唇。

炎燠置身外，轻风拂汗尘。

晚归渔罟满，呼友共清樽。

贺台州市慈善总会换届

（2019年8月21日）

例会何须大，议题堪绝伦。

承前劳长者，继后属新人。

慈爱行天下，情怀贯古今。

人人皆可善，只要践初心。

己亥处暑

（2019年8月23日）

风起秋将至，雨来夏即消。
炎凉人世态，涨落海天潮。
老鹤终南住，新蝉漏夜嚣。
万山红遍日，待我去登高。

秋日晨行

（2019年8月27日）

秋日须行早，健身走野蹊。
径幽深树远，水曲淡云低。
重露沾衣湿，轻风拂鸟啼。
赏心还悦目，应似我相期。

和明公宜春寓中次韵韩昌黎韵作

（2019年8月28日）

天工何造化，胜迹载千秋。
明月携新梦，灵泉去旧愁。
读诗惊有喜，羁旅乐无忧。
窃与韩公约，他年共畅游。

觉苑清舍印象

（2019年8月30日）

小楼多旧忆，岁月总留痕。
了却烦心事，相招散淡人。
品茶尝杜酒，醉墨论苏文。
室雅何须大，庭门通古今。

再和明公宜春返杭诗

（2019年8月30日）

炎夏不期尽，宜春忽入秋。

青山还本色，白发系乡愁。

诗有人文气，襟怀家国忧。

知君情未了，共我再重游。

浙江省暨嘉兴市"中华慈善日"和
慈善嘉年华活动昨启动

（2019年9月1日）

地佳人善植根深，总有基因自可寻。

红色传承呈亮点，凡人义举立殊勋。

劳师慰众嘉年会，动地惊天号角频。

大爱浙江凭大众，南湖之畔践初心。

秋　雨

（2019年9月2日）

细风携夜雨，换季正当时。

山绘浓浓画，水吟淡淡诗。

春秋呈偶对，寒暑合双期。

还待天晴日，闲庭红叶知。

德化白瓷展观感

（2019年9月3日）

德化名瓷早，愧吾相见迟。

晶莹如美玉，温润胜琼脂。

观道千年盛，空灵百世知。

匠心何所具，以古为今师。

久雨见晴

（2019年9月7日）

曾经秋雨洗，又见好阳光。

近水如明镜，远山似画廊。

渠荷争蝶舞，篱菊待花香。

天气通人性，自然作主张。

黄亚洲诗歌朗诵会有感

（2019年9月7日）

此刻高吟最适宜，江山无处不成诗。

随心捧出皆佳句，信手拈来尽妙词。

吴天风起成音谱，越地潮生作乐池。

心中有爱当长咏，直到天荒地老时。

教师节有感

（2019 年 9 月 10 日）

平生多少事，长忆是黉门。

三尺讲坛老，百年传道深。

存心无小我，燃烛照他人。

世有炎凉态，良师更可尊。

"南北峰会——全国高等书法教育教师作品展"有感

（2019 年 9 月 10 日）

国人多识字，从小重临池。

撇捺刚柔态，纵横龙马姿。

求新开望境，问古法宗师。

翰墨千秋在，论书正此时。

与上城区同志座谈初心

（2019年9月12日）

诚恐诚惶说旧闻，情长意重话题深。

重温昔日沧桑事，共忆当年精气神。

窗外湖山无旧貌，堂前坐席有新人。

曾经几许劳心计，岂敢轻言归老身。

已亥中秋

（2019年9月13日）

时光如水不停流，流到今宵正半秋。

曾有天晴曾有雨，似无惊喜亦无忧。

寻常日子寻常过，自在人生自在悠。

圆月已然天上挂，我心于此更何求。

和舜威、亚辉饮酒诗

（2019年9月16日）

做事从来多苦辛，功名终究落尘寰。
此人还是斯人好，对酒当歌魏晋间。

追记中国京剧名家演唱会杭州站

（2019年9月16日）

梨园国粹出京门，徽剧竟成前世身。
做唱功夫皆得意，旦生角色亦传神。
帝王将相谁无憾，才子佳人总有心。
一代名伶同聚首，钱塘江畔共天音。

贺浙江省政协庆祝中华人民共和国和
人民政协成立七十周年书画展
（2019年9月17日）

庆典适逢双七零，神州万里入丹青。

风生水起江潮涌，云淡天高日月明。

翰墨儒歌强国梦，诗书雅颂富民情。

如椽大笔同心绘，万里江山正复兴。

浙江省庆祝人民政协成立七十周年文艺演出
（2019年9月19日）

颂歌动地震云天，建政迎来七十年。

立国共和划时代，协商民主史无前。

文韬武略凭三代，使命担当赖一肩。

继往开来再出发，复兴大业看群贤。

永康园周村印象

（2019年9月22日）

河山生气象，天地有园周。
势藉轩辕出，名因御史留。
寻诗芳草浦，戏墨映湖楼。
知到武陵地，乡思岂为愁。

秋　赋

（2019年9月25日）

时过秋分天转凉，有风无雨起苍黄。
秋光应比春光好，李子哪如桂子香。
去日耕耘皆苦难，剩年收获尽辉煌。
满山霜叶红如火，莫叹丹心赋夕阳。

浦江第十二届中国书画节志感

（2019年9月26日）

丰安何此兴，办节为丹青。
宾主皆风雅，往来无白丁。
画图悬炳斗，文字列云庭。
载道千秋事，久参不忘形。

"新中国从这里走来"肖像印特别展览观感

（2019年9月27日）

民间藏宝石，方寸纳乾坤。
统帅开天地，将星入印痕。
烽烟济沧海，浩气荡昆仑。
匠意铭章在，于斯见国魂。

观看浙江省老干部庆祝中华人民共和国成立七十周年文艺演出

（2019 年 9 月 27 日）

老兵亦发少时狂，素艳衣衫浓淡妆。

漫舞江山抒锦绣，高歌赤帜颂光芒。

如花岁月曾经有，似火初心从未凉。

更盼百年圆一梦，千秋大业唱辉煌。

浙江省党政军领导向革命烈士敬献花篮

（2019 年 9 月 30 日）

青山埋烈士，大吕恸苍穹。

故国身相许，江山血染红。

丰功昭日月，伟业贯时空。

公祭年年有，今年似不同。

电视机前观看国庆盛典

（2019年10月1日）

盛世阅兵气自豪，承平气象看今朝。
机群如雁腾空际，人阵似潮动碧霄。
覆地翻天堪自在，巡洋飞宇任逍遥。
百年画卷屏前过，眼底江山倍觉娇。

重阳节登高

（2019年10月7日）

九九登高去，心仪不老峰。
毅行无策杖，徒步半腰躬。
秋水浮云静，寒山醉橘红。
旷观天地小，足下自生风。

寒露虽来

（2019年10月11日）

寒露虽来未见霜，年轮毕竟转秋凉。

庭中丹桂香如故，槛外青山色染黄。

月贯中天迎晓日，风吹残柳送斜阳。

拟将日子从容过，不与他人论短长。

永康商会书画展卖会

（2019年10月13日）

乡贤聚会不寻常，展室妆成拍卖场。

叫价慢随高价落，掌声紧伴应声扬。

未将名利沾铜臭，只把爱心溶墨香。

慈善并非光付出，助人悦己亦相当。

沙特阿美石油公司向浙江省"利奇马"台风灾区捐赠善款

（2019年10月16日）

狂飙倒海似天倾，灾害无情人有情。

行善从来无地界，何论别国与他名。

良心是宝苍生用，道德为田大众耕。

但愿人人都有爱，普天之下得康平。

"庆华诞 写初心"笔会有记

（2019年10月17日）

浙江省委老干部局和中国美术学院举办"庆华诞 写初心"主题创作笔会。难得欢聚一堂的新老同志满怀激情和自信，在百米长卷上用心写下了对中华人民共和国的忠诚和挚爱。奉命作诗一首，以记此次盛会。

主题笔会写初心，撇捺纵横力万钧。

纸上奔来皆好句，胸中激起最强音。

红旗猎猎承前色，征路迢迢启后人。

薪火相传到永远，始终不变是基因。

随省府老同志赴上城参观

（2019年10月18日）

　　20世纪80年代中后期，笔者曾主政上城区两年有余。今次，随省府老同志参观考察，旧地重游，倍感亲切。当年区委提出"有限城乡无限发展"思路，至今还在延续，令人感慨万千。

上城于我有缘因，每忆当年总觉亲。
热土一方宜创业，风华初度好投身。
欣回故地重温故，喜见新人再出新。
八字真言犹在目，更从高处践初心。

走看衢州

（2019年10月22日）

心旷神怡旧地游，崭新气象入双眸。
山欣水笑江源苑，稻熟鱼肥柑橘洲。
水达五洋行有理，衢通四海道无愁。
重来已是新时代，风景这边属独优。

走看衢化街道

（2019 年 10 月 22 日）

风清气爽看衢化，林密花疏草甸青。
昔日排污为大户，如今环保作标兵。
创新引领翻身路，数字集成升级经。
放眼全球天地广，前程远大且光明。

访衢江上岗头村

（2019 年 10 月 22 日）

斯村原破乱，藉藉不知名。
三改先行动，一拆成典型。
净而思创富，美则倡文明。
党建抓关键，细思是好经。

访衢江田园康养综合体

（2019 年 10 月 22 日）

秋风尚可胜春风，何况此风已不同。
山水田林共一体，人和生态互包容。
取收在后宜康养，投入于前回报丰。
强基固本看长远，新时代创新三农。

访柯城区荆溪花海

（2019 年 10 月 22 日）

秋来芳草地，仿佛入原乡。
远望溪山静，近闻花簇香。
村姑舒广袖，蜂蝶斗芬芳。
棚下茶当酒，金风醉夕阳。

漫步江山江畔

（2019年10月23日）

漫步长堤上，感怀自不禁。

风光依旧好，气象已更新。

曲曲来回路，昭昭日月心。

江山谁指点，信有后来人。

看大陈村大型实景演出

（2019年10月23日）

盛世兴民乐，村歌始大陈①。

人文千岁老，风物四时新。

高奏农家曲，畅吟幸福音。

老妈那碗面，竟使泪沾襟。

---

① 江山市大陈乡大陈村是中国村歌的发祥地，《妈妈的那碗大陈面》获得全国村歌
十大金曲奖。

访常山中国观赏石博物馆

（2019 年 10 月 23 日）

常山开石馆，赏者自西东。

形有千般态，质无一样同。

会当灵璧客，亦似太湖翁。

瑰宝谁能识，此间卧虎龙。

走看开化

（2019 年 10 月 24 日）

青山座座水迢迢，画意诗情接碧霄。

林立千峰掀绿浪，花开两岸起秋涛。

已知生态诚无价，再教城乡变富饶。

更上江源高处看，新人辈出领风骚。

访开化金星村

（2019 年 10 月 24 日）

山环水抱拱金星，无愧乡村好典型。
树绿花红生态美，物阜民丰产业兴。
向前全靠车头带，造福尤需大众拼。
领袖关怀长记得，振兴路上再先行。

访根雕小镇

（2019 年 10 月 24 日）

华夏文明老，树雕入史新。
匠心如遂意，腐朽化奇神。
道向人间展，艺朝殿宇伸。
根宫罗万象，佛国纳乾坤。

参观浦江治水馆

（2019年10月25日）

滚滚烽烟是以前，曾经苦战有多年。
污泥浊水横流地，劲旅雄师决胜天。
除旧已然清旧账，布新顺势启新篇。
回看昨日来时路，满目青山带笑颜。

参加"中国浦江·第十一届水晶玻璃产业博览会"

（2019年10月26日）

爱恨有加是水晶，莫言一就便成名。
蒙污将死谁之罪，浴血重生尔自清。
笑对风云多变化，欣逢嘉会转阴晴。
苍天不负有心者，每忆过程总动情。

秋去冬来

（2019 年 10 月 29 日）

秋去冬来天渐寒，夜长梦短意阑珊。
征鸿见雪南归去，篱菊经霜花未残。
人事当时还记得，功名往后莫流连。
平生哪得皆如意，须尽欢时且尽欢。

参观温州道德馆

（2019 年 10 月 30 日）

道德能开馆，神州第一宗。
谈经义利合，论理古今同。
仁爱行天下，初心为大公。
人人从我起，向善自成风。

观瓯江山体灯光秀

（2019年10月30日）

疑是银河入梦乡，灯光水影秀无常。
席天骤起风云剧，幕地旋成溢彩墙。
千古江山开盛世，一城故事证辉煌。
此情此意此间有，两岸欢声总未央。

参观世界温州人家园

（2019年10月31日）

山高终有际，树老岂无根。
走遍天涯路，依然故国心。
乡亲身健朗，家酒味纯真。
荣耀归前辈，未来赖后人。

居家小院

（2019年11月2日）

迷你庭园何足夸，四时绿桂作篱笆。
不求风雅偏求俗，既种果蔬还种花。
碧树临窗迎暮雨，清溪绕屋送朝霞。
结庐原在尘中境，来客相招有酒茶。

暮　秋

（2019年11月3日）

节气逢秋暮，风光似不同。
霜轻惊雁鹊，露重覆蝉蛩。
山寺桂花落，闲庭枫叶红。
自然呈大美，尽在画图中。

己亥立冬

（2019 年 11 月 8 日）

秋冬始交合，夜雨带微凉。
四野空蒙色，千山半绿黄。
枯荷无傲骨，残菊有余香。
未到清闲季，人儿事倍忙。

野　菊

（2019 年 11 月 11 日）

大野辞秋色，空天万里霜。
百花皆悭吝，唯尔独芬香。
饮露金枝秀，餐风玉骨香。
居然思五柳，着意守偏乡。

"江山永固·大爱无疆"书画展今日开幕

（2019 年 11 月 12 日）

大庆之年大展忙，纯为公益亦登堂。

征书热切凭千计，力作纷然自八方。

笔写江山祈永固，墨传大爱冀无疆。

以文载道从来是，与善同行领众芳。

第六届"西湖论善"今日开幕

（2019 年 11 月 12 日）

好戏连台十月天，"西湖论善"又开篇。

宾朋远近皆同道，义理浅深待共研。

发展已趋高质量，创新还靠大能源。

人间大爱真无际，结合知行可领先。

今晨降温

（2019 年 11 月 18 日）

天无连日好，昨夜又西风。
草木凋零落，岭山寒露浓。
江清舟影远，野旷鸟鸣空。
莫道秋光尽，冬来梅欲红。

贺第六届浙江慈善大会

（2019 年 11 月 19 日）

领袖当时首倡开，三年一届又登台。
表彰先进行前列，激励后人创未来。
道德养成家国策，慈心铸就利民碑。
钱江潮涌连天起，向善涛声入九垓。

贺初中同学会

（2019年11月20日）

初中同学聚会磐安，余虽身不能至但心向往之，特作一律以示祝贺。

平生难得几同窗，五十多年未敢忘。
刻苦时光堪刻苦，荒唐岁月亦荒唐。
曾经故事依然在，只是主人头染霜。
知道友情诚可贵，莫将记忆久埋藏。

己亥小雪

（2019年11月22日）

时轮临小雪，天地合成冬。
冻雨漫江北，寒流覆海东。
北疆愁日短，南国喜年丰。
游子思乡切，家藏腊酒浓。

登湖州月亮酒店

（2019年11月22日）

太湖南岸一明珠，妙造自然叹不如。
水入中天天入水，湖悬圆月月悬湖。
轻舟数点真为假，岭岱几重有似无。
渔火星光相映照，风光绝胜冠三吴。

游长兴十里古银杏长廊

（2019年11月22日）

十月兴游古杏林，千年老树可精神。
原生传代公孙子，幽雅迁居乡土村。
玉叶金枝悬硕果，阳光雨露扎深根。
我来正好秋风后，一路新黄更醉人。

题葡萄图

（2019年11月26日）

春华秋实在田田，架下葡萄圆又甜。
金玉满堂谁不喜，一壶清酒话丰年。

戏题落叶

（2019年11月26日）

曾随高树入云霄，亦为世人舞翠条。
谁说冬来无劲节，金黄一地见情操。

题紫藤图

（2019年11月28日）

紫气迎春早，藤花次弟开。
黄蜂吟旧曲，红日沐新蕾。
粉雨弥天落，馨风漫地回。
自然成妙趣，点画任君裁。

江南始入气象意义之冬季

（2019年11月29日）

冬季从今始，岁华已别秋。

云山凝冻雨，长水起寒流。

旷野空归鸟，晴江泊远舟。

农家闲自乐，煮酒话丰收。

题葡萄图

（2019年11月30日）

老树抽新蘖，虬藤冒紫烟。

珠光晴里出，金玉梦中圆。

形比冰晶润，味同甘露甜。

一壶家酿酒，胜过小神仙。

读《杜高杰中国画小品选集》有感
（2019年11月30日）

西子何之幸，人文出大家。
诗书画俱老，神气韵同佳。
翰墨多荣耀，情怀得众夸。
高山应仰止，小品见精华。

清晨雨后所见
（2019年12月1日）

连江寒雨到平明，岸树竟成三色倾。
莫道冬来归寂寞，耳边啼鸟总争鸣。

初　霜
（2019年12月3日）

温度濒冰点，风摧露结霜。
远山雪盖顶，近水雾遮房。

冷日浮云影，寒天映夕阳。
客来同煮酒，醉里盼春光。

己亥大雪
（2019年12月7日）

杭州无大雪，天地冽清寒。
霜重看山寂，冰轻见水残。
风来花落树，日出蝶依兰。
春色何时有，还须等过年。

江南山水文化与旅游融合发展论坛有记
（2019年12月10日）

嘉会论文旅，溯源自古同。
青山书画意，流水演商宫。
既集精神富，又兼物质丰。
鱼熊皆可得，融合始成功。

绍兴云门寺

（2019年12月10日）

千古云门寺，名曾天下知。
帝王多赐匾，书圣几临池。
骚客诗成典，信徒敬若痴。
经年荒未废，重振待佳时。

"慈光益彩暨新湖集团二十五周年庆"
晚会观感

（2019年12月15日）

庆生晚会看新湖，溢彩慈光满眼殊。
二十五年成大业，八千里路济悬壶。
因为仁者心无碍，常爱他人德不孤。
坚守初衷行久远，善通天下见功夫。

吴山诗歌雅集有记

（2019年12月16日）

又是一年临岁终，吴山雅集自雍容。
眼前人物风流甚，身后湖山春意浓。
歌赋诗词皆合律，宫商徵羽亦循宗。
我非骚客难成句，但愿文心从此同。

贺澳门回归二十周年

（2019年12月20日）

归宗回祖廿春秋，庆典欢歌震九州。
怒放莲花呈大美，承平气象显风流。
濠江已雪百年耻，领袖又将千岁谋。
一国之中分两制，天空海阔共遨游。

陈为民诗集首发有作

（2019 年 12 月 21 日）

知雨滋书润，读君性亦真。
今诗随意趣，古调长精神。
简墨经年老，居闲与日新。
晚来时得玉，赓续永和春。

己亥冬至

（2019 年 12 月 22 日）

星移连斗转，冬暮接春晨。
年雪寒如故，腊梅香入魂。
乡音时在耳，往事总留痕。
盛宴千般好，莫嫌家酒浑。

次韵炳文己亥冬至后一日诗

（2019年12月24日）

昨夜酒浓兴未消，听君妙语水平高。
潮声漫向六和塔，诗雨渐迷十五桥。
越水吴山来太古，唐风宋韵自虞韶。
再吟好句须晴日，千里江天尽碧寥。

贺杭州金华商会成立十周年

（2019年12月25日）

华诞十年庆，回看岁月稠。
同心博风雨，携手写春秋。
立业当时计，创新长远谋。
而今再出发，又立大潮头。

贺金华市慈善总会换届

（2019年12月26日）

原知博爱属流风，自古仁人出浙中。
诚子有方数诸葛，为民造福是胡公。
利行天下兼公义，善在民间济困穷。
道德文章慈积累，新时代里做雷锋。

夜游金华古子城

（2019年12月26日）

月色朦胧入婺州，兴来聊作旧时游。
慈光重现九层塔，宋韵犹存八咏楼。
长巷短街回本色，小摊杂铺记乡愁。
几经烽火几兴废，千古风流自可留。

友人赠金华佛手有记

（2019 年 12 月 27 日）

北山生佛手①，金果美名扬。
乍看形如指，静闻体透香。
神传天外树，仙赐孝儿郎。
此物能消气，心宽福寿长。

悼念许行贯同志

（2019 年 12 月 30 日）

哀乐低回沧海东，湖山忽地起悲风。
为民尽瘁无遗憾，报国倾情有始终。
全部身家归百姓，一生心力系三农。
斯人已去精神在，正气堂堂贯宇中。

---

① 佛手，谐音福寿也。

老年大学雅苑班笔会

（2019年12月30日）

迎新辞旧际，试笔走蛇龙。

字写江山秀，图描日月红。

时如东逝水，人似岁寒松。

向晚心胸豁，悠然唱大风。

记省政协新年茶话会

（2019年12月31日）

年年此日岁更新，一盏清茶亦觉亲。

台上传来皆喜报，座前回应尽知音。

协商监督可资政，解难排忧真助民。

还是人民政协好，同心圆里写秋春。

新年祈福走大运

（2020年1月1日）

元旦健行大运河，曙光初照见祥和。
春风欲到江南畔，冬雪未封山北坡。
取巧投机过客少，强身祈福达人多。
条条道路通今古，一往无前好放歌。

腊八赴松阳慰问途中得句

（2020年1月2日）

腊八无风雪，阳生冻渐消。
无山不图画，有水皆清寥。
粥贵布施广，意平祈福遥。
最怜江畔柳，隐约见春潮。

己亥冬访松阳

（2020年1月2日）

腊月访松阳，蓝天碧水长。
六茶①齐蹈舞，一艺共高腔②。
古典成标本，新风正主张。
江南一秘境，生态是原乡。

赴武义山区慰问有感

（2020年1月3日）

山高水远道相通，老少边区未必穷。
依靠"两山"能致富，善谋百计例成功。
荤珍素贵原生态，文兴旅起产业隆。
始信明天会更好，农家小院话年丰。

---

① 六茶，即喝茶、饮茶、吃茶、用茶、玩茶、事茶。
② 松阳高腔被列入第一批国家级非物质文化遗产代表性项目名录。

重上武义牛头山①

（2020年1月4日）

重上浙中第一峰，危岩险道自从容。

茫茫雾海来天外，浩浩云山入海东。

阵有惊雷如啸虎，岂无素练似腾龙。

人间仙境知何处，直向牛头问叶翁。

观看上海第二十六届"蓝天下的至爱"慈善活动

（2020年1月5日）

至爱蓝天下，申城兴未央。

平民不凡事，琐碎亦辉煌。

无论你和我，莫分城与乡。

人人皆可善，处处有阳光。

---

① 民间相传,牛头山为老子坐骑青牛所化。唐代时,道教天师叶法善在此采药炼丹,羽化成仙。牛头山的最高峰天师峰建有天师殿,供乡人崇祀。

己亥小寒

（2020年1月6日）

年终未料峭，阳暖唤春芳。
大野回元气，东风渐发扬。
衣轻被更薄，日短夜犹长。
北国皆飞雪，江南咋反常？

省慈善联合总会新春公益答谢晚会

（2020年1月9日）

又到年终答谢时，纷传喜报告君知。
论功当属先行者，行赏不须金曲卮。
大治由来凭政善，新风彰显赖民慈。
今宵大爱成高调，信是春来第一支。

绍兴慈善公益年会有记

（2020年1月10日）

人文自古重精神，慈有源来善有根。
勾践义田助孤独，范蠡良贾济贫民。
钱江后浪推前浪，时代今人胜昔人。
大爱蔚然成气象，潮流引领四时新。

贺省政协十二届三次会议开幕

（2020年1月11日）

新年开盛会，气象正堂堂。
报告提神气，协商议主张。
心齐求共识，监督亦帮忙。
栽得同心树，人人作栋梁。

赴京机上得句

（2020年1月11日）

千里赴皇都，鸟瞰似有无。
重峦趋渺小，积玉覆蓬壶。
野鹤来天宇，闲身去太虚。
有心游物外，无我得真如。

第九届中国慈善年会有记

（2020年1月12日）

年会例开张，主题论小康。
脱贫临决胜，致富路方长。
同心治根本，合力出洪荒。
携手新时代，扬帆再远航。

北京大兴国际机场

（2020年1月13日）

谁遣人间一凤凰，堪称世上再无双。
银龙腾起飞天外，铁马奔驰向八荒。
纵横南北穿中国，连接东西跨五洋。
登上层楼抬望眼，神州万里梦飞扬。

京城友朋小聚

（2020年1月13日）

难得京城走一遭，友朋小聚亦逍遥。
几多记忆从心起，更有热情比酒高。
莫道韶华如逝水，当随时代赶新潮。
清歌嘹亮胜天籁，折柳何须在灞桥。

拙诗获炳文兄妙和复韵以谢

（2020年1月15日）

出生入世一周遭，天命凡尘两不遥。
于我无求心境远，待人有爱性情高。
才过盛年追梦路，便逢甲子赶诗潮。
西湖自古风华地，决胜扬州廿四桥。

冬　雨

（2020年1月16日）

近来频落雨，难觅一空晴。
水重花零落，山寒鸟不鸣。
冬闲时懒散，岁杪总多情。
游子回乡梦，风平脚步轻。

小 年

（2020年1月17日）

岁杪留残忆，乡园过小年。
灶君言好事，邻友语承欢。
杯酒邀云月，酣歌送暮天。
可怜人已老，白发又新添。

己亥大寒作

（2020年1月20日）

己亥无多日，送迎冬与春。
夜寒梅满蕊，昼暖竹盈门。
茫杳远飞雁，辛劳归旅人。
故乡曾记否？佐酒有鸡豚。

岁杪拾句

（2020年1月22日）

过了小年过大年，时光似水复循环。
有衣有食堪知足，无欲无求可乐天。
看罢春潮掀浪去，又听秋月赋诗还。
退休生活应如许，忘却功名自豁然。

庚子年初一有感

（2020年1月25日）

迎新莫忘旧，往事岂归零。
国梦方飞起，慂疴却倒行。
三元祈一愿，百姓复千宁。
信有精神在，何愁不太平。

年初一闻武汉封控抗疫

（2020年1月25日）

昨夜方除岁，今朝江汉忧。
荧屏频告急，黎民近危中。
瘟疫谁麻痹，治防敢放松？
白衣吾所敬，赴死竟从容。

有感于浙江医务人员急赴武汉驰援

（2020年1月25日）

初一应团聚，白衣也爱人。
中央发号令，奉命扫疴尘。
情别江南夜，心驰武汉晨。
死生于度外，为佑我黎民。

有　感

（2020年1月26日）

消息相传难自禁，有忧有喜众纷纭。
汉阳失守安非过，疫口救人方是真。
举国驰援彰大爱，全民抗御显雄心。
成城众志谁能敌，更待春来报佳音。

年初四晨行道上空无一人有感

（2020年1月27日）

身闲人起早，独步复西东。
路阔车无影，水长舟断踪。
偶来生寂寞，归去拓心胸。
固本培元气，振衣洗倦容。

无　题

（2020年1月28日）

鼠年春节不寻常，史上堪称第一桩。
小小新冠能扰国，堂堂人类竟亡羊。
亲朋问候凭微信，旁舍拜年不串房。
垂老无缘上火线，居家少动即帮忙。

宅家感想

（2020年1月30日）

闲来无事亦心慌，美酒佳肴未觉香。
出户听风须壮胆，关门谢客没商量。
麻将扑克耗心力，学画习书费纸张。
坐看三军鏖战急，莫如身许上前方。

痛悼葛洪升同志

（2020年2月1日）

忽闻噩耗令吾惊，从此人天隔死生。
烽火少年图报国，官场老吏践忠诚。
一身正气生前誉，两袖清风身后名。
碧血丹心昭日月，湖山千古祭英灵。

因新冠疫情阻击战作

（2020年2月2日）

亿万神州气自昂，岂容病毒再凶狂。
历来多难能兴国，浴火重生成凤凰。

春日有作

（2020年2月4日）

天律本来不扰人，莫言庚子旧年轮。
百城频报疫情急，万马挥师号角闻。

呼火唤雷凭智勇，扶伤救死赖仁心。

窃看形势今非昔，冬去春来感受深。

浣溪沙·读明公庚子立春一日后作次韵奉答

（2020年2月5日）

枯坐愁城意未阑，遥思楚越隔千山。老身何忍度空闲。

铁马金戈晃入梦，连天霹雳鬼神寒。待时宴犒醉江干。

元宵感怀

（2020年2月8日）

鼠年元夕静悄悄，闭户索居空寂寥。

主道支衢少车马，社区仁里断灯潮。

已无声处飞鸣镝，尚有回天柳叶刀。

且待瘟神驱尽后，高光时刻更妖娆。

看浙江早间新闻有感

（2020年2月14日）

早看新闻热泪盈，白衣四百又亲征。
既因军令如山倒，亦为疫情似火烹。
国士无私扶既倒，白衣有义挽将倾。
可怜老叟空悲切，恨不以身同逆行。

满江红·战瘟神

（2020年2月16日）

亥末子初，因病毒、酿成瘟疠。无形处、噬人心肺，置人地狱。
沧海横流有砥柱，危颠时刻休恐惧。令全民、奋起战瘟神，齐阻击。

全局事，无区域。生死战，非儿戏。铸东南西北，铜墙铁壁。
国士堪能泣神鬼，民心可畏惊天地。待明朝、清气满乾坤，皆欢喜。

庚子雨水作

（2020年2月19日）

节来残雪融，雨水洗晴空。
天意寒回暖，人情淡复浓。
山河依旧美，草木换新容。
春事与时进，愁云一扫空。

戏和陆游《临安春雨初霁》诗

（2020年2月20日）

年味索然薄似纱，谁人共尔说风华。
汉阳江畔离人泪，黄鹤楼前枯萎花。
将士出征无别酒，平民闭户自烹茶。
只期送走瘟君后，永葆安康乐万家。

317

过西湖

（2020年2月24日）

宅家刚满月，自觉已经年。
日朗湖山瘦，客稀车道宽。
暖风吹习习，芳草舞翩翩。
看景心思过，为何愧昊天。

庚子二月初二后作

（2020年2月25日）

久违杏月展春容，昨日抬头中国龙。
西去江城举雷火，东来朗旭灭瘟虫。
雪融冰化时虽尽，树暖花开势已通。
万物亲和同命运，天人合一道无穷。

和明公访月真法师归来操翰达旦篇

（2020年3月1日）

年近古稀自未休，江湖虽远可行舟。

乡园百里长相忆，故国千年更胜游。

谁使楚天情戚戚，我居越地意悠悠。

清风频报春消息，战地花香满九州。

鹧鸪天·次韵明公静渊春望

（2020年3月2日）

梦里桃源晃若真，阖庐闲坐避烟尘。不知昔日陶元亮，只晓新
闻逆行人。

济时世，扭乾坤，白衣天使送春神。窗前桃李才争艳，户外风
光已九分。

次韵明公作松山图即兴诗

（2020年3月2日）

原在丘山本自由，潇潇洒洒度春秋。
山阴道上凌霜夜，剡水江中傲雪舟。
侠骨缘为高士爱，柔风尚解布衣愁。
携来明月相关照，正合人生伴宴游。

庚子惊蛰作

（2020年3月5日）

惊蛰知时节，春逢动地雷。
无形生气象，取势扫霾埃。
雨润宜丰沛，风狂易患灾。
天时行正道，忧喜两相催。

宅家夜静思

（2020年3月6日）

依稀梦里见江城，彻夜犹闻鼓角声。
一毒凶顽成暴疠，四方慷慨合纵横。
樱花不过开和谢，黄鹤已经死与生。
多难时光重人事，楚天越地最分明。

江南春境

（2020年3月14日）

江南烟雨里，霜雪早消融。
芳草连天碧，晴花映日红。
疫情始逃遁，街市复兴隆。
不负好光景，梦游春境中。

荧屏看疫情报告有感

（2020年3月15日）

草长莺飞屏幕中，山川风月九州同。
溪桃搦搦烟花醉，岸柳纤纤生意浓。
参战征鸿皆勇士，守家梁燕亦英雄。
人人尽是播春者，相庆毋忘举国功。

早晨出门偶感

（2020年3月18日）

出门便见一空晴，草木欣然众鸟鸣。
街市往来车拥挤，郊园玩赏友朋盈。
已传农户备耕早，又报厂商复运行。
生活原来就美好，久违暖日更温馨。

为窗前小景题照

（2020年3月19日）

无意偷师艺自通，不曾设计便施工。
移来小景窗前住，长与春天共惠风。

贺援鄂医疗队凯旋

（2020年3月19日）

楚荆岁末闹瘟神，吴越白衣援手伸。
千里义行惊鬼蜮，一身仁术震妖氛。
舍家报国英雄气，济世悬壶儿女心。
五十多天生死劫，凯旋之日正阳春。

庚子春分

（2020年3月20日）

日朗春光丽，风和季半分。
梅兰方吐蕊，桃李已缤纷。

九派浮黄鹤，三吴动紫云。
山川虽异域，气象但同新。

宅家避疫两月有感
（2020年3月23日）

去年除夕自封门，宅舍之中避疠瘟。
晨起清庭行万步，晚来浊酒饮三樽。
欲知消息荧屏得，每念朋侪微信寻。
大疫当前疏报国，问心何忍做闲人。

宅家两月首次出差
（2020年3月24日）

开年首次出杭城，光景如初又觉生。
烟树晴花香百里，青山碧水翠千层。
郊原时见鹧鸪鸟，市井又闻商贾声。
日丽风和春正好，良田美地可深耕。

网上看武汉樱花

（2020年3月26日）

微信相传几幅图，落英片片满庭铺。
气氛馥郁清香洌，颜色鲜浓韵味殊。
念想花开如舞雪，细看蒂落似遗珠。
当年风景今犹在，静美无言待客沽。

倒春寒

（2020年3月30日）

春寒连日雨，三月落冰花。
湿气迷山嶂，潮声漫海涯。
右军陪习字，陆羽伴烹茶。
旅外多风险，莫如宅小家。

庚子春日访兰亭

（2020年3月31日）

兰亭谒右军，圣迹漫相寻。
游客近来少，修篁与时新。
流觞随曲水，载酒和诗吟。
一序名天下，斯文贯古今。

庚子清明因防疫未回乡祭祖有作

（2020年4月3日）

每到清明例上坟，奈何今岁不由身。
国中抗疫尚无日，域外疬瘟更煞人。
冀盼孝亲时已过，希期祭祖事成尘。
心香一炷朝西拜，允我来年再报恩。

为哀悼全国抗疫中的牺牲烈士和逝世同胞作

（2020年4月4日）

周天欲哭泪纷纷，举国默哀祭国魂。

沧海横流无惧色，风云板荡有诚臣。

不是他们同赴死，哪来我等共图存。

英雄已逝精神在，一片初心照后人。

春　寒

（2020年4月7日）

芳菲四月天，日暖夜还寒。

桃李轻烟绕，荷莲淡霭悬。

晓风吹蝶梦，暮雨湿衣衫。

春意知如此，久看亦自然。

写在武汉"解封"日

（2020年4月8日）

难忘封城在暮冬，闭门守望亦英雄。
既求一地驱瘟疫，亦为万方济世穷。
环宇澄清时有待，神州决胜震长空。
人民自有回春力，家国担当最可风。

赏读星空女士百幅抗疫人物图有记

（2020年4月9日）

集雅之江畔，肃然赏百图。
情形归楚汉，人事复当初。
似火熊熊烈，如雷阵阵呼。
悬壶为济世，施德胜浮屠。
国士堪铭史，平民可载书。
心中怀敬意，腕底下功夫。
笔墨随时代，文坛冀硕儒。
后生多励志，前路莫踟蹰。

次韵明公题画梅

（2020年4月15日）

三月春犹在，兴来画几枝。
闻风香入骨，得雨喜开眉。
纵有浓浓意，还须细细思。
问君何所以，宠辱两由之。

慰问援鄂医护人员有感

（2020年4月16日）

已是风和日丽时，逆行千里得班师。
苍生罹患良医在，大厦将倾国士支。
向死而生真勇敢，悬壶济世最无私。
英雄人物英雄谱，时代同歌动地诗。

观杜高杰先生诗书画有感

（2020年4月16日）

鹤发童颜数杜公，常年不怠砚池中。
家山本在川渝地，造化竟成吴越风。
山水人花各得妙，诗书画印共相通。
从来最是恒心贵，一以贯之专又红。

庚子谷雨

（2020年4月19日）

清明节才过，喜雨便连绵。
霜断日回暖，阳生夜不寒。
屏山流苍翠，镜水漫花烟。
人与天时合，无求百事安。

春　深

（2020 年 4 月 21 日）

春深天正好，无处不成诗。

暖雨吹人面，和风拂柳枝。

含香花竞发，嗅粉蝶相痴。

鸟度云山里，和鸣共此时。

企业融资难融资贵问题座谈会有记

（2020 年 4 月 22 日）

基层访业主，围桌话金融。

头脑生风暴，声言诉苦衷。

沉疴难亦贵，症结异而同。

综合施良策，还须下狠功。

晨行婺江畔

（2020年4月22日）

今次重来走婺江，似曾又见老辰光。
天成山水钟灵地，辈出才人邹鲁乡。
四面衢通能达海，八方客旺善经商。
风流千古应犹在，时事正开新翰章。

省慈善联合总会一届三次会长办公会议有记

（2020年4月25日）

旧年例会昨新开，迟到春光拂面来。①
锦上添花非我族，雪中送炭莫论谁。
只求天下大公道，岂为个人小口碑。
决定三分财富好，和谐社会上高台。

---

① 党的十九届四中全会提出，要重视发挥第三次分配作用，发展慈善等社会公益
事业。

暮春感怀

（2020年4月27日）

斗转星移岁岁同，夏来春去逝如风。
莺歌燕舞朝霞里，流水落花夕照中。
难得身闲应有梦，可怜时去未相逢。
白驹过隙真如此，教我如何不动容。

忆当年

（2020年4月28日）

暮春时节忆当年，两载同窗因有缘。
豆蔻风华浑似火，书生意气欲挥鞭。
课堂游学开新智，校外知行补后天。
五十年①前多趣事，每回梦里总潜然。

① 2020年是笔者所上首届高中试点班的开班50周年。

五一颂歌

（2020年4月30日）

非常时节节非常，举世欢呼兴未央。
楚地长歌悲且烈，周天律吕慨而慷。
五洲才演风云曲，四海已成磅礴章。
千古江山民作主，泱泱大国起龙骧。

劳动节感怀

（2020年5月1日）

节称劳动百多年，际会风云非等闲。
芝市游行争利益，巴城决议诉宣言。
阵营早已分离析，命运于今共结缘。
小小蚍蜉何挡道，车轮滚滚正无前。

为小院玫瑰题照

（2020年5月2日）

深深草木掩妆台，姹紫嫣红恣意开。
雨露阳光兴所好，斜风细雨恐相违。
天成锦绣何须宠，自有前程随处栽。
为送芬芳诚邀客，丹心暗许故人来。

抗击疫情今满百天

（2020年5月3日）

会战瘟神一百天，恍如时序越千年。
苍生曾度生和死，时势已经危转安。
顺势有为当不易，险中取胜更维艰。
纵观多少兴衰事，人类真该敬自然。

暮春早行有感

（2020年5月4日）

斗柄南移别暮春，早行多是健身人。
来风淡淡和而暖，流水轻轻绿且纯。
雁去雁来飞忽忽，花开花谢落纷纷。
四时好景须常记，眼下辰光更觉珍。

题墨竹诗十首

（2020年5月4日）

一

金枝生玉叶，铁骨铸风骚。
吾爱竹君子，心虚节更高。

二

淇澳生山谷，移来饱眼福。
肉糜虽所钟，不可居无竹。

三

玉叶吟诗意，金枝写翰章。
画君能医俗，潇洒立前窗。

四

拙笔何能写竹君，从来物我共知音。
可怜学浅不成画，还得胸中自有神。

五

山川原异域，风月本同天。
竹君诚有意，时刻报平安。

六

摹临历久时，画里识君迟。
拙笔生风处，春来第一枝。

七

江南龙种例能诗，二月春来正合时。
更有歌吟风助阵，动听恰似竹枝词。

八

虚心能识人，高节可交友。
任凭风雨狂，品格仍依旧。

九

弄影斜阳里，吟风烟雨间。
春来容易醉，醉在竹君前。

十

一声雷震出新篁，后代胜于前辈强。
历尽阳光风雨后，千年龙种自堂堂。

青年节感怀

（2020年5月4日）

老夫亦有少年时，莫恨此身追梦迟。
似火青春寻理想，如歌岁月觅良知。
早生无力题新榜，晚岁得闲吟旧诗。
纵是依然心气在，可怜白发已成丝。

庚子立夏

（2020年5月5日）

夏来春去日初长，昼暖还须防夜凉。
晨听鸟啼如梦令，暮看花落满庭芳。
风薰田麦灌浆饱，雨润塘荷出水香。
不似人情分冷热，漫随节气换轻装。

庚子立夏后一日作

（2020年5月6日）

夏来依旧未辞春，热度悄然减几分。
偶有柔风堪送爽，不时膏雨亦提神。
落花看似交情假，成果始知造物真。
如此光阴能几日，机缘巧合属天人。

过润扬长江大桥

（2020年5月7日）

宛若飞虹架润扬，再无天险隔长江。
东西南北通为要，大道前头是大康。

重访扬州

（2020年5月8日）

扬州自古出名流，二十年前曾一游。
形象莫如今日靓，风情堪比昔时柔。

西湖瘦影经年远，明月箫声亘古幽。
美食之都看美景，美人国里忘归舟。

漫游瘦西湖

（2020 年 5 月 8 日）

天下西湖三十六，扬州独有瘦西湖。
水如纤细柔情女，月若清澄冰玉壶。
树上烟花真好客，岸边宅邸最宜居。
船楼时有笙歌起，千古风光胜画图。

长三角慈善一体化发展扶贫项目评审会昨在扬州举行

（2020 年 5 月 9 日）

昨聚扬州暖日薰，五方联席议扶贫。
小康决胜同协力，慈善支持共振频。
成果得来尚不易，过程付出更艰辛。
相期早日成行去，直向老区传爱心。

母亲节有感

（2020年5月10日）

每年逢此节，儿女总沾襟。
孟母断机杼，岳王刺背心。
羔羊知跪乳，乌鸟懂还恩。
无孝不成善，世间娘最亲。

初　夏

（2020年5月11日）

清和四月天，无雨起轻烟。
菡萏纤纤绿，榴花熠熠妍。
枝头闻宿鸟，墙角听新蝉。
幸是人行早，轻舟入眼帘。

初夏即景

（2020年5月13日）

初夏特清和，天成画意多。
轻风花浪漫，细雨柳婀娜。
山静如图卷，江流似浩歌。
好诗来不易，令我费吟哦。

学书法偶得

（2020年5月13日）

华夏一瑰宝，文明贯古今。
真行篆隶别，碑帖南北分。
论道当求正，学书务出新。
成家非我属，翰墨伴闲人。

石榴花

（2020年5月14日）

篱畔榴花开欲燃，一如星火洒南天。
红绡香透丝丝雨，琼粉妆成细细烟。
馥郁丛中惊彩蝶，浓荫树下听清蝉。
欲收成果须秋后，籽结同心客满园。

晨起偶得

（2020年5月17日）

晚岁应无恼，赋闲还领薪。
读书防弱智，行足为强身。
势利非关我，时余不扰人。
偶闻天下事，何必起忧心。

无　题

（2020年5月18日）

夜来常做梦，似假亦如真。
喜讯从心过，悲声充耳闻。
天时循有路，世事岂无痕。
欲作东篱客，又难脱俗尘。

晨　行

（2020年5月19日）

无雨亦无晴，黎明即出行。
时光真静好，昏晓两分明。
隔岸观鱼钓，沿河听鸟鸣。
磨成铁脚板，只为好心情。

庚子小满

（2020年5月20日）

小满悄然至，云蒸暑气浓。
江南飘暖雨，塞北起温风。
庄稼半成熟，农时小放松。
何劳辛苦我，以逸待年丰。

参加金华商会座谈有感

（2020年5月21日）

婺商开例会，慷慨话沧桑。
世事多风险，信心胜铁钢。
超车取弯道，逆势善飞扬。
自有精神气，何愁骤雨狂。

无 题

（2020年5月22日）

亦晴亦雨到平明，欲揽风光赶早行。
芳草萋萋华露重，轻舟隐隐笛声轻。
稼农奋发图丰足，商户争先冀业兴。
都说时间如逝水，独唯天道总酬勤。

偶 感

（2020年5月23日）

眼睛一眨又经年，梦里不知已赋闲。
既忆少时生计累，亦思青壮为民艰。
晴耕后院收蔬果，雨读前窗效古贤。
君子相交三五个，拟将晚岁济元元。

无 题

（2020年5月24日）

解甲归家莫自怜，清风何必诉平凡。

匆匆岁月还如水，滚滚红尘仍似烟。

时与故交谈故事，偶同新友论新篇。

欲将烦恼全抛去，淡泊怡然每一天。

走进五芳斋[①]

（2020年5月25日）

百年成一粽，五味俱芬芳。

内裹民生计，外包国色装。

匠心堪独运，卓越勇担纲。

更看钱潮起，驾舟再远航。

---

① 嘉兴五芳斋创始于1921年，是全国首批"中华老字号"企业，迄今已百年。

南湖咏怀

（2020年5月26日）

秀水泱泱，南湖沧沧。
楼台隐隐，烟雨茫茫。
开天辟地，创党红舱。
马列指引，赤旗高扬。
中国革命，于此滥觞。
农民暴动，工人武装。
南昌起义，会师井冈。
长征万里，遇险呈祥。
遵义会议，力挽危亡。
延水铁流，枣园灯光。
主席思想，大放光芒。
挥师南北，跃马横枪。
八年浴血，打败东洋。
三大战役，决胜蒋帮。
推翻旧制，立国东方。
改天换地，四柱八梁。
人民共和，政治协商。
工农联盟，固若金汤。
从无到有，正道沧桑。
工农商建，钢电油粮。
科技教卫，学盛文昌。
一星两弹，威震万疆。

十载动荡，人心癫狂。
惊雷一声，拨乱返常。
改革开放，气冲穹苍。
翻天覆地，磅礴洪荒。
一个中心，举国主张。
两个坚持，左右皆防。
经济特区，风自南乡。
联产承包，肇始凤阳。
企业自主，导向市场。
内外经贸，达海通江。
从穷到富，物阜民康。
安居乐业，雨露甘棠。
全新时代，筑梦铿锵。
人民领袖，把舵引航。
四个自信，坚定昭彰。
五位一体，挈领提纲。
面向世界，协和万邦。
天下为公，同此炎凉。
挑战风险，从不彷徨。
中流砥柱，彰显担当。
顶天立地，由富到强。
万化维新，日月流芳。
建党初心，始终不忘。
红船精神，奕世发扬。
湖畔办学，红色殿堂。
传承薪火，培植忠良。
代有新人，虎步龙骧。

继往开来，地久天长。
伟哉吾党，百年辉煌。
卓然古国，大道康庄。
岁月春秋，天地星霜。
圣地重来，壮怀激昂。
抚今忆昔，慨当以慷。
击壤而歌，一表衷肠。

偶　感

（2020年5月27日）

人老身犹健，事闲耳不闻。
晨行过万步，晚饮浅三樽。
旅外观天地，居家听子孙。
兴来挥几笔，似可养精神。

观抗疫画展致作者星空

（2020年5月28日）

百年经一战，惨烈迄今无。
终把瘟神灭，已将生命扶。

大医诚可爱，故事画成图。
今有丹青手，情怀亦可书。

江南梅雨季

（2020年5月30日）

江南梅月自多情，时雨时风总不停。
热雨飘来潮答答，凉风吹去汗盈盈。
杨梅熟了枇杷落，江水波横倦鸟鸣。
最是一年微妙季，亦憎亦爱半分明。

梅雨天随想

（2020年5月30日）

阴雨连连不肯休，几人欢喜几人愁。
平时难得家中坐，今日却思郊外游。
雾里吟风寻好句，水中弄月梦琼楼。
身闲况是无聊事，应与天公争自由。

儿童节随想

（2020年6月1日）

人生得尽欢，只有在童年。
烂漫由心造，天真出自然。
尽情玩水仗，放肆滚泥团。
捉鸟树林上，放羊青草边。
爬山寻兽迹，挖地觅虫眠。
扔帕做游戏，持竿滚铁圈。
不愁柴米贵，只晓蜜糖甜。
喜结同龄友，爱听赞扬言。
邻居诚友爱，伙伴更相怜。
当面刚撕架，转身又搭肩。
六龄即入学，破屋作堂轩。
稚子五三个，老师仅一员。
校园小似掌，课本薄如笺。
上学认真听，回家仔细研。
无悬梁刺股，有崇拜英贤。
散学仍嬉闹，课余管不严。
平时少努力，考试却争先。
喜报传村里，娘亲带笑颜。
时光逝如水，人老脑非残。
每忆从前事，又回六秩前。
青山终不去，岁月总循环。
祈愿儿孙辈，实诚减负担。

儿孙读书苦，长辈亦辛艰。

压力随时减，精神逐日添。

不为分数累，方得品行全。

好梦伴成长，开心每一天。

小院种蔬菜

（2020年6月2日）

一分薄地自躬耕，本是稼农活不生。

春种青苗饶有趣，夏收成果足丰盈。

友人造访欣分享，虫鸟来啄巧抢争。

小院四时呈气象，早年筑梦晚年成。

胡公颂——读《大宋清官胡则》有作

（2020年6月5日）

胡公，名则，字子正，浙江永康人，北宋时期名臣。因"为官一任，造福一方"，深受百姓爱戴，毛泽东同志也曾赞评这个永康先贤。近读乡友翁卫军主编《大宋清官胡则》倍感振奋，遂作古风一首，以示敬仰耳。

方岩行云远，华溪流水长。
轩辕曾铸鼎，虞舜旧垦荒。
农耕斯有本，五金此滥觞。
自古风华地，历来名士乡。
公也昔名厨，因缘生茅房。
身世非望族，家境属小康。
虽为田家子，族训安敢忘。
自幼识伦理，三纲并五常。
时人多好贾，因循喜工坊。
金银铜铁锡，匠作自主张。
仓实知礼乐，天子重学堂。
寓居峰顶寺，求学奋寒窗。
老僧通佛法，孺子卧石床。
遂应天下举，临御赋诗狂。
洋洋十二韵，留言引卜商。
十年苦读日，一朝进士郎。
太宗易名则，立身载明光。
三朝号忠荩，忧国事君王。
十握知州符，恤民保安祥。
六持使节度，内外柔中刚。
践行四七载，履职尽周详。
先任县小吏，牢固基础桩。
能吏方成仕，效忱督边防。
升迁至州府，政绩逐昭彰。
身倡修水利，力行办名庠。
去邪除盗贼，扶正抑豪强。
平反冤假案，弘法振纪纲。

先进勤勉励，儒风历发扬。
赋宽免苛税，业旺储余粮。
奏免身丁钱，惠及衢婺江。
之水更缘结，二度曾尹杭。
疏浚运河道，修筑捍海塘。
兴学培才俊，结舍植贤良。
尊严有师道，教育无废亡。
国士与布衣，江湖共庙场。
君子交挚友，道德做文章。
宦海几沉浮，铁骨易挫伤。
一身浩然气，两袖清风扬。
为官时一任，造福每一方。
领袖褒名臣，黎民颂甘棠。
千年堪独秀，百世可流芳。
吾身虽不至，将公比艳阳。
今读前贤传，掩卷久思量。
云山复苍苍，江水何泱泱。
后波推前浪，百川向大洋。
春秋易天地，日月换星霜。
晚辈须努力，使命勇担当。
千年同一梦，华夏共辉煌。

黄梅时节雨

（2020年6月5日）

梅黄时节雨绵绵，芒种何缘心事添。
洪水连江浪拍岸，灾情入梦夜难眠。
想来春麦先丰熟，亦觉夏禾已满田。
世道还须天道助，风调雨顺惠人间。

庚子芒种

（2020年6月5日）

芒种逢晴日，天公道有情。
湿衣刚脱去，热扇便风行。
高树从云出，鼓蛙惊鸟鸣。
庭前夜看月，诗意盎然生。

贺浙江省生态文明研究院揭牌

（2020年6月5日）

2020年6月5日，正值世界环境日，浙江省生态文明研究院于浙江理工大学正式成立。笔者在省政府任职期间，连续近十年分管环境保护和生态建设，此次受邀参加揭牌仪式，深感荣幸，感想良多，特作一律，以示贺之。

"两山"理念破天惊，生态文明启引擎。

领袖当年亲力倡，浙江历届率先行。

河山处处披新绿，社会天天促转型。

建院欣逢环境日，赶潮正好夺先声。

之江公益沙龙今在余杭举行

（2020年6月8日）

迟来开短会，疫后办沙龙。

嘉奖典型众，交流经验丰。

危机严管控，治理重协同。

体会从心得，未来俱可风。

因友人馈寄杨梅有作

（2020 年 6 月 17 日）

熟透杨梅五月中，友人惠赠借飞鸿。
阳光供养琼珠紫，雨露怡情鹤顶红。
盈盘玉馔皆殷实，满嘴甘甜够味浓。
见物咏怀相得句，拟将泡酒与君同。

贺湖州市大东吴慈善文化研究院揭牌

（2020 年 6 月 18 日）

太湖之畔集群贤，文脉绵绵今古连。
泼墨挥毫诚善举，高谈阔论属慈言。
坐而问道明思辨，起则践行达本源。
时代迎来新使命，弄潮儿女再争前。

庚子夏至

（2020年6月21日）

连雨不知夏，出门才觉凉。
鸟声穿云雾，蝶影没荷塘。
涨落钱江水，阴晴西子乡。
宅家无所冀，惟盼好阳光。

父亲节有感

（2020年6月21日）

父爱如山重，节来表寸心。
少时浑不觉，晚岁愈知深。
欲孝无亲在，追思有宿因。
家山一抔土，教我千苦吟。

寒石先生书画艺术展观后感

（2020年6月22日）

艺坛藏大器，军旅卧强龙。

多有书生气，了无媚俗风。

文心游物外，逸趣入眸中。

师古不泥古，出新正未穷。

因浙商社会责任专题论坛作

（2020年6月23日）

天下谁无敌，神州有浙商。

四千开大道，一脉续纲常。

亲政且清白，慈心更主张。

善行全世界，人类共荣光。

六七抒怀

（2020年6月24日）

人生能有几多长，转眼青丝成白霜。
从小沾光乡土味，至今犹觉菜根香。
因有慈心常耿耿，故无媚骨自堂堂。
虚名早已随流水，欲得延年用脚量。

庚子端午节

（2020年6月25日）

楚水泱泱汉水长，年年此日是端阳。
图腾天象龙崇拜，屈子伍员谁举觞。
驱疫雄风扶正气，恤民国士砥中梁。
漫随百舸争流去，海晏河清入翰章。

端午次日见天晴

（2020年6月26日）

端阳连日雨，晨起复晖光。
林静千重翠，荷开十里香。
浮云遮不住，朗旭又辉煌。
我欲乘风去，寻诗到远方。

贺丽水市慈善总会换届

（2020年6月30日）

丽水风华地，感知种德深。
慈心昭日月，善举济生民。
继往凭先例，开来赖后人。
欣逢好时代，卓越有群伦。

全省慈善会系统年中工作座谈会

（2020年7月1日）

欣逢党生日，底事可交流。

经验同分享，课题共与谋。

目标高质量，顺势上台楼。

慈善初心在，扬帆竞百舟。

访丽水市鱼跃酿造食品有限公司

（2020年7月2日）

百载遗珠老，盛名已久闻。

酱香纯五味，玉液醉三军。

匠意融新旧，德心贯古今。

传人举薪火，鱼跃入龙门。

景宁望东垟高山湿地

（2020年7月2日）

高山芳草甸，地久与天长。
烟树连三界，雾云接八荒。
虫鸣交响乐，鸟动舞霓裳。
客到时晴雨，恍如入梦乡。

夜食畲家菜

（2020年7月2日）

主人多好客，席上食材真。
鸡自林间养，鱼来溪水存。
笼蒸洋薯豆，罐煮土猪豚。
米饭浓汤拌，酒纯易醉人。

再游丽水千峡湖

（2020年7月3日）

天清气朗泛轻舟，佳日又来作旧游。

两岸明山啼树鸟，一江秀水记乡愁。

青峰翠岭藏春色，高坝平湖出电流。

老友重逢多感慨，每谈往事总难休。

庚子小暑

（2020年7月6日）

小暑悄然至，方知近岁中。

云腾生热雨，雷动起罡风。

早稻才初熟，囷仓已半空。

此时何避夏，心静自轻松。

夜登金华万佛塔

（2020年7月6日）

重修百丈塔，今古续因缘。
威震三千界，恩光万佛全。
群生求福佑，禅主养云烟。
移步上楼顶，我来如是观。

访李渔故里夏李村

（2020年7月7日）

夏李闻名早，我来带雨行。
鲤鱼渠里跳，兰草道边生。
小筑归高士，明溪映隐亭。
诗书能煮酒，饮者总关情。

访兰溪游埠古镇

（2020年7月7日）

千年古镇史存珍，热雨淋漓察旧痕。

五马奔槽通世界，一溪归棹达庭门。

茶楼酒肆时光老，艺馆书堂习俗新。

文旅兴来风正劲，古为今用务求真。

新安江水库开闸泄洪

（2020年7月8日）

高坝平湖载国光，今开大闸破天荒。

顷生九瀑成银汉，旋使三江变海沧。

野马奔腾如浪漫，狂龙呼啸似颠狂。

此时风景不能看，保境安民自有方。

梅雨宅家闲想

（2020年7月10日）

梅时童子脸，反复常无辙。
久雨又初晴，温柔而亢烈。
偶来软似绵，直去刚如铁。
海啸风雷惊，山呼云水裂。
雾横绕百峰，泉纵生千练。
甘雨始殷殷，苦风终切切。
二元看世态，板荡识英杰。
气象属天机，人情不可泄。

喜见天晴

（2020年7月12日）

连天梅雨后，晨起见空晴。
曙色当头照，蝉声悦耳鸣。
欲吟千句少，举步一身轻。
时有垂纶者，身闲手不停。

鲍贤伦书法展观感

（2020年7月15日）

申城看大展，书者乃贤伦。
汉隶师从古，秦风自出新。
金钩多会意，铁画贵传神。
大块文章秀，堪称属一人。

游嘉兴梅花洲

（2020年7月15日）

迷蒙烟雨水乡游，别样风情不胜收。
曲巷直街文旅店，木阁石亭茶酒楼。
红桃十里方丰熟，绿水一溪好泛舟。
更喜其间逢老友，笑言此地合疗休。

雨中游览与嘉兴同事不期而遇

（2020 年 7 月 16 日）

不期老友喜相逢，往事又成追忆中。
风雨未消同志谊，湖山已改旧时容。
曾为大业将无我，且把华年付大公。
一片冰心何所寄，笑看夕照与君同。

外孙女九周岁生日

（2020 年 7 月 20 日）

庆生逢吉日，三代俱欢颜。
祝福藏心底，烛光照稚颜。
品行时向上，学业每争先。
健体强身美，玉成得自然。

雨后见朝阳

（2020年7月21日）

久雨新晴后，朝阳喷薄升。
行云穿曙色，流水送舟声。
碧树凌风起，黄花向日生。
行人观不足，钓者最专情。

庚子大暑

（2020年7月22日）

大暑连三伏，炎蒸何处凉。
兰舟行绿水，菡萏发幽香。
竹影摇新月，风声响旧窗。
夜来人欲静，一梦到天光。

黎明早起

（2020年7月28日）

黎明人早起，信步走塘河。
曙色参云海，轻舟泛碧波。
倾葵迎日笑，翠鸟朝天歌。
伏暑何言苦，今朝快意多。

夜宿南太湖山庄

（2020年7月29日）

小住太湖旁，依山望水长。
清风摇树影，鸟语入花窗。
冰镜来天宇，温柔自故乡。
夜眠方觉醒，日月已同框。

游长兴太湖龙之梦乐园

（2020 年 7 月 29 日）

太湖南畔龙之梦，别样风情满目中。

山水田林皆友好，豺狼虎豹亦和融。

住行购食江南味，康乐养生时代风。

入夜星光真灿烂，人间仙境不虚空。

中国国际跨国公司促进会组团考察湖州有记

（2020 年 7 月 29 日）

跨国公司会，中华数一流。

情怀报家国，风雨铸春秋。

无处不机会，有资皆可投。

各方多热切，志在拔头筹。

访安吉天使小镇

（2020年7月30日）

十年成一镇，天使落苍岑。
树暗花吟蝶，山清水映云。
稚童玩快乐，老叟住开心。
小坐消炎气，杯茶忘古今。

收悉鲁光兄《三牛图》即作以谢

（2020年7月31日）

乡兄邮画我，得意未忘形。
挥墨浓浓趣，成图栩栩生。
抬头迎日照，向背踏歌行。
常忆牧牛事，时闻四蹄声。

建军节有感

（2020年8月1日）

八一军旗血染红，峥嵘岁月唱雄风。
出生入死男儿志，卫国保家武备功。
四海时闻云水怒，五洲又起炮声隆。
止戈为武初衷在，固我江山有虎龙。

贺赵一德同志赴陕西履新

（2020年8月2日）

天将大任降才人，朝别京畿晚入秦。
华岳经年根脉老，长安此刻主官新。
帝乡圣地遗双宝，强省富民系一身。
满眼风来红土地，纵横捭阖任耕耘。

访杭钢集团有感

（2020 年 8 月 6 日）

立秋前夕访杭钢，不见当年炉火膛。
厂地竟然成绿肺，工房恍若变仙乡。
与时俱进领头雁，浴火重生金凤凰。
钢贸数环新业态，喜看前景更辉煌。

庚子立秋

（2020 年 8 月 7 日）

三伏才将尽，天时便入秋。
有风添爽意，无雨惹闲愁。
悬月多圆缺，流云独放收。
炎蒸还任性，欲去却难休。

晨行西溪

（2020年8月9日）

黎明即起走西溪，满目风光似旧时。
路上行人还赶早，天边日照总偏迟。
桨声棹影随鱼跃，柳树荷花任鸟啼。
美景良辰皆说好，吟诗健足两相宜。

无 题

（2020年8月12日）

炎暑时将尽，晨昏热亦凉。
阳升如老虎，月落似绵羊。
秋果未成熟，夏收已入仓。
天公如我待，入夜梦偏长。

与友人钱江放舟

（2020年8月15日）

暑气连天色，落晖入客心。
夜灯观似雪，韶乐诉如琴。
无月惊残梦，有风拂旧襟。
放舟吹白发，长水起潮音。

新华江南书画院郭庄畅咏

（2020年8月16日）

去冬一别到今秋，再聚郭庄忆旧愁。
雅事隔年犹记得，诗心今日更难收。
吴山遗韵城隍阁，曲院举觞湛碧楼。
共与风荷相咏唱，我来列坐亦风流。

古稀集

陈加元◎著

下　册

浙江人民出版社

图书在版编目（CIP）数据

古稀集 / 陈加元著. — 杭州 ：浙江人民出版社，
2024.1

ISBN 978-7-213-11231-7

Ⅰ．①古… Ⅱ．①陈… Ⅲ．①诗集–中国–当代
Ⅳ．①I227

中国国家版本馆CIP数据核字（2023）第205318号

古稀集

陈加元　著

出版发行	浙江人民出版社 (杭州市体育场路347号　邮编　310006)
	市场部电话:(0571)85061682　85176516
责任编辑	郦鸣枫　钱钰佳
封面题签	金鉴才
责任校对	杨　帆　姚建国
责任印务	程　琳
封面设计	王　芸
电脑制版	杭州天一图文制作有限公司
印　　刷	杭州丰源印刷有限公司
开　　本	710毫米×1000毫米　1/16
印　　张	52
字　　数	600千字
插　　页	2
版　　次	2024年1月第1版
印　　次	2024年1月第1次印刷
书　　号	ISBN 978-7-213-11231-7
定　　价	108.00元（全二册）

如发现印装质量问题,影响阅读,请与市场部联系调换。

"军中百灵"杨九红音乐分享会
在紫荆雅苑举行

（2020年8月18日）

雅苑多尘俗，清歌久未闻。

军中百灵鸟，邻里一情深。

胸腹生灵气，心怀发籁音。

曲终人不散，教我长精神。

夏秋之交有作

（2020年8月21日）

晨昏真惬意，时令夏交秋。

日照云行远，月悬江自流。

塘荷惊粉蝶，岸柳宿青鸥。

佳景不长有，藉风好泛舟。

庚子处暑

（2020年8月22日）

年轮回处暑，秋色抹晴空。
流转炎凉态，送迎南北鸿。
莫悲荷雨别，应喜橘风逢。
岁岁皆如此，枯荣交互中。

沈国甫先生招饮友人小聚

（2020年8月23日）

友朋分别久，相见尽开颜。
招饮有真酒，畅怀无假言。
漫谈天下道，纵论里仁篇。
坦荡如君子，心胸亦豁然。

庚子七夕

（2020 年 8 月 25 日）

年年乞巧在今宵，织女牛郎渡鹊桥。
泪目盈盈无解语，银河渺渺尽空寥。
婵娟千里开妆镜，明月一时入梦遥。
此爱只应天上有，岂求暮暮与朝朝。

观崇照法师画展

（2020 年 8 月 25 日）

栖霞多乐事，雅室展图新。
是墨如非墨，无音似有音。
性空东海阔，心净太行深。
信是云游客，制成山水真。

用"绿水青山就是金山银山"理念打造新时代慈善生态——首届南太湖慈善论坛有记

（2020年8月26日）

"两山"新理念，示范领群伦。

取向三观合，精神一脉循。

相交思路实，互鉴作为真。

来者皆同道，践行共德邻。

无　题

（2020年8月27日）

暑寒交换季，万物接青黄。

秋桂未成子，夏荷仍送香。

凉衣待更替，热扇慢收藏。

夜半来风雨，酣然入梦乡。

夜雨知秋

（2020年8月28日）

昨宵一场雨，今起感知秋。
霁霭迷山野，片云逐水流。
凉来多快意，暑去少烦愁。
望里层林染，风光不胜收。

秋雨连宵

（2020年8月29日）

时雨连宵下，清凉到万家。
风生荷伞落，水起桂枝斜。
南亩收嘉果，北山采露华。
行游恰好处，秋色满天涯。

访善琏湖笔小镇

（2020年8月29日）

文房数一宝，湖笔正光前。
敬祖尊蒙恬，传承续古贤。
良工加巧匠，齐健并尖圆。
更有精神气，随君写雅篇。

偶　得

（2020年9月1日）

翻开记忆看年轮，人有机缘事有因。
经历光明和黑暗，得来胜迹与伤痕。
情怀家国应非假，利禄功名莫作真。
逝者如斯终不返，终生难忘是精神。

庚子中元节

（2020年9月1日）

节到中元祭祖先，生离死别两茫然。
严慈仙去恩难报，游子归来梦不全。
寒雨茫茫迷泪眼，凄风戚戚湿衣衫。
点支心烛朝天照，回望家山又一年。

咏墨竹

（2020年9月3日）

淇澳依危石，古来入画图。
师承与可早，造化板桥殊。
直节真君子，虚心大丈夫。
临风展玉骨，潇洒得真如。

纪念中国人民抗日战争胜利七十五周年
（2020年9月3日）

家仇国恨记当年，大厦将颠顷刻间。

黑水白山燃鬼火，北疆南国起狼烟。

英雄血染江山固，倭寇灰飞烟灭还。

胜利之时看世界，中华崛起信无前。

昨与乡友话陈亮
（2020年9月3日）

浙东开学派，同甫史留芳。

义利并行重，农商相藉长。

人文共龙虎，家国荐忠良。

以古为今鉴，儒风待发扬。

浙江省暨杭州市"中华慈善日"主题宣传活动今日启动

（2020年9月4日）

中华慈善日，岁岁在今朝。

大众兴慈举，之江起善潮。

脱贫争贡献，抗疫付辛劳。

心系民生事，亦为国计操。

浙江省慈善嘉年华活动在甬启动

（2020年9月5日）

嘉年盛会起嘉音，十万河山共振频。

从善如流成大爱，以慈为本践初心。

扶贫解困从来急，造血提神长远深。

我为人人人为我，助人悦己古风存。

庚子白露

（2020年9月7日）

白露今朝至，风生早晚凉。
蒹葭依老柳，篱菊绽新黄。
鸿雁归南国，夜蝉鸣北窗。
春华化成土，秋实待收藏。

游西安大唐不夜城

（2020年9月8日）

大唐新夜市，银汉落人间。
水起霓虹幕，月生白玉盘。
秦皇兵俑石，武帝拓江山。
玄奘传经日，贞观出舜天。
柳颜书巨幅，李杜制鸿篇。
国魂系华岳，龙脉接秦川。
齐天钟鼓乐，百姓舞翩跹。
客至真如梦，又回盛世巅。

又到西安

（2020年9月8日）

神清气爽向西游，又见帝都王气稠。
秦汉雄心传百世，陕甘铁血载千秋。
碑林镌刻前朝史，雁塔只为后世留。
一路行来观不足，于今人物更风流。

访西北大学慈善研究院

（2020年9月9日）

百年大学堂，慈善历昭彰。
学问传人久，行为济世长。
交流当镜鉴，研究著文章。
仁者为师矣，吾侪践主张。

访西安高新区

（2020年9月10日）

华厦如林入碧霄，新区崛起属新高。
五城①并列争先进，一路②居前作坐标。
兴业图强除旧弊，招商引智出奇招。
年来更是东风劲，逆势飞扬开放潮。

观壶口瀑布

（2020年9月10日）

谁卷狂涛惊虎龙，搬来日月贯长虹。
一壶山水从天落，百态江流入海终。
云汉茫茫三万里，黄河滚滚九千重。
仰观形势因时变，信是苍天造化功。

---

① 五城，即为创新城、富强城、美丽城、时尚城、幸福城。
② 一路，即"一带一路"，是指丝绸之路经济带和21世纪海上丝绸之路。

初见梁家河

（2020 年 9 月 11 日）

家国情怀何处寻，识途老马觅初心。
伟人印记分明在，吾辈看来格外亲。
瘠壑穷沟知痼瘼，战天斗地为黎民。
曾经多少生平事，件件桩桩存史真。

又到延安

（2020 年 9 月 11 日）

公干之余圣地行，金阳送我好心情。
南泥湾畔花为海，宝塔山前水映城。
窑洞主张惊世局，枣园灯火照天明。
重来最爱登高看，红色延安与日兴。

咏延安宝塔山

（2020年9月12日）

巍巍宝塔山，千载守延安。
牵手水连水，并肩山接山。
五星耀古邑，七彩染新颜。
仰望长天外，清风自浩然。

学习考察陕西省慈善协会

（2020年9月12日）

气爽秋高季，往来浙陕间。
传经无客套，问道有真传。
过去同相讨，未来共探研。
因为慈善故，合力著新篇。

咏 秋

（2020年9月13日）

一年一度又秋风，染得山河五彩浓。
丹桂飘香篱菊白，荻花绽放石榴红。
偏村日落云霞里，野径人游烟树中。
鸿雁不时天上过，清江独钓有闲翁。

昨与戌标兄招饮志君酒有记

（2020年9月16日）

有朋南粤至，潇洒自从容。
人遇东风起，世逢国运通。
初心泛商海，骏业正崇隆。
回首曾经事，笑谈杯酒中。

昨与浙大同志共议慈善合作

（2020年9月17日）

求是在明德，诲人重国情。
师承为正道，善治得承平。
校地一同作，学研两共赢。
慈行凭大众，引领看精英。

秋　雨

（2020年9月18日）

细雨绵绵入仲秋，苍茫云水惹闲愁。
蒹葭十里无风采，桂菊几丛有鸟啾？
回看北山松起舞，何愁南亩粟难收。
晴来尽染千重色，寥廓江天行客舟。

天凉有梦

（2020年9月18日）

天凉好个秋，夜梦竟无休。
月落蓬莱岛，星垂白鹭洲。
孤村眠宿鸟，野渡自横舟。
晨雨知人意，伴吾去远游。

访泰顺竹里畲族乡

（2020年9月18日）

山回十八曲，云拥一畲乡。
竹染千重翠，茶传百里香。
清溪映野舍，苍林掩书堂。
宾至桃源里，他乡作故乡。

游泰顺乌岩岭国家级自然保护区

（2020年9月18日）

太古乌岩岭，成形亿万年。
雾山飞雨瀑，云海出林泉。
雁荡连苍壁，武夷接壤天。
曾经红土地，遗脉永相传。

观泰顺廊桥

（2020年9月19日）

长桥古阁若长虹，百载风流入眼中。
川上漂移波底月，舟前倒影水中宫。
谁将一地容颜改，更令八方车舆通。
知得非遗真国宝，今来始见鬼神工。

瞻仰泰顺中国工农红军挺进师纪念馆

（2020年9月19日）

红色白柯湾，我来驻足看。

耳边号角响，心底烛光燃。

挺进东南地，纵横敌伪间。

军民生死共，浩气贯长天。

泰顺卢梨红色古道越野赛

（2020年9月20日）

年年越野马拉松，红色卢梨秋意浓。

发令枪声疾似电，健儿脚步快如风。

争先恐后心常态，搏雨击风志不穷。

成败无关荣辱事，坚持到底亦英雄。

泰顺雅阳氡泉

（2020年9月21日）

浙闽分疆处，神泉远古生。
地底埋朱火，空天耀素星。
入浴知松骨，出汤觉爽身。
得闲听鸟语，最可养心情。

庚子秋分

（2020年9月22日）

中秋连夜雨，寒暑两分平。
水起层层雾，风生阵阵声。
山前松落叶，岭外雁鸣惊。
忆想辛劳事，应有好心情。

咏白衣天使致谢浙二医院

（2020 年 9 月 24 日）

华夏有传统，悬壶济世人。

华佗如再现，扁鹊又投身。

头脑加科技，传承复创新。

大医怀大德，仁爱满乾坤。

浦江第十三届中国书画节有记

（2020 年 9 月 26 日）

盛节年年今日开，虽经瘟疬未相违。

万人空巷迎骚客，千岁名城筑看台。

绿水青山无墨画，人杰地灵有形碑。

皆为时代丹青手，共写新章向未来。

浦江佑岩禅寺

（2020年9月26日）

名山藏古寺，回望越千年。
屡废寻常事，复兴非等闲。
天人师造化，气象自庄严。
物外禅修地，闲中得善缘。

浦江诗画小镇

（2020年9月27日）

仙华山脚下，诗画筑原乡。
文脉承千古，风流自八荒。
孤峰吟水碧，群鸟唱花香。
时有骚人住，与邻共举觞。

午后过柯桥大香林

（2020 年 9 月 27 日）

树老经千载，花新引众人。

初闻香入骨，细看玉为魂。

小坐尝佳味，徐行听籁音。

有朋三五个，快乐似仙神。

国庆中秋双节将至有感

（2020 年 9 月 28 日）

吉日适逢双节临，笑看庚子战风云。

内忧曾受瘟神累，外患屡遭狗血淋。

国泰民安时代梦，家圆业旺顺民心。

天时当与人和合，明月高悬任我吟。

参加烈士纪念日向革命烈士敬献花篮仪式

（2020年9月30日）

青山埋烈士，举国祭英雄。
崇敬心诚就，献花血染红。
平凡而伟大，使命与光荣。
喜看新来者，正吹时代风。

住民宿赏圆月

（2020年10月1日）

莫干山上月，皎洁似冰轮。
窗外清光老，阶前白露新。
流云腾虎步，静水泛龙鳞。
今夜团圆酒，举杯无外人。

又上莫干山

（2020年10月2日）

浙北一高峰，今来秋意浓。
云山高万丈，竹海浪千重。
史铸莫干剑，馆藏民国风。
伟人多故事，入耳妙无穷。

夜宿劳岭村

（2020年10月2日）

昔日小山沟，如今重旅游。
农家忙待客，老屋记乡愁。
入夜看圆月，推窗听皓鸠。
乡居吾所好，欲走却思留。

行走山川游步道

（2020年10月3日）

弯弯游步道，绿水青山绕。
去路晓风吹，回程朝日照。
林深听鸟鸣，溪浅看鱼跳。
袅袅起炊烟，乡人比我早。

重访嘉兴湘家荡度假区

（2020年10月3日）

久别湘家荡，今来百感生。
苍林连岸绿，秀水接天青。
放眼农耕老，入眸科旅兴。
泛舟湖面上，四野尽清平。

重访南湖

（2020 年 10 月 4 日）

泱泱秀水映长空，重访南湖兴致浓。
世纪风云收眼底，锤镰旗帜入心中。
红船舷畔看新景，烟雨楼前忆旧踪。
感事怀人兼立志，精忠报国古今同。

午间小饮梅家坞

（2020 年 10 月 6 日）

有朋招饮在梅坞，四面青山似画图。
几树桂花香溢远，一杯龙井胜醍醐。
出新欲望应该有，念旧心思岂可无。
寄语青年莫惘怅，事非经过不知殊。

庚子寒露

（2020年10月8日）

月白寒生露，风清玉结霜。

炎消天渐冷，昼短夜趋长。

历历孤鸿远，萧萧落叶黄。

三秋农事近，收种与时忙。

参加方岩庙会暨十岁上方岩仪式有感

（2020年10月10日）

少时何所忆，最忆上方岩。

天阶百步峻，登攀只等闲。

谒见胡公殿，广大而庄严。

大帝非神佛，胡公乃好官。

为官四七载，造福一方天。

百姓感恩重，立祀祭圣贤。

承平兴庙会，隆重历空前。

人文重教化，启蒙始少年。

敬宗立宏志，效祖正衣冠。

上岩依赞礼，下山结善缘。

于园犹忠荩，为民谋利全。

方圆十万里，前后一千年。

精神从不忘，薪火每相传。

走进大时代，又开新史篇。

盘龙谷雅集自领龙韵

（2020年10月10日）

秋阳斜照映盘龙，便引骚人诗兴浓。

分字固然凭运气，入题还得靠真功。

歌山咏水音相似，怀古感今曲不同。

吟到忘乎所以处，翠楼骤起竹林风。

盘龙谷雅集次陈同甫梅花韵

（2020年10月12日）

盘龙兴律吕，许我藉风光。

山有梅清韵，水无媚俗香。

诗心五内出，词性二分藏。

和者皆师友，声情共赫张。

盘龙谷雅集作业次韵陈同甫
《水调歌头·送章德茂大卿使虏》

（2020年10月13日）

吾仰龙川久，老眼望星空。风流倜傥，竟是千古一英雄。酌古五论辅国，逐鹿中原抗敌，声振大江东。奋臂济沉陆，何奈运难逢。

尧之天，舜之地，时代封。谁能想象，半个世纪未争戎。一水横陈如许，两岸深沟依旧，华夏未全通。同甫若相问，国梦正圆中。

秋 诗

（2020年10月15日）

秋日多诗意，读来回味长。
萧疏而热烈，壮美亦苍凉。
愁雨催人泪，好风令我狂。
多愁和善感，每与共吟商。

"健康·小康——兰亭书法社双年展"观感

（2020年10月15日）

名社双年展，主题为两康。
阴霾方扫去，阳气已声张。
斤斧匠心运，丈宣翰墨扬。
龙蛇壁上舞，华夏起铿锵。

秋　雨

（2020年10月16日）

雨声惊梦醒，已是五更时。
混沌如音韵，分明似首诗。
空蒙吴水绝，缥缈越山奇。
何处看红湿，西风告我知。

夜宿武义一水间

（2020 年 10 月 20 日）

闲日住民宿，盈盈一水间。
浅山生薄露，空谷绕轻烟。
雁宿黄昏后，鸡鸣拂晓前。
离离芳草地，疑是武林源。

高中入学五十年同学会（四首）

（2020 年 10 月 21 日）

有记

五十年前曾共窗，求知路上度韶光。
人生初梦书为马，岁月壮歌笔作枪。
学业得来真不易，友情累积更无疆。
心期还有重逢日，再举高杯话寿康。

感怀

暮秋时节忆当年，两载同窗各在缘。
豆蔻芳华浑似火，初生牛犊欲挥鞭。
书山跋涉开新智，学海遨游效古贤。
感慨曾经多少事，几回梦里泪潸然。

重逢

五十春秋后，重逢一水间。

乍看皆熟脸，相忆尽欢颜。

围桌听心语，推杯祝体安。

同窗情不老，后会待他年。

题照

立照存风景，入眸慨以慷。

芳华依旧是，不逊少时光。

纵舞欣如许，放歌喜若狂。

童心当不老，倩影永收藏。

为永康市委专议胡公文化、陈亮文化研究工程作

（2020年10月22日）

自古风流出丽州，胡公陈子冠千秋。

建功建德人称颂，立说立言鬼见愁。

人物双峰已载史，精文两璧待研修。

今朝喜得新消息，当政亲为大计谋。

省机关事务管理局组织离退休老同志
迎重阳有记

（2020年10月23日）

九九重阳至，湖山兴未央。

几多翁妪老，满室桂茶香。

好事频传耳，佳音每绕梁。

温馨拂人面，能量满胸膛。

报国劳思想，为家归日常。

人文关照好，生活服务详。

幸遇新时代，不愁近夕阳。

晚霞无限美，喷薄似韶光。

庚子霜降

（2020年10月23日）

霜降秋将尽，旷观寥廓天。

晴云飘万里，征雁过千关。

日出空山暖，月悬长水寒。

世人忙付出，收取是欢颜。

中国人民志愿军抗美援朝
出国作战七十周年感怀

（2020 年 10 月 23 日）

斗转星移七十轮，当年一举定乾坤。
国伸正义惊天地，军显声威泣鬼神。
以弱胜强忠勇胆，出生入死铁师魂。
百年耻辱从兹洗，人类和平更觉珍。

庚子重阳

（2020 年 10 月 25 日）

霜降芦花白，风吹桂菊香。
年轮时刻转，今岁又重阳。
碣石观沧海，泰山看曙光。
登高好放眼，秋色正辉煌。

夜游西塘

（2020年10月25日）

越角吴根地，游人自八方。

街灯盈贾市，青石拱桥廊。

庭院田歌①美，店家汾酒②香。

清流枕上梦，疑似入仙乡。

秋游上海青西郊野公园

（2020年10月26日）

胜日行游郊野园，浅黄深绿染晴川。

青波碧浪云杉罩，铁架钢棚瓜果悬。

沃野平畴铺晚稻，粉墙黛瓦绕村烟。

鸟儿不想轻移步，欲唼翔鱼竟忘年。

---

① 田歌，为浙江省嘉善县地方传统音乐。

② 汾酒，即西塘汾湖黄酒。

眺望太湖

（2020年10月26日）

一水横陈天目出，秋声引我到姑苏。
云山淼渺浮诗韵，玉镜空明映画图。
弄棹男儿欣搏浪，垂纶老者喜钓鲈。
风光百里留存照，天地无边共入湖。

考察嘉善慈善工作

（2020年10月26日）

连疆苏浙沪，善地养人嘉。
了凡遗四训①，种德续千家。
致富携同道，脱贫扶共车。
小康新气象，路子足堪夸。

---

① 《了凡四训》是种德立命、修身治世的教育类书籍，为明代嘉善人袁了凡所著，对后世有着深远影响。

有感于第九届"浙江孝贤"颁奖仪式
（2020 年 10 月 27 日）

自古有金言，孝为天下先。

真忠当亦孝，不孝即成奸。

堂庙多忠烈，世人重孝贤。

侍亲和报国，忠孝务双全。

长三角慈善一体化联席会议有记
（2020 年 10 月 28 日）

齐来三地①看新容，慈善亦兴一体风。

妙策高招开眼界，典型经验拓心胸。

眼前少得几分利，长远多谋累世功。

大道无形同合力，人间有爱气如虹。

---

① 三地，即作为长三角绿色生态发展一体化示范区的上海青浦区、江苏苏州吴江
区和浙江嘉善县。

晚　秋

（2020 年 10 月 29 日）

漫步青郊外，悠然唱晚秋。
游鱼潜水底，鸣鸟闹枝头。
野陌争风采，霜天竞自由。
朝霞多壮美，夕照亦温柔。

暮秋感怀

（2020 年 10 月 30 日）

光阴何太迫，转眼已深秋。
望水流空尽，观山秀色收。
朝阳升碧海，夕照落黄丘。
天地原如此，莫愁白了头。

晚秋感怀

（2020年10月30日）

落叶声声报晚秋，有人欢喜有人忧。
坡公邀月弄清影，屈子向天问楚愁。
晓日为谁相执手，夕阳与我共闲游。
踏遍青山人未老，欲观沧海更登楼。

残　荷

（2020年10月31日）

原来热烈又温存，无惧寒流乱折身。
残叶飘零知铁骨，枯枝独立见芳魂。
繁华褪去心犹静，寂寞相怜意更纯。
应信精灵终不死，明年依旧是花神。

咏 菊

（2020年11月1日）

谁家种菊在东篱，引得骚人爱卜居。

连手风荷舒锦袖，比肩月桂立旌旗。

自成元亮陶家酒，醉和黄巢青帝诗。

更爱神形兼透晚，寒霜冷露不嫌迟。

省慈善联合总会获"浙江省抗击新冠肺炎疫情先进集体"有感

（2020年11月1日）

先进榜中偶出名，权当鼓励莫忘形。

疫情阻击无前后，大考得分有重轻。

力挽狂澜凭领袖，稳操胜券赖群英。

历来荣誉非关我，源自人间慈善情。

贺浙江当代油画院迁址新坝村
暨油画展开幕仪式

（2020年11月1日）

油画入乡村，之前未有闻。

田园浮世绘，阡陌布图纹。

走出牙尖塔，方能得善真。

与民同美乐，笔底有精神。

咏　兰

（2020年11月2日）

雅室辉生九畹香，含珠凝露绽清光。

娇花曼妙时招蝶，惠草优柔每向阳。

尤物偏逢百卉妒，痴心独秀自流芳。

四君若比谁为贵，应是东家早主张。

咏 梅

（2020年11月3日）

玉叶琼枝非自封，迎霜傲雪仍从容。
骊珠摇曳风中蝶，瑶蕊弘光雪里红。
唤醒百花生雅韵，携来万物弄清风。
年年绽放虽如此，岁岁精神但不同。

山 居

（2020年11月3日）

石径通幽老，民居古朴纯。
窗前临水静，门外隔林深。
高树连天地，轻烟接晓昏。
禽鸣青岭外，羡煞市中人。

咏 竹

（2020年11月4日）

原自野山或上林^①，天生直节且虚心。
惊雷声起盈天碧，赤日光来满地阴。
沐雨栉风如凤舞，摇身弄影似龙吟。
文同^②最善毫端墨，欲报平安寄此君。

省社会组织领军人物研修班今开班

（2020年11月4日）

开班招翘楚，社会选精英。
授课名师表，论谈同好评。
慈心存友爱，道德济心灵。
专业人专业，善行者善行。

---

① 上林，即指古代帝王的园林。
② 文同，宋代墨竹大师，是"湖州竹派"的代表。

全省慈善会系统年终工作交流会有记

（2020年11月5日）

鼠年逢大考，例会互交流。

业绩如珍数，典型不胜收。

焦聚高质量，格局共同谋。

迈向新阶段，借风再上楼。

第七届"西湖论善"昨在柯桥开幕

（2020年11月6日）

"西湖论善"又开坛，岁岁年年不一般。

抗疫同心经大考，扶贫合力过雄关。

财分三次公为要，德法双行善作先。

发展将成新格局，人间正道更无前。

游绍兴柯岩风景区

（2020年11月6日）

孤石赋流形，柯岩千古名。

天工开佛像，炉炷照烟晴。

绝胜凌云骨，非凡名士庭。

越中风雅地，鉴水本源清。

参观绍兴会稽山黄酒博物馆

（2020年11月6日）

会稽山黄酒，古来非自封。

馆藏千载史，誉载百年功。

守正唯斯道，出新独此钟。

煌煌老字号，盛世又乘风。

庚子立冬

（2020 年 11 月 7 日）

一夜将秋送，天时始入冬。

寒霜凌晓镜，枫叶乱阶红。

方觉肌肤冷，遂知鬓雪融。

故乡刚酿酒，待日庆年丰。

陪友人走西溪

（2020 年 11 月 7 日）

胜日陪新友，西溪作旧游。

芦花青夹白，火柿熟刚收。

弄棹翔鱼水，采风飞鸟洲。

时人生浪漫，对酒赋临流。

《听芦国风大赏》今晚在西溪悦榕庄上演

（2020 年 11 月 7 日）

西溪无昼夜，溢彩亦流光。
柳影形轻舞，荻花音绕梁。
吴歌风弄月，越调凤求凰。
宋韵今宵咏，听芦共举觞。

西溪芦荻

（2020 年 11 月 11 日）

冬日西溪畔，蒹葭十里长。
琼姿摇絮雪，白羽覆清霜。
寒水浮舟影，暮山垂夕阳。
凭栏听荻曲，四野起宫商。

入冬感怀

（2020 年 11 月 12 日）

星移斗转入初冬，回首鼠年如梦中。
抗疫支援创佳绩，脱贫尽力助成功。
层林已染缤纷色，斜日流霞依旧红。
岁月如斯终不老，人生无愧自从容。

枫　叶

（2020 年 11 月 13 日）

入冬何所赏，枫叶最销魂。
在野红如火，居家浑似金。
霞光环日月，紫气绕乾坤。
谁是丹青手，多情数此君。

上山遗址发现二十周年学术研讨会有记

（2020 年 11 月 14 日）

世界当之最，上山启稻源。

浙江分布广，远古起村烟。

石磨器形妙，粗陶色彩妍。

规模高又大，品类众而全。

万载埃尘盖，一朝举国喧。

专家言有据，历史信无偏。

文化寻标识，基因挖内涵。

精神须细究，信仰待深研。

共打金名片，申遗梦可圆。

对标大时代，窗口正新添。

健民兄昨来杭小聚有记

（2020 年 11 月 14 日）

倪兄自帝京，小酌叙离情。

乍看发花白，笑言年尚轻。

丹心经日月，妙笔辅纶经。

依旧书生气，诗声引和鸣。

初冬遣怀

（2020年11月18日）

时节入初冬，依然秋色浓。

菊花金灿灿，桂树郁葱葱。

舟影浮清水，雁声鸣碧空。

五更人起早，欲赶曙光红。

咏银杏

（2020年11月20日）

岁岁到冬初，一番风景殊。

金枝悬鸭掌，玉露润冰肤。

新果随时落，旧钱满地铺。

最怜光透影，尔自向天舒。

丹　枫

（2020 年 11 月 21 日）

每年临此际，偏爱看丹枫。
饮露流霞赤，经霜染血红。
枝横朝暮里，叶落夕阳中。
谁说芳华尽，依然韵万重。

庚子小雪

（2020 年 11 月 22 日）

时寒天不雪，风过露成霜。
鸿雁南飞尽，蝉蛋钻土藏。
薄衣刚换袄，浑酒未开缸。
欲问乡邻事，年来可吉祥。

"乐歌墨舞一片云"书音雅和活动即记

（2020年11月22日）

节逢小雪半阴晴，雅和诗经天籁声。

一曲春江花月夜，千年魂梦牡丹亭。

江南最忆白居易，川蜀难忘苏轼情。

墨舞鸿飞龙井畔，今宵歌乐颂承平。

颂 橘

（2020年11月23日）

南国有嘉木，植根山水间。

琼花含晚露，翠叶拂晨烟。

药取金丸效，食尝玉果甜。

屈平曾颂尔，一咏逾千年。

柿　树

（2020年11月24日）

原生荒野处，移住雅园东。

沐雨花丰沛，经霜果透红。

风携乡土味，月照火灯笼。

无柿不如意，爱其鸿运通。

喜闻全国832个贫困县全部摘帽

（2020年11月24日）

自从我类别人猿，便有穷因代际传。

华夏脱贫真践诺，全球瞩目胜宣言。

三军统帅担纲领，举国官民勇克坚。

一统河山奔共富，百年大梦续新篇。

贺中国嫦娥五号探测器发射成功

（2020年11月24日）

长五送嫦娥，月球去挖土。

三期绕落回，五最无前属。

宇宙出洪荒，空间开太古。

英雄圆梦时，举国朝天祝。

次韵明公题旧作达摩

（2020年11月25日）

三十年前就此身，历经劫渡未沾尘。

闲生修得心无我，胜却人间二度春。

争赏平章西溪雅集有记

（2020年11月26日）

留下西溪小有名，古音今奏凤来鸣。

墨花着意芦花放，诗韵随心琴韵生。

轻拨水光辞旧雨，漫弹山色赋新声。

一杯清茗何陶醉，争赏平章竟纵情。

无　题

（2020年11月26日）

拂晓行人少，天阴似个愁。

疏风吹雾露，微雨拂寒流。

烟绕游船埠，云遮观曙楼。

可怜三里外，风景不堪留。

次韵炳文先生残荷诗

（2020年11月29日）

莫说残荷形已休，西风不便道温柔。

绿衣脱去秋方尽，初雪袭来冬正酣。

瘦骨居然堪入画，虬枝依旧可回眸。

何须看客同情泪，独立寒塘韵未收。

年杪感怀

（2020年12月1日）

白驹过隙诉如斯，又到一年将尽时。
共克时艰同奋力，各谈贡献却参差。
青春赴命非由己，老大闲居有所思。
似梦人生初觉醒，始知岁月最无私。

午过三台山

（2020年12月1日）

三台山下有人家，高岭低坡石径斜。
旧地重游寻野陌，新阳过午驾轻车。
几重暖树冲霄汉，满眼寒花叹物华。
少有闲人行户外，我来此地醉清嘉。

省残疾人福利基金会成立三十五周年
暨"十大匠心人物"颁奖盛典有记

（2020年12月2日）

年杪开双会，庆生加褒扬。

匠心堪独运，好梦正飞扬。

命运非天定，成才自主张。

吾侪同守护，何惧路还长。

老友小聚

（2020年12月4日）

有朋分别久，疫后会西溪。

相握凝思久，忍看白发稀。

盛年曾共勉，晚岁又相依。

莫道黄昏近，未来应可期。

回　暖

（2020年12月5日）

仲冬回暖日，疑似又秋天。
水映斜阳照，鸟从高树喧。
微风来岭后，朗月入窗前。
冰雪渺无影，不知近岁寒。

无　题

（2020年12月6日）

人生真易老，转眼日西斜。
夕照随流水，余晖似霁霞。
虽无金作马，但有步当车。
偶作陶潜梦，南山采菊花。

庚子大雪

（2020年12月7日）

仲冬天始冷，大雪欲缤纷。
暝色侵山水，寒光照路津。
苍林初落叶，熟稻已收存。
点检年来事，歉丰皆可论。

小院种菜

（2020年12月9日）

小院开菜地，权当作休闲。
栽种随时节，收成听自然。
菜蔬鲜又嫩，瓜果脆还甜。
自食无公害，清欢共佐餐。

降 温

（2020年12月13日）

入冬气象似童真，回暖一时又降温。
细雨微风多刺骨，荒蹊野陌少行人。
夜长无助作清梦，日短有闲涂墨痕。
最爱梅花红烂漫，但须等到雪临门。

无 题

（2020年12月14日）

天地本无心，时光不等人。
炎寒随物理，世态总纷纭。
莫问收和取，但求善与真。
平生多少事，功过两难分。

江南初雪

（2020 年 12 月 15 日）

雪向江南布，风携六出来。
萧森迷雾霭，混沌乱云堆。
琼粉铺瑶岭，素脂垒玉台。
棱花雕碧树，疑是腊梅开。

听张铭教授音乐讲座有感

（2020 年 12 月 15 日）

雅苑开新课，老夫未有闻。
不知礼乐好，怎懂声律纯。
韶舞古来有，弦歌普世存。
敢言人未老，忘我性情真。

第七届中国诗歌春晚抗疫专场迎新诗会有记

（2020年12月18日）

静气凝神听认真，抑扬顿挫振精神。

逆行千里拼生死，抗疫无时不奋身。

力挽狂澜凭砥柱，匡扶大厦赖全民。

赞歌尽把英雄颂，人物风流冠古今。

浙商大会暨莫干山峰会有记

（2020年12月18日）

莫干峰会掌声扬，先进英雄受表彰。

逆势前行赢大考，应时图变铸辉煌。

关山已度千重阻，商海又征万里长。

自有精神依旧是，善行天下业无疆。

杭州市永康商会迎新晚会有记

（2020年12月18日）

时到年终雪未飘，西湖兴会度良宵。

支援抗疫争先进，复产增收试比高。

沧海横流见本色，风云人物看今朝。

高歌猛进开新局，再驾征帆赶大潮。

庚子冬至

（2020年12月21日）

冬至阳光好，风轻雪未飞。

空山还秀气，晴水映朝晖。

乡下走亲去，山中扫墓归。

长宵今夜尽，何日看芳菲。

永康象珠古镇一瞥（外五首）

（2020年12月22日）

珠峰山下一明珠，沉淀千年乡韵殊。
官第民居成重保，清流市井莫轻沽。
拐弯抹角行公益，雨读晴耕出硕儒。
更有新风吹宅里，冀期修旧味如初。

依前韵奉答诸君一

一砖引得几多珠，大雅之乡光景殊。
先辈流风存气象，后生可畏岂轻沽。
匡时济世唯行善，耕读传家例效儒。
代有才人薪火举，振兴大计胜当初。

依前韵奉答诸君二

妙语连连似玉珠，非常气象历程殊。
文功武备曾经略，剑胆琴心不可沽。
衣锦还乡如旧愿，田园煮酒属今儒。
神游故园三千梦，融入诗声仍似初。

依前韵奉答诸君三

玉树凭风起，冰壶印月殊。
故园同拾句，宅里共长趋。
舞是和诗舞，图为醉墨图。
时来皆得意，何不鼓和呼。

依前韵奉答诸君四

拙诗蒙错爱，雅和若玑珠。

诗里乾坤在，眼前气象殊。

诸公皆慧智，独我是庸愚。

搜句枯肠断，临川直羡鱼。

依前韵奉答诸君五

行吟象珠得真珠，和唱纷然时尚殊。

意重情深诚似玉，风清韵雅莫轻沽。

乡园自古多名士，故国曾经出硕儒。

继往开来今又是，传承薪火旺如初。

因芝英中学首届高中入学五十周年际
午间与当年老师餐叙有感

（2020 年 12 月 22 日）

岁月太匆匆，人生类转蓬。

师恩藏梦里，念想入怀中。

相聚犹知晚，骤看白发同。

素心依旧是，桃李藉春风。

下雪了

（2020 年 12 月 28 日）

冬雨萧然去，六花迎岁新。

光销银覆渡，影乱玉铺津。

松竹欣冰冻，梅兰喜雪雾。

今宵宜煮酒，醉里看乾坤。

辞旧迎新有感

（2020 年 12 月 30 日）

斗转星移纯自然，庆功喜报竞相传。

脱贫抗疫收完胜，全面小康得梦圆。

万象更新开序卷，一元复始启鸿篇。

百年国运兴昌盛，时代车轮更向前。

五年前相约在同山烧酒厂再喝一场酒，今虽如愿，但非原锅。饮后有记

（2020 年 12 月 31 日）

同山烧酒早珍藏，相约五年才举觞。

想念已成真味道，相思存久更醇香。

呼朋唤友同为乐，泼墨挥毫共作狂。

土酿茅台何必计，今来未负好时光。

依前韵奉答炳文、舜威、松植、徐加方诸君

（2020 年 12 月 31 日）

一段心思无尽藏，原锅未启亦行觞。

清茶漱口含禅味，烈酒入怀带醉香。

古有竹贤皆肆意，今无高士不轻狂。

漫挥斗笔祈新福，装点湖山迎旭光。

元旦感怀

（2021年1月1日）

一元伊始发华春，万物欣欣迎旭晨。
喜鹊枝头传凯乐，红梅雪里长精神。
小康已令河山改，大梦又教天地新。
放眼全球谁淡定，中华民族自凌云。

庚子小寒

（2021年1月5日）

小寒天大冷，不意苦争芳。
烟柳风中啸，腊梅雪里藏。
阳升云聚散，雾积月昏黄。
围桌迎新岁，小炉温酒香。

次韵舜威兄墨竹诗

（2021年1月6日）

其一

观君画竹有何难，独立精神不惧寒。
玉骨铮铮立天地，纷飞雁阵报平安。

其二

墨竹来从岩壑生，呼风唤雨任纵横。
移来纸上神犹在，一睹芳华便动情。

其三

健身何必去登山，画竹亦能养玉颜。
每日写成三五幅，换回美酒好消闲。

其四

茂林修竹立鹅溪，逸少文同皆祖师。
书画相通随意写，龙孙绕凤可相期。

赴东阳永康慰问困难群众

（2021年1月15日）

每到年关例走亲，走村入户听乡音。
访贫问苦深深意，日丽风和暖暖心。
全面小康成果硕，共同富裕课题新。
为求社会公平计，慈善要成生力军。

赴东阳永康慰问五老

（2021年1月15日）

迎新辞旧际，入户访前贤。
慨忆沧桑史，漫谈度晚年。
人人皆故事，口口可相传。
五老为风范，三生结善缘。
富而思根本，饮水莫忘源。
老马知途远，后侪更着鞭。

新年为《钱塘江文化》作

（2021 年 1 月 18 日）

山自苍苍水自长，物华荟萃是钱塘。

尧踪舜迹钟灵地，越韵吴风文献乡。

后浪已超前浪远，今人更比古人强。

为新时代赶潮去，手把红旗向大洋。

庚子大寒[①]

（2021 年 1 月 20 日）

大寒不降温，疑是已临春。

朗日铺天地，清风拂晓昏。

白梅开院寺，青竹立庭门。

腊八兴施粥，慈心更暖人。

---

① 2021 年大寒节与腊八节同日。

再咏庚子大寒

（2021 年 1 月 20 日）

大寒无大寒，节气不相干。

松竹枝犹翠，梅兰花自妍。

河山留本色，世态换新颜。

若个春消息，来迎大有年。

省机关事务管理局新年慰问有感

（2021 年 1 月 22 日）

又逢佳节感温馨，组织关怀胜万金。

一纸信函传喜报，几声问候表关心。

过年保障真周到，平日安排更费神。

物质精神皆满意，终身不忘党恩深。

冬　雨

（2021年1月23日）

暖冬落膏雨，点滴到平明。
久旱逢甘露，临窗听落英。
浮云高树合，宿鸟小庭惊。
莫道天还冷，春风已发声。

学画墨竹有感

（2021年1月25日）

墨竹自文同，东坡一脉通。
玉干崇劲节，飞鹤尚凌空。
苍润龙孙气，虚怀君子风。
神形得俱备，须下半生功。

贺省政协十二届四次会议闭幕

（2021 年 1 月 29 日）

岁末年初盛会开，群英议政筑高台。

壮歌阵阵惊天起，鼓角声声动地催。

请你协商论国是，我来会客集民思。

同心共创先行省，勇立潮头向未来。

赏　梅

（2021 年 1 月 30 日）

冬去春来日，梅开花万重。

有风皆热烈，无雪亦鲜红。

欲报新消息，又传旧物丰。

我来寻香醉，对酒与谁同。

感　怀

（2021年1月31日）

岁月轮回又一年，抚今忆往感欣然。
劫波将尽尘烟里，牛劲已冲天地间。
对己无求何所憾，于人有梦冀能圆。
推窗静听梅花绽，如许清风入眼前。

辛丑立春

（2021年2月3日）

长夜醒来已立春，清风馈我物华新。
青山隐隐迎朝日，流水依依送暮昏。
先觉莫如布谷鸟，辛勤应数早行人。
今年故事今天始，岁月不居当惜阴。

春节慰问海关和医院抗疫将士

（2021年2月3日）

节前慰问藉春风，礼物虽轻情意浓。
向死而生皆勇士，严防固守亦英雄。
白衣青服同协力，前线后方共建功。
奉献应当有你我，为民为国道相通。

小年游西湖

（2021年2月4日）

小年时节逛西湖，气朗天清光景殊。
四面屏山山曲隐，一池镜水水平铺。
游人倩影立存照，弄棹桨声惊鸟凫。
望里不知何是景，春风与我入蓬壶。

西湖夕照

（2021年2月6日）

夕照西湖灿若霞，彤云生处是谁家。
春风浩浩吹杨柳，落日轻轻泛暮槎。
眷侣成仙又成对，游人如织亦如麻。
和诗醉墨难成句，举酒高歌到海涯。

残 荷

（2021年2月8日）

闲看菡萏亦销魂，枯叶残枝挺玉身。
日照犹怜光里瘦，夜风独爱梦中吟。
几何图作无形画，铁线书成如意文。
绿退红消终不悔，漫随天意又逢春。

走访浙江广电与浙报集团

（2021年2月9日）

节前当访客，才觉感恩深。

重器未曾见，好音如是闻。

传播正能量，提振善精神。

联手众媒体，高扬时代魂。

庚子除夕

（2021年2月11日）

岁岁团圆夜，今年不一般。

冬霾终扫去，春雨已盈天。

风月皆无恙，山川尽笑颜。

万家灯火际，举国庆平安。

辛丑元日

（2021年2月12日）

华夏一图腾，开门紫气升。

暮风辞旧历，旭日照新程。

好马为同类，佳龙非异朋。

青牛逢大运，云路共攀登。

雅苑餐厅年初一包饺子

（2021年2月12日）

餐厅包饺子，恰似一家人。

内裹称心馅，外包如意春。

居家愁岁老，邻里喜年新。

笑脸迎元日，便知世味真。

牛年咏牛

（2021年2月13日）

牛年高咏老黄牛，孺子莘莘何所求。
垦土拓荒图报主，耕云种月与人谋。
甘为奉献心无我，愿作牺牲志可酬。
务实笃行终不悔，一腔热血赋春秋。

牛年再咏牛

（2021年2月13日）

有幸值班辛丑年，夔牛一啸气冲天。
一元起始春来早，万物复苏花竞妍。
牧笛声声勤布谷，炊烟袅袅奋耕田。
怦然又见春风劲，知得感恩自着鞭。

重游横店

（2021年2月14日）

横店重来云气浮，千年帝国衍春秋。
秦王大略称皇始，汉武雄才霸业谋。
剑影刀光成演义，饮男食女苦追求。
圆明新苑如相告，正把沧桑痛史修。

春来凤凰谷

（2021年2月15日）

凤凰谷里早春游，画水歌山入眼眸。
草木欣欣满阡陌，曦阳淡淡映溪流。
稚孩田野追童趣，老叟荷塘寻鸟鸥。
更有东家多美味，几杯小酒解乡愁。

重访浦江登高村

（2021年2月15日）

皇裔迁居地，赵家一脉亲。

登高能望远，守正务求新。

原舍文昌永，明堂孝友邻。

光前非是梦，裕后有传人。

辛丑年初五请财神

（2021年2月16日）

初五请财神，千年民俗存。

虔诚种心愿，烟火供禅门。

念念劳思想，心心求本尊。

生财凭自力，共富乃为真。

辛丑年初六同人招饮

（2021年2月17日）

空山迟日暮，春树鸟鸣啾。
祥气浮民舍，梅香浸土楼。
夜风凉似水，眉月细如钩。
举酒观云汉，酣然问斗牛。

辛丑人日节

（2021年2月18日）

人类庆生日，凭栏望北辰。
祥云接银汉，瑞雨泽阳春。
蝶舞朱梅老，鸟鸣弱柳新。
年来天渐好，令我放歌吟。

观看杭州国画院"满堂春色"
辛丑新春中堂楹联展

（2021 年 2 月 20 日）

抱青岁岁展楹联，书画向来共一轩。
瑞气祥云欣带韵，湖光山色喜增妍。
佳辞诚咏天人合，彩墨恳祈家国圆。
妙手丹心逢好运，百年新梦又开篇。

午后过西湖

（2021 年 2 月 20 日）

胜日晴方好，赏春正合时。
残荷遗老态，弱柳发新枝。
弄水浮蓬岛，泛舟惊鹭鸶。
湖光山色里，行客岂无诗。

辛丑年初十觉苑雅集有记

（2021年2月21日）

觉苑多真意，邀朋聚雅堂。

开怀聊世味，尽兴品茶香。

对酒吟诗醉，挥毫泼墨狂。

昂天问牛斗，谁与共晖光。

次韵胡观老与明康兄

（2021年2月22日）

盘龙梅正艳，韵味晚犹浓。

听似缤纷雪，观如霞彩风。

花前思五柳，月下忆文同。

谁念兰君子，幽然欲作锋。

有感于省慈善联合总会荣获
"全国脱贫攻坚先进集体"

（2021年2月25日）

慈善本来为济穷，不求名利不求功。

东西合作无遗力，山海交流有独钟。

全面小康补短板，共同富裕借长风。

又闻鼓角声声急，策马争前未敢松。

踏　春

（2021年2月25日）

难得清闲去踏春，轻车熟路漫经心。

初雷响过湖山暖，弱柳轻梳芳草茵。

候鸟归来时日久，木舟渐去水花新。

衣带风香何陶醉，拂面阳光灿若金。

465

辛丑年元宵节

（2021年2月26日）

辛丑过元夕，风微雨亦茫。
人车挤行道，灯火映街坊。
向晚开家宴，开怀品酒香。
今宵无月白，明日见星光。

走访爱心企业

（2021年2月28日）

年前因疫未联欢，岁始登门把愿还。
致敬曾经老伙伴，相期来日再同肩。
精英引领登高地，大众并行撑昊天。
慈善当随新时代，共同富裕正开篇。

田田的作文

（2021年3月1日）

孙女初成长，作文非等闲。

善观微小事，巧借大人言。

词句非生造，抒情任自然。

后生应可畏，无忌是童年。

省慈善联合总会与浙报集团
签订战略合作协议有感

（2021年3月3日）

雨露阳光迎早春，传媒慈善喜联姻。

互联互动诚为爱，斯举斯行德作邻。

就实说虚凭与论，以虚促实赖躬亲。

两强携手扬优势，共富途中渡要津。

访胡庆余堂

（2021年3月4日）

百年老店庆余堂，无愧江南中药王。
济世于民乃仁术，敬宗法祖属良方。
戒欺守信人之道，真价不虚圣者光。
历久弥珍遗国宝，欣逢盛世复隆昌。

学雷锋纪念日有感

（2021年3月5日）

代代学雷锋，精神一脉通。
少年怀理想，老壮践初衷。
大任应无我，小成当有功。
人人行善举，济世道无穷。

踏访灵峰见梅花大都已谢有记

（2021年3月5日）

三月探梅时已迟，灵峰山下未相期。

盎然轻翠百千树，散淡残红三五枝。

不见苍茫香雪海，尚余些小洗钵池。

放翁或可能吟得，教我如何敢写诗。

贺 "爱党爱民 · 向上向善
——庆祝中国共产党成立一百周年
书法美术主题创作及优秀作品展"
今在浙江美术馆和浙江展览馆同时开幕

（2021年3月11日）

同时播展主题深，书画千幅庆诞辰。

党爱民来民爱党，人心向上善心人。

南湖创党开天地，华夏复兴泣鬼神。

笔墨为圆强国梦，正传大爱满乾坤。

晨行紫荆公园

（2021年3月14日）

雾薄迷幽径，风和景半明。

繁花纷入眼，孤鸟乱飞鸣。

野老河边钓，轻舟水上行。

殷勤人起早，别样好心情。

无　题

（2021年3月17日）

二月江南烟雨天，半含霏雨半含烟。

湖光隐约蜃楼里，山色空蒙海市间。

杨柳翠条垂院角，梨花倩影乱窗前。

可怜无处不诗意，空坐小楼忆旧年。

法喜寺喝茶

（2021年3月17日）

携侣上天竺，借机喝老茶。
尘心先洗净，禅意自持加。
玉露连山际，甘泉接海涯。
茗香何必酒，久坐忘回家。

辛丑春分

（2021年3月20日）

一天季半分，晴雨伴晨昏。
日出山清秀，雨来水浊浑。
应时思布谷，随节忆耕耘。
年酒未干尽，春茶已出新。

"爱党爱民·向上向善——庆祝中国共产党成立一百周年书法美术主题创作及优秀作品展"在杭州圆满落幕

（2021年3月23日）

庆生书画创空前，线下展开线上观。

世纪辉煌收眼底，百年薪火入心间。

丹青绘就真山水，慈善写成时代篇。

我爱人人人爱我，人间正道大无边。

午过良渚古城遗址公园

（2021年3月25日）

良渚五千载，文明见曙光。

皇城青石垒，都市绿洲藏。

佚史随琮记，锦书寄雉翔。

世遗来不易，追梦步铿锵。

访余杭瓶窑古镇

（2021年3月25日）

天目山之尾，苕溪一水牵。
陶窑出名镇，良渚结文缘。
鱼米强生地，丝茶主产圈。
街坊呈古色，欲咏已忘言。

辛丑清明

（2021年4月1日）

清明时节雨绵绵，水色迷蒙松柏寒。
祭祖深林循老路，访邻旁舍起新烟。
乡园已没耕牛曲，腊酒犹存归客醺。
久向家山抬望眼，我心依旧似当年。

辛丑清明节感怀

（2021年4月4日）

一到清明百感生，几回梦里泪纵横。
双亲同去仙乡远，孤墓独留松柏青。
满树杜鹃红胜火，一支心烛亮如灯。
谁能解我相思苦，无计前生尽孝情。

清明后连日晴

（2021年4月7日）

扫墓归来连日晴，春宵无梦到天明。
静听燕鸟司晨闹，坐看旭晖破晓升。
万木葱茏承露重，百花绽放藉风轻。
此时光景谁能咏，远处频传布谷声。

无　题

（2021年4月8日）

谁说天无百日好，不时寒雨乍回潮。

殷勤家妇更衣被，辛苦田夫护稼苗。

念想当年晨牧曲，似闻昔日晚耕谣。

朦胧一片清凉态，望里乡山别样娇。

永达乡弟来杭小聚有感

（2021年4月8日）

湖山新雨后，乡友自京来。

离别身犹健，重逢颜已颓。

时光留不住，岁月总相催。

后会知何日，相期再举杯。

南湖感怀

（2021 年 4 月 10 日）

南湖之畔访红船，百载风云入眼帘。
黑夜难明举星火，曙光朗耀已燎原。
开天辟地无今古，立党为公有达贤。
记得初心终不改，人民就是大江山。

暮　春

（2021 年 4 月 12 日）

一梦醒来已暮春，霏霏细雨洗清晨。
燕来无处不飞舞，花舞不时迭落尘。
布谷传声播早稻，清溪流碧跃鳅鲟。
四时八节匆匆过，转眼新朋成故人。

重访安昌古镇

（2021 年 4 月 12 日）

千古一名镇，重来正暮春。

不期逢旧雨，满目是新人。

晨暮听潮汐，街坊看古今。

时空常变化，岁月永留痕。

晨登绍兴府山公园远眺

（2021 年 4 月 13 日）

曙光初照越王台，望里春秋入壮怀。

鉴水萦回腾细浪，稽山隐约露崔巍。

唐风宋韵诗千首，丝管曲觞酒百杯。

我欲因之歌禹舜，名人馆外久徘徊。

参观 "枫桥经验" 陈列馆

（2021年4月13日）

基层治理看枫桥，政善民安物丰饶。
五代核心曾首肯，六句探索领风骚。
坚持党建中枢定，依靠人民基石牢。
四治合融新实践，与时俱进向高标。

重访绍兴棠棣村

（2021年4月13日）

有村谓棠棣，无地不栽花。
蹊径通农户，香氛浸客家。
清风烹老酒，时雨煮新茶。
典型富而美，物华足可赊。

为兰亭书法节助兴

（2021年4月14日）

又到兰亭修褉时，年年此日祭先师。
鹅池两字浑如斗，曲水千杯醉和诗。
笔走龙蛇思造化，神游秦晋梦相期。
茂林修竹依然在，只是新枝换旧枝。

晨雨有思

（2021年4月14日）

春雨霏霏细若丝，几分寒意寄相思。
落花流水寥无意，物是人非感有知。
不喜乡村农事少，更愁禾稻插栽迟。
可怜最是田家子，伫立窗前泪眼迷。

初访金华岩头村
（2021年4月15日）

雨后溪山秀，天晴景色幽。

青藤墙上绕，红鲤水中游。

农屋开工坊，清溪泛钓舟。

客来多尽兴，品味是乡愁。

为浙师大"砺学奖学金"和"砺行奖学金"
获得者发奖
（2021年4月16日）

些小基金分二奖，砺行砺学共担当。

支持寒子修名校，鼓励青英上讲堂。

学有师哉行有范，智无穷者爱无疆。

韶华不负新时代，教育强才中国强。

重访金华山

（2021年4月16日）

天贶名山踞浙中，重来踏访兴冲冲。
举头仰望金华顶，健步追循霞客踪。
叱石成羊赤松子，冰壶倾瀑洞天龙。
人文胜景知多少，婺水高吟千古风。

"乐和弥勒·慈爱人间——王玮百幅弥勒精品展"今在临海博物馆开幕

（2021年4月17日）

妙笔生禅意，丹青传福音。
胸中无俗气，腕底有精神。
大肚能容海，初心济世人。
乐和通物理，慈爱赋天伦。

夜游临海府城

（2021年4月17日）

一水通东海，源头自括苍。
长街溢光彩，短巷坐行商。
巾子分三塔，城墙合两防。
千年台州府，盛世复辉煌。

临海走灵湖

（2021年4月18日）

括苍一颗珠，抛洒落灵湖。
风月随波送，柳樟满眼扶。
青山招燕鸟，绿水泛舟凫。
春日云天碧，浑然似画图。

辛丑谷雨

（2021 年 4 月 20 日）

谷雨天清朗，云山一望空。

有村皆寂寞，无市不繁荣。

青壮打工去，妪翁务稼农。

我心何所冀，富美邑乡同。

方立兄自京来嘉兴五芳斋小聚

（2021 年 4 月 20 日）

有朋远道来，招饮五芳斋。

黍粽传天下，氛香播海隈。

百年名老店，奕世好口碑。

翰墨和诗酒，醉书直放怀。

参访平湖俞家浜

（2021 年 4 月 21 日）

暮春访郊外，远近盛名闻。
陌上多游客，席间足鳜豚。
圣关留旧迹，耕读出新人。
棒球网红地，国中第一村。

参访平湖李叔同纪念馆

（2021 年 4 月 21 日）

携侣访真士，平湖见旧踪。
高山诚仰止，沧海起罡风。
送别长城外，悲欣交集终。
问天何所泣，世有李叔同。

南湖街区之晨

（2021 年 4 月 22 日）

鸡鸣无所听，车笛响轰隆。

芳草饮清露，旭阳带惠风。

广场街舞劲，步道健身松。

我欲争行早，有人已赶工。

再访南湖

（2021 年 4 月 22 日）

泱泱秀水映晴空，瞻仰红船兴意浓。

世纪风云收眼底，锤镰旗帜入怀中。

南湖水畔看新景，烟雨楼前觅旧踪。

感慨沧桑经百载，终生不忘是初衷。

"爱党爱民·向上向善——庆祝中国共产党成立一百周年书法美术主题创作及优秀作品展"在南湖开幕

（2021年4月22日）

百年大党庆生辰，书画移师圣湖滨。

墙上展开正能量，耳边回响大希音。

丹心一片歌民本，翰墨千秋颂党恩。

艺道从来惟上善，承平时代又逢春。

春游千岛湖

（2021年4月23日）

一水分千岛，千山共一湖。

云舟图里过，翠鸟画中呼。

客涌如潮水，瀑飞似雪珠。

彩霞无限好，冉冉入蓬壶。

长三角慈善一体化联席会议昨在千岛湖召开

（2021 年 4 月 23 日）

江南春月日相催，三角五方联会开。

经验交流相借鉴，蓝图擘画共敲推。

脱贫决胜功才庆，提质赋能鼓又擂。

慈善从来无地界，互为一体上高台。

重访淳安下姜村

（2021 年 4 月 23 日）

下姜重访已春深，岁月沧桑留足痕。

临水廊桥圆梦想，沿山民宿社风淳。

脱贫无愧老模范，共富敢当新领军。

领袖关怀长记取，承前启后践初心。

夜宿淳安淳尚谷

（2021 年 4 月 23 日）

养生淳尚谷，一望绿无涯。
野果酿家酒，山泉煮客茶。
民风多古朴，乡味独清嘉。
我来思不去，更因大氧吧。

游淳安住民宿

（2021 年 4 月 24 日）

临水十余步，民居八九间。
山中多色彩，野际少人喧。
天月悬窗外，家禽落树巅。
休闲惟此好，小住易忘年。

贺外孙女小田田喜得杭州市星洲小学
60米和100米冠军

（2021年4月25日）

孙女初成长，赛场两冠军。
小功凭积细，大奖赖缘深。
淘漉终辛苦，黄沙始见金。
有心天不负，励志竟凌云。

无　题

（2021年4月25日）

本性爱丘山，逆行亦喜欢。
远征宜悟道，短旅可思源。
云路八千里，人生一百年。
神游天地外，梦逐古今间。

晨闻啼鸟

（2021年4月26日）

河畔青青柳，枝头演五音。
宛如吹羽角，恰似奏横琴。
谁与高声和，杂然共唱吟。
芸芸众生乐，人鸟两开心。

中天控股集团发布2020年公益慈善报告志感

（2021年4月29日）

一年一度绿皮书，今岁何缘旧岁殊。
自许公民兴义举，厉行社责济悬壶。
无人不爱多行善，有企必慈重授渔。
商道从来崇厚道，初心不忘践如初。

有　感

（2021年5月1日）

春暮芳菲尽，夏初暑气升。

菜花初结籽，李奈已成形。

逐浪行舟急，顺风举足轻。

英雄千古在，劳动最光荣。

无　题

（2021年5月3日）

五月天真好，物华亦借光。

新荷尖角露，老柳绿荫长。

南亩樱桃熟，东郊瓜菜香。

楼台时得月，倒影入钱塘。

五四青年节有感

（2021年5月4日）

风雷惊赤县，学子起铿锵。
科学和民主，斗争与救亡。
先人抛热血，后辈继担当。
时代筑新梦，中华向富强。

辛丑立夏

（2021年5月5日）

昨夜辞春去，今朝迎夏回。
熏风生绿麦，热雨熟黄梅。
节至心游远，客来情满怀。
农家乌米饭，佐酒莫贪杯。

种 菜

（2021 年 5 月 7 日）

窗外半分地，权当小菜园。

适时翻秽土，随季理塍阡。

春插禾苗壮，夏收瓜菜全。

饥来就米饭，味道似从前。

昨于汪庄所见

（2021 年 5 月 8 日）

向晚西湖卓不群，岭山如黛水如金。

南屏侧耳听钟鼓，保俶高耸绕碧云。

不雨无风明镜鉴，斜阳欲坠柳条阴。

轻舟荡漾波光里，疑是人生在武林。

省慈善联合总会一届六次理事会昨闭幕

（2021年5月9日）

经年理小事，全会定乾坤。

报告篇篇实，发言句句真。

扬长诚不易，补短亦艰辛。

大爱无终极，功夫莫负人。

昨访富阳龙门古镇

（2021年5月9日）

闲日到龙门，入眸胜迹真。

屏山青不老，镜水绿如春。

卵石通街弄，厅堂话古人。

满街乡土味，醉我是清醇。

昨授旗传化慈善艺术团为省慈善联合总会分队

（2021 年 5 月 9 日）

古有好风堪借力，今无慈善不凭宣。

欣闻传化重文艺，喜授队旗作我团。

弹唱吹拉播大爱，方言俚语润心田。

人人知得皆能善，处处欲行尽可参。

母亲节有感

（2020 年 5 月 10 日）

每年逢此节，儿女总沾襟。

孟母断机苦，岳王刺背辛。

羔羊知跪乳，乌鸟懂还恩。

无孝不成善，世间娘最亲。

汶川大地震纪念日有感

（2021年5月12日）

不堪回首是当年，地裂山崩刹那间。
十万生灵顷毙命，三川房瓦瞬无全。
元知灾难能兴国，更信黎民可补天。
今岁此时向西望，金瓯未缺胜从前。

夏雨初停

（2021年5月14日）

临夏偏多雨，暂停在五更。
晨风吹几许，旭日始初升。
河畔钓翁立，枝头翠鸟鸣。
路人行不足，隔岸听舟声。

外孙女学农小记

（2021年5月15日）

黄口小姑娘，郊外学插秧。

小草当秧插，野田作课堂。

迎风汗拂面，踏水泥沾裳。

从小居城市，不知柴米粮。

今植禾苗累，方觉饭菜香。

晚餐各自做，饺子加清汤。

无菜也好吃，满碗充饥肠。

集体住民宿，同伴相互帮。

课余多劳动，身心利健康。

能力凭锻炼，长大成栋梁。

贺浙派名家扇面艺术展于觉苑清舍开幕

（2021年5月16日）

吾浙自成派，艺坛属主流。

承前师造化，继后立潮头。

画出新天地，展开老阁楼。

莫言方寸小，一扇纳千秋。

调研孝贤选树活动

（2021年5月17日）

千年一祖训，百善孝为先。

父母恩如海，儿孙爱若天。

人人能敬老，处处可尊贤。

浩荡成风气，心安得永年。

贺中国基金会发展论坛长三角峰会在杭开幕

（2021年5月18日）

峰会论基金，时来格局新。

拆篱通正道，垒土共苍岑。

风雨相携手，同舟无异心。

对标高质量，合力济黎民。

访平阳鸣山古村

（2021 年 5 月 20 日）

春来访古村，细雨浥轻尘。
民宅流风厚，清溪静水深。
人文存雅俗，慈善扫寒贫。
处处和谐美，时时与德邻。

"紫藤花开"大型公益活动启动暨"万名党员寻访红色印迹"首发仪式今在雨中举行

（2021 年 5 月 21 日）

湿风催绽紫藤花，凤卧山中烟雨斜。
列队寻行红土地，齐心善报老东家。
青山不墨浑如画，大爱无言足可嘉。
代有新人多励志，频传薪火道无涯。

瞻仰省委一大平阳凤卧会址

（2021年5月21日）

山中开大会，省委诞民房。

游击东南际，挥师闽浙疆。

燎原自星火，苦难出辉煌。

今走红军路，恰如读史章。

行游瑞安忠义街

（2021年5月21日）

稍停时雨笑颜开，胜日行游忠义街。

玉海楼前追圣者，名庠门外仰良才。

家家开店寻常见，处处出新巧手裁。

清韵民风何最盛，非遗馆里互相猜。

痛悼袁隆平

（2021年5月22日）

日雨萧萧暮雨寒，长街十里送君还。
杂交水稻尔为父，国士当今谁比肩。
科技攻关许生死，民生国计得安全。
功成名就人归去，留与子孙食有天。

访文成南田古镇

（2021年5月23日）

千山之上一平畴，百丈悬河天际流。
王佐帝师归故里，仙乡禅境接瀛洲。
诗书继世遗三昧，耕读传家逾百秋。
若问休闲何处好，石阶小院最清幽。

重访文成

（2021 年 5 月 23 日）

久未到文成，重来感陌生。

崇山通绿道，翠谷起青城。

脱困无遗漏，振兴有典型。

农家最喜乐，无客不怡情。

永康市陈亮研究会换届有寄

（2021 年 5 月 24 日）

丽州多俊彦，同甫领风骚。

自许为龙虎，胸怀家国操。

匡民和济世，武略与文韬。

义利相同举，事功互适调。

推陈出新意，以史鉴今朝。

研究无边界，宣传有律条。

初心永不忘，使命并肩挑。

得失由人说，诤言寄尔曹。

昨于盘龙谷访郭石夫先生并观其写大画

（2021年5月25日）

草堂曾论剑，龙谷又逢君。
仁看诗书画，漫言精气神。
虬松林下侧，魏紫石间伸。
妙笔生花处，怦然起共音。

无 题

（2021年5月27日）

夜听敲窗雨，晓行日半红。
阳光饶可贵，流水足盈丰。
遣兴为行者，殷勤是稼农。
久违湖山远，又见鸟鸣空。

应邀造访中国联合工程有限公司

（2021年5月31日）

暌违已有年，变化两重天。
改革当头雁，创新列阵前。
人才趋若鹜，科技每争先。
大国之梁栋，高耸云汉间。

昨与新华社总社东君兄于钱江畔小晤

（2021年5月31日）

旧雨新晴后，钱塘晤故人。
江山曾指点，往事莫相陈。
早岁文章好，晚年书画真。
与君多问道，翰墨伴秋春。

儿童节有感

（2021年6月1日）

少儿时代最单纯，无虑无忧度晓昏。

捣蛋登山惊树鸟，摸鱼蹚水湿衣襟。

读书未必争分数，游戏逞能夺冠军。

欲把天真重唤起，童心如旧梦中寻。

与舜威、炳文兄互和（八首）

（2021年6月3日）

其一

夏初多晓雨，偶尔起微风。

无树不流翠，有花皆绽红。

远山诗意里，近水棹声中。

行道少来者，临流立钓翁。

其二

抛砖堪引玉，八面起金风。

雨啸朝花落，晴吟夕照红。

泛舟西子上，听鹤北山中。

诗酒常相对，酣然几老翁。

其三

西子一波雨，钱江千浪风。
院荷支伞绿，岸树夹花红。
望水蓬莱里，观山栗里中。
和诗招客醉，忘我是仙翁。

其四

好诗成绝唱，从古自流风。
山色岚凝翠，湖光日照红。
当歌星月下，对酒木舟中。
苏白如同醉，定成不倒翁。

其五

西湖藏大美，吴越起和风。
岸柳扬眉绿，江花拂脸红。
书香墙院里，墨舞武林中。
吾爱真天地，竟成鹤发翁。

其六

湖山晨暮丽，时雨亦时风。
春到花齐放，秋来树共红。
人生栖意里，岁月梦游中。
佳句应常有，平闲伴老翁。

其七

潮涨三江口，松鸣九里风。
高山曾仰止，流水落花红。
情寄云天外，身归乡野中。
去留无别意，谈笑有闲翁。

其八

迟暮英雄气，居高藉好风。
襟怀天地远，回望夕阳红。
山水为邻处，光阴荏苒中。
韶华不负我，馀岁作诗翁。

辛丑芒种

（2021年6月5日）

江南梅雨季，时节接青黄。
南亩争收麦，东田抢插秧。
蚕家茧成缚，水国捕鱼忙。
老我丰衣食，农桑未敢忘。

昨芒种拙诗蒙诸友错爱，今再续一首

（2021年6月5日）

我本田家子，自幼便姓农。
清晨牛出舍，傍晚鸡归笼。
忙季半劳力，空闲一学童。
老来无所事，欲当稼穑翁。

观省国际美术交流协会举办庆祝中国共产党
成立一百周年书画优秀作品展

（2021年6月5日）

书画百帧庆百年，纷呈异彩各争妍。
丹心已把丹青写，妙手又将妙墨添。
岁月沧桑纸上见，人间巨变壁前观。
万千气象胸中起，恰似金声振九天。

贺文蔚书画艺术展今在杭开幕

（2021年6月6日）

办展杭州连七载，一年一度又重来。

清新典雅才情女，铁线金钩般若雷。

以古为师神韵合，出奇守正艺风开。

蔚然满目丹青妙，浩荡文心入壮怀。

"恰是风华正茂——庆祝中国共产党成立一百周年主题特展"观后感

（2021年6月7日）

百载洪流谁领先，之江儿女立潮前。

征程每有擎旗手，故事自成励志篇。

岁月沧桑存史上，光辉道路入心间。

前行不忘来行径，老马还须更着鞭。

参观南通博物苑及张謇故居

（2021年6月8日）

近代抱薪者，神州第一人。
工商为富国，教化济生民。
积善终成德，怀仁不老心。
后来当居上，时习长精神。

长三角地区张謇慈善精神与企业家社会责任研讨会有记

（2021年6月8日）

百年张謇出南通，开席论坛欲效公。
名企发言自肺腑，专家评点话由衷。
立身兴业为家国，乐善好施济世穷。
领袖叮咛牢记取，践行责任领新风。

重访南通

（2021年6月9日）

海头江尾属南通，天目五山余脉同。
民族工商先发地，文明教化踞高峰。
天时地利人和善，物质精神财富丰。
二十年前曾见过，重来故地满新风。

夜游南通濠河

（2021年6月9日）

濠水千年秀，古城百载殊。
星光耀玉宇，灯火闪晶珠。
街市连商贾，车舟入画图。
凝眸天际近，隐约见蓬壶。

写诗偶得

（2021年6月10日）

赋诗虽所爱，但恨睿思贫。
立意劳幽梦，破题费苦心。
读书知学浅，造句不求深。
只为余闲乐，何求千古吟。

次韵炳文兄观承平致远画展兼
与文蔚女史话别

（2021年6月13日）

高山耸立水长流，素尺传书无比俦。
西子湖边看旧雨，钱塘江畔泛新舟。
蜀川淑女多伤感，吴越俊男少忽悠。
图画展开如梦境，古来最忆是杭州。

学书偶得

（2021年6月13日）

早岁未知王右军，涂鸦废纸任批评。
晚年才识神龙本，摹仿还看秦峄经。
永字详分八法练，学书细辨帖碑临。
少时遗憾老来补，只为消闲不为名。

辛丑年端午节

（2021年6月14日）

端午临中夏，龙舟竞海沧。
雄黄驰厉鬼，角粽慰忠良。
民俗历时久，乡风继世长。
离骚歌一曲，万古自流芳。

王湧美英同学昨来寒舍小晤

（2021年6月14日）

窗友来寒舍，睽违已久长。
性情今似昔，谈笑慨而慷。
青春留印迹，岁月记沧桑。
相招无美酒，互馈有衷肠。

学画偶得

（2021年6月15日）

从小涂鸦是本能，老来学画了无成。
墨分五色真难有，纸废千张更莫名。
空谷传声风偶啸，幽兰空谷竹常鸣。
心期还与丹青伴，耳畔时闻梅菊声。

观童亚辉书法展有感

（2021年6月16日）

精微开大境，信笔出新锋。

满纸书生味，一身童子功。

江湖多墨戏，雅士惜遗风。

此有精神气，初心共与同。

贺神舟十二号发射成功

（2021年6月17日）

神舟一射入天宫，宇外平添中国龙。

亿万人民齐瞩目，三英国士立头功。

上天下海平常事，揽月摘星亦从容。

千古江山当有待，无穷智慧掌时空。

贺吴山明美术馆在雨中开馆

（2021年6月19日）

山明接水秀，新馆傍之江。
翰墨开生面，画图入史章。
文风长仰止，艺德永赓扬。
赤子之心在，后人岂敢忘。

父亲节有感

（2021年6月20日）

方知有此节，白发忆童年。
少小曾经事，即时入眼帘。
母慈深似海，父爱大如天。
愧我临垂老，未能尽孝贤。

辛丑夏至

（2021年6月21日）

夏至竿无影，白天今最长。

梅时雨未歇，闷热湿难当。

岭上松排翠，湖中荷散香。

得闲宜遣兴，健足保安康。

之江沙龙企业社会责任主题论坛
今在宁波举行

（2021年6月22日）

论坛言责任，社会有群伦。

兴业为家国，利他积德仁。

共同丰物质，齐力富精神。

向善归王道，初心不负人。

贺宁波市雅戈尔甬尚慈善
社工服务中心开业

（2021年6月22日）

慈善如何兴实体，甬城今见脑门开。
官民携手求新解，社企并肩搭舞台。
起局已经费心血，经营更待付情怀。
四方共建家园好，万众同行向未来。

宁波东钱湖

（2021年6月23日）

谁持彩笔画名湖，千古沧桑卧海隅。
玉鉴沉浮升日月，翠屏起伏落冰壶。
龙归东海鱼成阵，鹤起西山鸟不孤。
洲岛相通连广宇，云霞互映普天舒。

奉化雪窦寺

（2021年6月24日）

雪窦高千丈，黛岩耸乳峰。
仰天弥勒像，坐地清凉宫。
石壁观晨瀑，丛林听晚钟。
承平兴佛事，禅境在心中。

六八自寿

（2021年6月24日）

年方六八不为官，老我何愁白发添。
饱食三餐堪可口，善行百事尚欣然。
曾经风雨知多少，历尽沧桑莫计天。
云卷云舒随日月，花开花落看庭前。

次韵舜威兄晴雨西湖二景

（2021 年 6 月 25 日）

其一

都说西湖似画图，时晴时雨亦时无。

无边光景谁知得，天贶人间一颗珠。

其二

道是无情却有情，湖山与我两相迎。

春风拂柳闻啼鸟，秋月随舟客不惊。

省府办老同志庆祝建党百年合唱有记

（2021 年 6 月 26 日）

满头白发亦风骚，联手新人兴更高。

短服长裙齐刷刷，淡妆浓抹共陶陶。

颂歌一曲来心底，声振千重入碧霄。

建党百年迎大庆，感恩怀德看今宵。

参加省府办老同志庆祝建党百年合唱有感

（2021 年 6 月 27 日）

六十八年头一回，苍颜白发喜登台。

满腔热血纯如昨，入耳红歌震似雷。

百载沧桑彪史册，千秋伟业铸丰碑。

中流砥柱初心在，不负韶华向未来。

观杭州国画院庆祝中国共产党成立一百周年
"世纪正青春"诗书画印特展

（2021 年 6 月 28 日）

近来展览观无数，今日抱青别有天。

主旨相同真善美，体裁各异大高全。

墨颂伟人兴国梦，笔歌英士砥中坚。

静观精品添能量，无愧青春犹盛年。

庆祝中国共产党成立一百周年
（2021年7月1日）

劈地开天历百旬，一路风雨写初心。
锤镰高举红旗艳，马列为师主义魂。
伏虎降龙昭日月，富民强国定乾坤。
承平时代今朝是，万里江山万里新。

中国共产党成立一百周年庆祝大会观后感
（2021年7月1日）

天安门上炮声隆，旗帜高扬入碧空。
领袖发声如大吕，江山回响似黄钟。
开天辟地长宵尽，纬地经天旭日红。
时代新来圆梦想，复兴民族践初衷。

夏 雨

（2021 年 7 月 2 日）

梅时多雨水，仲夏湿昏晨。
偶有雷钻地，时闻叶落尘。
清凉难饱穗，闷热易伤身。
我欲游湖去，荷香正诱人。

雨夜西湖

（2021 年 7 月 3 日）

初晴忽又雨，西子有如无。
山下银连线，湖中玉跳珠。
风来吴水唱，雷打越山呼。
乱云翻妙墨，轻舟入画图。

雨后塘河

（2021年7月4日）

雨后空山远，风微静水幽。
蜻蜓荷上舞，雀鸟树中啾。
少妇牵花犬，老翁垂钓钩。
闲人勤健足，柳下送行舟。

今日出梅

（2021年7月5日）

今朝始出梅，伏热紧相催。
菡萏娇如玉，蝉声响似雷。
务农观气象，待客备家醅。
岁月如斯去，莫愁白发堆。

伏天将至

（2021 年 7 月 6 日）

头伏行将至，炎天已主张。
阳光蒸热气，汗水湿衣裳。
岸柳依然翠，荷花分外香。
游人如赏景，莫若坐禅房。

久雨天晴

（2021 年 7 月 6 日）

今晨来快意，久雨忽天晴。
流水蓝如碧，远山暗转明。
街坊人共舞，江树鸟齐鸣。
都道阳光好，亲和万物欣。

辛丑小暑

（2021年7月7日）

小暑悄然到，晴云绕晚烟。
阴凉藏北极，炽热出南天。
翠鸟鸣高树，蛙声响耳边。
乘凉何处好，最忆弄堂前。

今晨无题

（2021年7月8日）

今朝无雨亦无风，旭日迟迟不见红。
树鸟近来勤抢早，渔舟远去仍从容。
波摇镜水千重浪，霞满屏山一望空。
自信晨行能健体，等闲最是钓鱼翁。

观电视剧《大决战》

（2021年7月10日）

锦州一战扭乾坤，力挽天倾泣鬼神。
狂敌当前无小我，指挥若定有核心。
攻坚阻击守关隘，略地夺城把命门。
一代英雄千古颂，江山从此属人民。

暑 热

（2021年7月13日）

炎暑如燃火，骄阳似祝融。
行知赤道上，坐觉釜甑中。
闭户愁昏晓，开窗恐羽虫。
夜来无梦苦，只盼起南风。

晚　霞

（2021 年 7 月 14 日）

神笔为谁舞，画图无尽藏。
幕天皆溢彩，席地尽流光。
晚树摇菲影，暮云舞羽裳。
岁华终不老，落日亦辉煌。

午过曲院风荷

（2021 年 7 月 15 日）

四时惟六月，曲院客盈门。
菡萏香销骨，芙蓉玉入神。
来风知本性，得雨见天心。
尤物何须艳，清芬亦醉人。

"我飞拥军"慈善关爱金发放仪式今在德清举行

（2021年7月16日）

社会行慈举，节前献爱心。

弘扬好传统，致敬老功臣。

家国千秋业，兵民百代亲。

英雄当永远，双拥与时新。

贺外孙女十周岁生日

（2021年7月20日）

岁岁庆生辰，今年满一旬。

初生原本色，后养得天真。

成长无难事，过程有苦辛。

菁华承紫气，玉兔继青云。

学业分三好，才情集一身。

挥毫能作画，下笔可成文。

手巧勤思想，指柔善弄琴。

野蛮强体魄，儒雅长精神。

代谢遵规律，往来循古今。

老夫临朽迈，孙辈值幼龄。

世有贤良贵，代传薪火珍。
未来犹勉力，不负我先人。

仲夏之晨

（2021年7月21日）

一夜新晴后，太阳未复东。
青云分五色，翠柳叠三重。
风拂流霞淡，水生润露浓。
健身人早起，影摄相机中。

辛丑大暑

（2021年7月22日）

时节才中夏，忽思秋气生。
炎凉同此日，昼夜两分明。
南国热如煮，北天水欲倾。
私心问大地，何处有蓬瀛。

致摄影师

（2021 年 7 月 22 日）

江山如画美，眼下影迷多。

对镜调焦点，凝神细觅罗。

情怀图里秀，意寄梦中歌。

方寸藏秘境，与谁共琢磨。

抗击台风"烟花"有记

（2021 年 7 月 26 日）

是谁惹了海龙王，假借淫威肆虐狂。

风暴雨潮沉陆屿，深川浅谷没汪洋。

屠龙自有倚天剑，守土又成钢铁墙。

待把烟魔驱尽后，山河依旧固金汤。

台风后西湖一瞥

（2021 年 7 月 27 日）

雨后空山尽，烟花无处寻。
香车环水畔，画舫绕湖心。
满目斜阳老，连天翰墨新。
道中多佰客，久看尽欣欣。

省慈善书画联谊基地昨日授牌

（2021 年 7 月 28 日）

雨过吴山润，风来西子妍。
挥毫生紫气，泼墨起祥烟。
情为初心系，谊因慈举联。
善行无止境，携手济黎元。

贺《窗口——陈灿诗选》新书发布

（2021年7月31日）

诗卷翻开是扇窗，细心品味似甘棠。

行间字里豪情溢，顿挫抑扬正气扬。

行旅有痕堪入句，韶华不负可成章。

登高更上层楼看，再借东风去远方。

庆祝中国人民解放军建军九十四周年

（2021年8月1日）

鼓角声声入九霄，南昌起义起狂飙。

惊天炮火开新宇，卷地硝烟换旧朝。

卫国保家无敌手，建功立业夺高标。

人民军人忠于党，新的长城血肉浇。

戌标兄昨招饮猛进忠焕诸老同事有记

（2021年8月1日）

西湖逢旧雨，老友宴同俦。
相见亦无事，举杯话不休。
风云犹散尽，名利奈何求。
念想时常在，相期共白头。

晨走塘河

（2021年8月4日）

难得遇佳晨，凉风拂袖襟。
闲人行绿道，归鸟宿青林。
野老临流钓，时花向日伸。
天高霞彩远，水映碧云深。

昨与诸友夜饮之江畔

（2021 年 8 月 5 日）

潮声时入耳，相饮几同俦。

浊酒盈清露，茗茶催汗收。

开心生逸兴，快意壮歌喉。

曲尽人终散，友情从未休。

今夏天气反常

（2021 年 8 月 6 日）

反常成气候，诡异变多端。

忽雨如梅季，快晴即暑天。

台风连续至，警报每纷传。

夜半披衣起，闻声感飒然。

辛丑立秋

（2021年8月7日）

夏伏余威在，四时已立秋。
阳升霞气起，日落暑风收。
宿鸟恋青树，流光催白头。
天高能望远，岁老又何忧。

入秋感怀

（2021年8月10日）

过了立秋夜渐长，一场风雨一场凉。
荷莲香尽花成果，桐叶绿残木见黄。
骚客高吟思北国，征鸿声断念南疆。
江山何处无遗爱？总有诗情向远方。

重访嵊泗

（2021 年 8 月 11 日）

海上仙山似画图，重来自觉不生疏。
舟行离岛重重翠，浪拍空天阵阵呼。
美丽乡村藏美景，渔歌号子出渔夫。
夜阑难寐披衣起，窗外星光似有无。

嵊泗五龙乡一瞥

（2021 年 8 月 11 日）

一乡连五岛，神态似腾龙。
景点堪精致，人文可独衷。
渔歌乘兴起，壁画自流风。
踏浪沙滩上，身闲心放松。

重访岱山

（2021 年 8 月 12 日）

蓬莱玉岛久神往，魅力岱山令我狂。
天上人间禅境里，蜃楼海市水中央。
星光渔火相辉映，落日朝霞共炜煌。
徐福不知何处去，养生还是到仙乡。

重访舟山南洞村

（2021 年 8 月 12 日）

南洞曾来印象深，初秋又见昔时痕。
青山绿水还如是，黛瓦粉墙已换新。
表面感知增物力，深层体悟长精神。
紧跟时代迈新步，共富全凭领路人。

参观舟山绿色石化基地①有感
（2021年8月12日）

渔山崛起新基地，绿色化工观感深。

管道纵横皆有序，烟囱林立绝无尘。

中央大脑如神算，系统运行自细分。

遥想当年恍若梦，此来最是长精神。

赴舟山慰问因台风"烟花"受灾群众
（2021年8月13日）

"烟花"风暴已休哉，察访灾区过海来。

抢险已经同勠力，救灾还要共相偎。

民生民计安排好，复建复工元气回。

莫道职闲身退了，依然行动疾如雷。

---

① 舟山绿色石化基地是坐落在岱山县鱼山岛上的炼化一体化项目,分一、二、三期开发建设。2000年,一期工程已投入使用,2020年二期项目已打通全流程,争取实现4000万吨炼油能力,远期将形成世界级大型综合现代化的绿色石化基地。笔者在省政府任职期间,曾经参与前期工作,日前趁公务之机参观了该项目,备受教育和鼓舞。

中午与嘉兴同事小聚

（2021 年 8 月 14 日）

春风结桃李，秋雨醉闲翁。

欣忆当年事，笑迎夕照红。

青山归宿鸟，绿水藏旧踪。

皆是师兼友，相思远近同。

辛丑年七夕节

（2021 年 8 月 14 日）

今宵无月也无星，何奈鹊桥搭不成。

凉雨绵绵飞涕泪，斜风阵阵起悲声。

阴晴圆缺原如是，织女牛郎自有情。

欲劝天公开亮眼，良辰便可复光明。

日本无条件投降纪念日

（2021 年 8 月 15 日）

当年日寇太疯狂，杀我同胞犯我疆。

万里江山起龙虎，九州儿女战沙场。

东洋大盗终归灭，正义之师始受降。

前事当为今事鉴，如山旧恨不能忘。

秋 雨

（2021 年 8 月 16 日）

秋来连日雨，无事亦烦人。

花落知无数，香飘感不真。

罡风携海气，寒露带腥尘。

念想晴空夜，高悬月一轮。

秋 晴

（2021年8月20日）

连日晴无雨，天凉觉入秋。
风生吹柳影，水起泛渔舟。
桐树黄涂叶，桂花霜染头。
夕阳无限好，不意惹乡愁。

辛丑处暑

（2021年8月23日）

才过中元节，便来处暑秋。
日风堪解气，夜雨可消愁。
篱菊花将放，田禾谷待收。
趁机邀好伴，郊外共闲游。

重访遂昌

（2021年8月24日）

云淡天高日，重来访遂昌。

青山迎熟客，绿水送清觞。

书院听昆曲，农家品茗香。

清风令我醉，恍若入仙乡。

参加云和县"中华慈善日"主题活动[①]

（2021年8月25日）

慈善庆嘉日，新风扑面来。

标兵当引领，大众竞相催。

发展争高质，公平创作为。

共同奔富裕，时代树丰碑。

---

① 此活动为云和县以"汇聚慈善力量，助力共同富裕"为主题的第六个"中华慈善日"主题活动。

探访瓯江源

（2021年8月25日）

曲曲弯弯路，重重叠叠山。
疏疏密密树，清清朗朗天。
细细涓涓水，江江海海源。
觅觅寻寻客，来来去去缘。

重访庆元

（2021年8月26日）

百山兹谓祖，浙闽此相牵。
路阻川流远，道通咫尺间。
先天遗本色，后发更娇妍。
如入桃源里，浑然胜似仙。

走访庆元斋郎村

（2021年8月26日）

斋郎村里访山翁，听说当年刘粟功[1]。

以少胜多杀顽敌，化凶为吉救工农。

翻身不忘源和本，致富更扶困与穷。

红色基因传代代，凡人善举领新风。

梦游缙云好溪村

（2021年8月27日）

吾爱好溪久，夜来残梦生。

清流归碧海，灯火接繁星。

石笋高千丈，田禾熟万坪。

众山入城郭，一水绕门庭。

---

[1] 1935年4月，粟裕、刘英率领红军挺进师在斋朗村打了"关键的一仗"，以500多人的兵力打败了来自国民党浙江保安团、福建保安团和当地反动武装3000多人的疯狂进攻，创造了以少胜多的奇迹，为挺进师建立浙西南根据地奠定了基础，在我军革命战争史上具有重要的意义。

秋不像秋

（2021年8月30日）

秋来不像秋，岁月暂停留。
炎日红如火，凉风贵似油。
青山犹绿翠，绿水自清悠。
天律原如此，我心何必愁。

晚　霞

（2021年8月30日）

夕照灿如霞，晚晴织锦纱。
鱼鳞泛云汉，柳絮卷星华。
苏轼吟明月，陶潜咏菊花。
黄昏无限美，松下可烹茶。

省慈善联合总会与省建行签订战略合作协议[①]

（2021年8月31日）

中央企业信如金，联手地方为济民。

满纸蓝图承百计，一声许诺载千钧。

以人为本循传统，互利双赢力创新。

慈善不分你和我，齐推共富践初心。

为嘉兴南湖双彩虹题照

（2021年9月3日）

谁持彩练舞当空，盛世欣逢双彩虹。

情景纷呈烟雨里，流光朗耀画舫中。

紫微攘攘天高阔，星斗熙熙地远空。

鸿运当前当借力，复兴大业驾长风。

---

① 协议提出"三个一百"合作目标，即推进设立百个冠名基金、培训百名慈善顾问、对接百个慈善服务团队。

漫游南湖天地

（2021年9月3日）

公干闲余际，南湖天地行。

熏风微送爽，秀水略磨平。

老厂开新店，故人念旧情。

亭中忆往昔，槛外听舟声。

"印颂百年——庆祝中国共产党成立一百周年篆刻展"观后感

（2021年9月4日）

展开红棹畔，印颂百年间。

朗朗皆金句，煌煌尽史篇。

斤斧初心运，斫刀使命肩。

丹青歌盛世，经典永流传。

赞上城·慈善夜[①]

（2021年9月4日）

最为难忘是今宵，暑气莫如人气高。

慈举纷纷连广宇，善星闪闪接重霄。

官民齐奏初心曲，山海同歌示范谣。

大爱泱泱通大道，共同富裕看明朝。

辛丑白露

（2021年9月7日）

有露今才白，无风日渐凉。

蒹葭将吐穗，草木正涂黄。

鸿雁思南国，游人念故乡。

平湖闲对月，一阕好词章。

---

① 慈善夜活动丰富多彩，既有表彰先进又有项目部署和动员，既有文艺表演又有
现场募捐，既有创新项目启动又有"山海协作助力共同富裕"的系列签约。

教师节有感

（2021年9月10日）

杏坛逢节日，举国颂文昌。

课授春秋业，材成家国梁。

园丁浇汗水，学子饮甘棠。

蜡炬光无尽，师恩与日长。

重访西藏

（2021年9月13日）

五载之前曾毅行，高原气象记犹清。

人稀地广疑无氧，山远水长自有情。

全面小康方完胜，共同富裕已启程。

固边兴藏新天路，唤我老夫再出征。

献给浙江援藏将士

（2021 年 9 月 14 日）

路远天为际，山高云比邻。
一朝肩使命，万里践初心。
砥砺堪强骨，力行可健身。
莫言时缺氧，只道炼精神。
共建为兴藏，互帮助富民。
与人添幸福，为国立功勋。
男儿多壮志，不负正青春。

车过圣湖羊卓雍措

（2021 年 9 月 16 日）

天成一圣湖，信是有还无。
山覆千重雪，云浮百态图。
牛羊嬉镜水，日月映冰壶。
神韵四时在，当惊气象殊。

在珠峰大本营看日落日出

（2021年9月17日）

天贶神山谁比伦，直奔营地看其真。
朝霞异彩参云海，夕照同光伴月轮。
雪舞冈峰如虎啸，风吹峡谷似龙吟。
老夫遂了当年愿，旷古奇观倍觉珍。

西藏归来有感

（2021年9月20日）

浙藏关山远，万里度如飞。
古色还依旧，新颜已全非。
珠峰见落日，雅水别朝晖。
往来成旧事，莫把壮心违。

辛丑中秋

（2021年9月21日）

花好月圆今夜是，一年一度又中秋。

人间天上同欢喜，玉兔嫦娥两不愁。

霞宇琼楼迎凤侣，星河银汉接鸾俦。

平分秋色三更里，水调歌头唱未休。

辛丑秋分

（2021年9月23日）

寒暑相交季半分，天高气朗最宜人。

梧桐落叶叶成毯，丹桂飘香香染襟。

雁自北疆排个字，霜临南国转新文。

一年一度金风起，化作诗声向晚吟。

重来嘉兴有感

（2021 年 9 月 26 日）

重来红土地，秋色正缤纷。
新景不相识，旧颜无处寻。
故臣迷老眼，岁月去遗痕。
往事成传说，风流属后人。

赞嘉兴菜

（2021 年 9 月 26 日）

百县千家菜，嘉兴属清佳。
薯豆加菇菜，禽畜叠鱼虾。
苦辣刚宜口，酸甜正适牙。
五味通人性，斯言足可夸。

在秀洲新塍吃早点

（2021年9月26日）

千年名古镇，早点不须寻。
大饼形而脆，油条质亦真。
肉多咸月饼，皮薄淡馄饨。
小吃含乡味，开心几故人。

为西湖晚照题句

（2021年9月28日）

岁过中秋草未枯，伫看西子水平铺。
聚焦不亚蓬莱景，入镜胜如栗里图。
老树随风迎雪浪，新花著雨放霞珠。
劝君莫叹黄昏近，夕照湖山满目朱。

参加烈士纪念日向人民英雄
敬献花篮仪式有感

（2021 年 9 月 30 日）

国庆之前祭国魂，云居岭上霭云深。
湖山有幸埋忠骨，江海无言感党恩。
辈出英雄存史册，代传薪火续秋春。
承前已筑千秋业，启后还看逐梦人。

辛丑寒露

（2021 年 10 月 8 日）

寒露今初发，秋深换薄衣。
山前风忽忽，岭上草离离。
旷野行舟远，长空旅雁飞。
年华随日去，莫叹夕阳微。

无　题

（2021 年 10 月 9 日）

我起五更天未明，晨风拂树鸟先鸣。

劝君莫问谁行早，野渡已闻舟棹声。

参观东阳中国木雕博物馆

（2021 年 10 月 9 日）

展馆看臻品，声名举世闻。

匠心堪独运，艺境得天真。

镂月裁云绝，凿花镌鸟珍。

因材而创意，朽木亦成金。

老年大学雅苑班师友湖畔小聚

（2021 年 10 月 12 日）

栖霞逢旧雨，葛岭话沧桑。

美酒三分醉，清茶十里香。

放怀歌动地，挥笔墨生光。

雅苑承师授，深情无尽藏。

省级机关老同志欢度重阳

（2021 年 10 月 14 日）

年年此日过重阳，今又重阳乐未央。

红果绿茶饶口福，清歌劲曲动穹苍。

韶华不减神情爽，老骥加鞭夕梦扬。

天自从容人自寿，秋光依旧似春光。

辛丑年重阳节感怀

（2021 年 10 月 14 日）

人到重阳易感怀，秋风落叶惹尘埃。

青丝白发冰霜染，朝日夕阳次第来。

曾记少年劳理想，亦知老大徒伤哀。

如今更觉时光短，欲去登高不用催。

外孙女参加军训有记

（2021 年 10 月 17 日）

十岁才少年，军训挺新鲜。

衣服刚合体，行囊高过肩。

队列方块里，人立横竖间。

身姿挺且直，号令重如山。

吃饭长桌坐，睡觉帐篷钻。

操练已尽兴，休息又联欢。

阵前劲互鼓，场上手相牵。

行为规矩正，纪律要求严。

顶风心无惧，冒雨志更坚。

吃得苦中苦，方知甜上甜。

凯旋归来后，全家带笑颜。

从小劳筋骨，未来好接班。

重访临沂

（2021 年 10 月 17 日）

胜地重来觉陌生，升平气象与时增。

老区依旧鲜红色，新市已然不夜城。

客自中西求友好，物通陆海达隆兴。

五贤^①故事传千古，一代新人集大成。

参加中华慈善论坛有感

（2021年10月18日）

设坛论慈善，脑洞豁然开。
教学相长处，知行互补台。
特色当研究，国情不可违。
大公为正道，天下作情怀。
理论呈红色，政声见口碑。
聚焦高质量，共富干中来。
留有余香味，或因送玫瑰。
欣逢好时代，吾辈莫徘徊。

踏访沂蒙革命老区

（2021年10月19日）

踏寻红土地，致敬老区人。
沂水观佳景，蒙山听好音。

---

① 临沂市内建有五贤祠，供奉诸葛亮、王祥、王览、颜真卿、颜杲卿五位圣贤。

有天皆境界，无地不精神。
此处崇英烈，斯民尚献身。
赤旗彰浩气，铁血铸忠魂。
跃马驱倭寇，挥戈杀匪军。
支前当模范，战后续殊勋。
回望来时路，潸然泪满襟。

辛丑霜降

（2021年10月23日）

秋暮天回暖，节来未降霜。
露生草木白，风起蟹膏黄。
岁老人犹健，时闲事倍忙。
故园盼游子，乡酒待开缸。

无 题

（2021年10月25日）

八月桂花九月香，一城秋色半城霜。
暖风忽忽吹南国，寒雪飘飘洒北疆。
西子饮茶青玉案，东篱对酒满庭芳。

四时好景须长记，满目丹山对夕阳。

省级老同志赴嘉兴开展
"走基层、看变化、促发展"活动
（2021年10月25日）

秋日晴方好，驱车圣地行。

沧桑容我想，巨变使人惊。

家国百年梦，城乡万事兴。

江山无限美，越看越年轻。

夜游嘉兴环城河看灯光秀
（2021年10月26日）

流光溢彩耀南湖，串起苍穹万颗珠。

云汉投形雕玉树，银河随影印冰壶。

沿街灯火花先发，枕水人家梦亦殊。

昨夜星辰迷老眼，分明此景胜姑苏。

访桐乡石门子恺漫画村

（2021年10月26日）

俨然一画村，荒废变奇神。

子恺传真趣，乡亲出达人。

仿真非作假，鉴古却为今。

偏地栽文化，大开我脑门。

访海宁兴城村

（2021年10月27日）

兴城老典型，走马看分明。

游旅人文合，耕农创意清。

求新勤探索，务实力先行。

干群同一梦，乡村必振兴。

贺浦江第十四届中国书画节暨全国中国画作品展和全国清廉书法作品大展开幕

（2021年10月28日）

牛年大展又开张，妙墨丹青汇浦江。
师法先贤歌盛世，提携后俊谱华章。
心驰翰海清风助，笔走龙蛇正气彰。
满壁珠玑纷入目，恰逢雨露沐阳光。

游浦江檀溪

（2021年10月28日）

房舍山中隐，吧亭水畔栖。
飞鸟云中度，游鱼溪上迷。
烟火遥碧落，野花乱草畦。
休闲何处好，醉美是檀溪。

瞻仰义乌陈望道故居

（2021 年 10 月 29 日）

分水塘前仰大贤，缅怀望道步流连。
柴房秉烛初衷苦，陋室译文真理甜。
赤色宣言燃巨火，南湖红棹启新天。
先人地下当欣慰，时代已开盛世篇。

走马看东阳花园村

（2021 年 10 月 30 日）

惜别已经年，又来走马看。
青山入老眼，绿水映新天。
发展登高质，民生结善缘。
共同奔富裕，幸福大花园。

与友小聚永康盘龙谷

（2021 年 10 月 31 日）

老友聚盘龙，得闲心放松。
清茶烹九碗，浑酒饮三盅。
醉墨诗情寡，挥毫逸兴浓。
谁知夕阳落，渐没远山中。

贺永康首届世界五金发展大会开幕

（2021 年 11 月 1 日）

中国五金看永康，千年锤炼历沧桑。
工商互惠勤为本，义利双行善作纲。
顺应潮流强数智，复兴实业举龙骧。
紧盯世界新高地，再发雄心创炜煌。

浦江吴山明红色专题文献画展观后补记

（2021年11月3日）

红色专题展，故园留迹痕。

画坛开浙派，渍墨塑精神。

为民行善美，参政建言真。

和气生雅量，肃然赤子心。

刘丹青书画展观后感

（2021年11月4日）

抱青会馆展丹青，翰墨不言亦吸睛。

潇洒自如扬正气，刚柔随性赋金声。

典型各异教无类，书画同源师有名。

百尺竿头更进步，生花妙笔似天成。

辛丑立冬

（2021年11月7日）

时节如流水，倏然又立冬。

一帘霏雨冷，几树露华浓。

墙角梅无语，窗前橘正红。

夜长挥老笔，残梦寄新鸿。

立冬次日降温

（2021年11月8日）

一夜之间忽降温，毛毛细雨湿寒身。

昨天还盖单层被，今日需添双夹衾。

才觉江南风似剑，便知塞北雪如尘。

天随时变莫惆怅，过了三冬又是春。

观杭州植物园菊花展

（2021 年 11 月 10 日）

菊展玉泉人气高，方圆五里尽香飘。

流光溢彩黄金甲，姹紫嫣红青帝袍。

银线贯球凭手创，绿篱欹石用心雕。

老夫相向闲行去，欲作陶公续楚骚。

贺党的十九届六中全会胜利闭幕

（2021 年 11 月 11 日）

全会内容博大深，声声入耳长精神。

百年奋斗兴中国，五代核心铸党魂。

社稷千秋开画卷，江山万里展雄心。

经天纬地新时代，盛世承平筑梦真。

觉苑清舍辛丑苕溪诗歌雅集有记

（2021年11月13日）

难得闲闲日，初冬续暮秋。

溪山招墨客，雪上引诗俦。

石刻南山寿，絮飞白鹭洲。

斜阳如画影，残月似描钩。

野水临元舍，草湖没棹舟。

瓶窑寻禹迹，丝路访源头。

心旷堪同趣，神交可共游。

此来宜悟道，能解许多愁。

觉苑清舍辛丑苕溪诗歌雅集又记

（2021年11月15日）

万古苕溪曲又长，栉风沐雨记辉煌。

一川山水丝茶府，百里田畴鱼米乡。

岁月不居秋正过，芦花如雪夜初长。

时来最喜风骚客，醉墨和诗兴未央。

题星空女史秋硕图

（2021年11月18日）

虬藤缠老干，散叶作新装。
玛瑙滋琼液，冰肌润玉浆。
丹青描紫气，妙墨画珠光。
鸟度秋阳下，风来满架香。

辛丑小雪

（2021年11月22日）

入冬刚半月，小雪便光临。
塞北冰封屋，江南叶落林。
时而风飒飒，偶又雨淋淋。
晓雾迷无路，夕阳贵似金。
池鱼形可觅，树鸟影难寻。
寂寂清寒夜，闭门饮一樽。

浙江西湖书画院"庆祝中国共产党成立一百周年——壮丽江山书画篆刻作品展"观感

（2021 年 11 月 24 日）

百年大庆制鸿篇，壮丽江山壁上看。
翰墨金声歌一统，丹青玉振颂团圆。
人文气象云天起，赤子情怀炳斗悬。
老骥雄风重抖擞，笔随时代再争先。

感恩节有所思

（2021 年 11 月 25 日）

滴水之恩莫忘根，涌泉相报是常伦。
德行兼备人心贵，因果互生规律珍。
重义有为开境界，大爱无疆铸灵魂。
中华民族文明远，代代相传举世尊。

今日强降温

（2021 年 12 月 1 日）

时至年华老，日随天降温。

树梢黄叶落，水底黑鱼沉。

宿鸟鸣寒树，归人举暖樽。

墙梅犹得意，最盼雪临门。

观白云先生画展

（2021 年 12 月 3 日）

闹市中央老巷深，精微展览客盈门。

卉花正茂奇娇艳，人物风光妙趣真。

笔底功夫能入化，胸中点墨更提神。

看来馆雅无须大，最可动心是画魂。

辛丑大雪

（2021年12月7日）

大雪江南无大雪，西风依旧自从容。
霞光冉冉披云彩，云水苍苍带露浓。
草木未凋形百态，溪山尽染色千重。
何时盼得琼芳至，万里霜天腾玉龙。

第八届"西湖论善"因疫情二度推迟有记

（2021年12月8日）

年会推迟情况殊，慈行依旧不马虎。
共同富裕高标立，大爱浙江齐鼓呼。
初心牢记为民本，使命担当济世壶。
勇立潮头争向上，善随时代赴新途。

游兰溪诸葛村

（2020年12月8日）

雄踞丘山畔，蜿蜒似卧龙。
民居八卦里，街布九宫中。
丞相多韬略，后昆尽国忠。
齐家存祖训，济世有遗风。

陪友人游永康方岩

（2021年12月9日）

方岩踞浙中，赤壁自凌空。
步道从天接，悬桥向海通。
粮仓天下满，日照崑岑隆。
千古胡公在，初心大小同。
为官多造福，功德乃无穷。

枫树红了

（2021年12月13日）

谁将绿树染殷红，又赋诗情画意浓。

玉叶嫣然迷彩蝶，琼枝摇曳引惊鸿。

丹山数里飘红雨，赤水几重映碧空。

每到冬来多浪漫，韶华依旧醉西风。

辛丑冬至因疫情未能回乡祭祖

（2021年12月20日）

疫情难阻我，倚梦到家山。

野树云烟渺，孤茔霭露寒。

僻乡容父老，故土续尘缘。

遥敬三杯酒，寸心两地牵。

辛丑冬至

（2021 年 12 月 21 日）

季节至深冬，理应寒意浓。
琼花飘万里，银树挂千重。
天气无常律，时空有不同。
阳生今日始，梅绽枝头红。

年终有感

（2021 年 12 月 29 日）

时光年复年，来去似云烟。
耕种随天气，收成顺自然。
世情依旧在，人事已翻篇。
岁月如风过，白驹过隙间。

观金鉴才先生墨梅、书法册页精品展有感

（2021年12月31日）

册页藏臻品，展开墨韵浓。

播芳六合远，妙笔四全崇。

梅格源高格，新风自古风。

人如金石寿，不老属明公。

第八届"西湖论善"今在线上举行

（2021年12月31日）

论坛线上开，问道好平台。

上下相呼应，知行两不违。

主题奔共富，慈善赴情怀。

把握新机遇，人人尽可为。

元旦感言

（2022年1月1日）

年历翻开第一张，迎新辞旧亦寻常。
一元复始开生面，万象更新庆瑞祥。
回首牛头多壮志，前瞻虎步更昂扬。
愿君不忘来时路，再驾大潮去远航。

无 题

（2022年1月4日）

开年无大事，家务亦松轻。
不意伤筋骨，奈何得躺平。
定时服苦药，整日困愁城。
我自多烦躁，家人心更惊。

辛丑小寒

（2022年1月5日）

年前临小寒，光景淡如烟。
草色依然绿，鸟声照样喧。
故人思故里，新岁盼新颜。
有雪何时至，无梅天不言。

无　题

（2022年1月7日）

往事匆匆过，回看感慨多。
春风连夏雨，秋水接冬河。
年轮时刻转，生命渐消磨。
旧去无遗憾，新来又若何。

无　题

（2022年1月8日）

何事尤为要，健康与自由。

浮名似流水，空誉莫追求。

本色当牢记，初心不可丢。

老来还有梦，月下驾青牛。

为抗疫英雄点赞

（2022年1月8日）

忽报瘟神降永康，战时号角又昂扬。

白衣战士奔前线，党政军民共布防。

百密不疏期必胜，万无一失若金汤。

希期待到解封日，同与英雄举酬觞。

无　题

（2022年1月9日）

人老不知年，畅怀心自欢。
相知当对酒，得意莫弹冠。
偶尔挥丹墨，怡然吟素笺。
晚来多雅趣，快活似神仙。

无　题

（2022年1月10日）

向晚夕阳红，从容看劲松。
余晖难驻足，月色渐朦胧。
天上原如是，人间今古同。
韶光应不负，老骥仍嘶风。

辛丑腊八节

（2022年1月10日）

家家腊八节，处处早迎春。
佛粥相交赠，人情贵似金。
樽前一浊酒，座上几清音。
友朋总如故，岁华与日新。

无　题

（2022年1月11日）

岁月与时骎，青春难再寻。
浮尘虽过眼，蝶梦仍纷纭。
年少凌云志，老来枥骥心。
攸关家国事，相向不离群。

无　题

（2022年1月12日）

日月如梭去，反思无所图。
经营虽惨淡，绮梦未模糊。
处事公为要，为人德不孤。
澄心游物外，静虑见真如。

无　题

（2022年1月13日）

天地恒长远，年轮往复回。
春风催白李，冬雪绽红梅。
慈雨养筋骨，善行消孽灾。
秦皇无妙药，终究化成灰。

无　题

（2022 年 1 月 14 日）

往矣少年客，峥嵘岁月稠。
虽非千里马，却是垦荒牛。
处事多如意，对人无所求。
老来思报国，夕日恐难留。

无　题

（2022 年 1 月 15 日）

又到一年终，反思如梦中。
少青身健硕，老大骨疏松。
纵有心思想，无由脑袋空。
流光浑不觉，犹念壮时雄。

无　题

（2022 年 1 月 16 日）

岁月去悠悠，风霜额上留。
人间知冷暖，世事历沉浮。
劳碌伤身体，清闲惹戚愁。
倚床消块垒，梦里自神游。

无　题

（2022 年 1 月 17 日）

人生行有迹，岁月去无形。
年少志曾立，老来功未成。
休言温旧梦，着意寄新程。
但愿身康健，浮名不屑争。

无 题

（2022年1月18日）

闲庭夕照红，信步看恢宏。
挥墨初成趣，吟诗略得工。
重温童稚志，莫忘壮心雄。
来日期长远，春生老眼中。

无 题

（2022年1月19日）

一枕浮生梦，醒来已暮年。
青春多壮志，云路历辛艰。
冷暖随天意，浮沉看大千。
时光皆静好，老我自怡然。

无 题

（2022年1月20日）

光阴何太逼，斗转且星回。
欲与金牛别，将迎玉虎来。
天边朝日出，墙角腊梅开。
盼得春来早，可怜白发催。

辛丑大寒

（2022年1月20日）

大寒临岁杪，天气半晴阴。
朝日遮浓雾，晚霞出淡云。
梅香我自醉，酒烈客微醺。
往事难回首，春来万象新。

无 题

（2022年1月21日）

来年何所寄，霜发又添银。
知得古稀至，偏将夕照吟。
成败由缘故，智愚是本因。
安能尘世里，留待永贞春。

无 题

（2022年1月22日）

偶交华盖运，微恙乞灵医。
静养多羁束，闲思策马蹄。
本心经历练，初梦不曾移。
拙诗聊自娱，无题胜有题。

贺婧儿四十虚岁生日

（2022年1月23日）

人生近不惑，诞日合家欢。
灯下娇儿绕，堂前快婿攀。
明珠映圆月，好马配佳鞍。
事业知音伴，爱心结永年。

咏　梅

（2022年1月23日）

花开数九寒，香气满人间。
辛苦全由己，盛名自在天。
众生皆有梦，诸事古难全。
莫计群芳妒，东君年复年。

残 荷

（2022 年 1 月 24 日）

枯枝撑伞影，铁骨傲霜姿。

曲院几何列，风荷线性支。

躬身迎旧客，低首咏新诗。

素雅清风韵，绝胜红艳时。

咏 竹

（2022 年 1 月 25 日）

原生荒野外，造化岁寒心。

起始高标节，至终敞腑襟。

琼枝风化雨，个字绿成荫。

明月清风夜，龙孙共一吟。

咏 松

（2022年1月26日）

岩上立苍松，四时唱大风。
年高形鹤寿，身壮象鳞龙。
飞雪知高洁，乱云度险峰。
岁寒识三友，唯尔最从容。

紫荆雅苑迎春笔会

（2022年1月26日）

雅会迎春节，写联书斗方。
辞牛接玉虎，送福纳祺祥。
既祝生民富，亦祈祖国强。
红笺纷入户，墨色比花香。

近来多地出现疫情有感

（2022年1月26日）

疫情反复似无常，预案周全强固防。
前线冲锋凭将士，后方坚守赖群防。
指挥果断当精准，数智赋能莫误伤。
愧我有心无妙策，宅家亦是小帮忙。

辛丑年炕榻上随想

（2022年1月28日）

霏雨送春归，寒英寂寂飞。
苍天迷大野，暮色隐朝晖。
新岁与时长，旧年已觉非。
韶光留不住，恐与壮心违。

次韵舜威兄

（2022年1月29日）

九天忽降玉沙尘，信是琼花报好春。
但愿瘟神从此灭，出门先谢守门人。

杭城近日普降大雪

（2022年1月30日）

天地清寒色，银装裹素城。
玉龙头不见，琼道可纵横。
已晓年关近，安知起疫情。
我心何所寄，雪里听春声。

过大年

（2022年1月31日）

丑牛辞紫宸，寅虎掌乾坤。
故国千年老，江山万里新。

旭阳升气象，沃土肇初春。
景运天开际，一宵二岁分。

除　夕

（2022年1月31日）

除夕团圆饭，万家烟火生。
佳肴排木桌，时事上荧屏。
立业成常态，建功待力行。
曾经多少梦，说与后生听。

央视春节联欢晚会观感

（2022年1月31日）

岁除看晚会，年味厚而浓。
华章主旋律，经典颂英雄。
江山千里秀，青绿古今同。
冬奥旌旗起，泱泱大国红。

元　日

（2022年2月1日）

一元方复始，万象豁然开。
寒气悄悄退，梅香阵阵来。
寻诗时正好，索句易惊雷。
谁与探春去，清风任意裁。

年　味

（2022年2月1日）

儿时记忆总新鲜，冬雪飘来盼过年。
买素买荤忙进货，缝衣缝裤备齐全。
长联方斗贴门口，香烛烟花祭祖先。
家酒三杯容易醉，守更半夜梦犹甜。

虎年初二

（2022年2月2日）

牛气冲天去，虎威扑地来。

红联以福敬，夙愿用心栽。

白雪先融化，苍山待翠回。

春风渐怡荡，款款入襟怀。

春 雪

（2022年2月2日）

今晨闻雪讯，昨夜玉沙堆。

旷野迷天远，寒江行棹危。

琼山难辨影，镜水映梅开。

一片清凉景，六花谁与栽。

雪天遐想

（2022年2月3日）

谁把江南变北方，初春时节雪飞扬。
原驰蜡象惊琼宇，山舞银蛇裹大荒。
遍地移栽白玉树，周天披挂羽绒装。
有人私下轻轻问，南国也成冬奥场？

阳春二月

（2022年2月3日）

二月江南多景气，晴光潋滟好梳妆。
城边碧水轻舟过，郊外青山新茗香。
日暖风和天正好，人勤春早备耕忙。
一年农事方开始，犹记少时曾种粮。

壬寅立春

（2022年2月4日）

节列年之首，春临梅发时。

清风几弄影，弱柳半垂丝。

水润鱼和静，山明鸟恐迟。

如何踏青去，观景咏新诗。

贺第二十四届冬季奥林匹克运动会在京开幕

（2022年2月4日）

大幕拉开气势宏，铺天盖地虎吟龙。

中华将士多奇志，各国英才亦俊雄。

径曲坡斜冰雪道，风驰电掣神助功。

奥林匹克精神在，举世齐观中国红。

次韵明公《正月初二雪夜》

（2022 年 2 月 4 日）

南天炳斗感微茫，山自高兮水自长。
妙笔生辉经百炼，好诗酿酒举千觞。
冰封雪压虬松翠，雨润风和翰墨香。
陶令不知何处去，杭州只有抱青堂。

壬寅年初五请财神

（2022 年 2 月 5 日）

拜佛又烧香，每年初五忙。
祈求财气好，还得自身强。
勤可金如意，慧能玉满堂。
天人齐努力，福寿万年长。

壬寅年初五有所思

（2022 年 2 月 5 日）

轮回岁序求新变，雪后人间盼暖阳。
万里河山呈吉瑞，一天云水寄祯祥。
梅花绽蕊香先发，杨柳返青枝缀黄。
更待瘟神消灭后，清风明月自堂堂。

致友人

（2022 年 2 月 6 日）

江南天正好，满目是春光。
绿曲风中奏，梅花雪里香。
友朋相见少，微信接收忙。
新岁逢佳日，共游诗画乡。

壬寅年初六

（2022年2月6日）

倏然初六到，已是早春天。
访客阳生后，漫游夕照前。
鸟鸣烟柳里，鱼跃碧波间。
美景随时有，洋洋可大观。

壬寅年人日

（2022年2月7日）

初七为人日，娲皇塑肉身。
生灵经造化，物质转精神。
代谢循规律，年华复转轮。
莫言谁会老，岁月正青春。

春 雪

（2022年2月7日）

玉帝何将玉片抛，银沙白羽满天飘。
纷纷凝雨经三塔，朵朵璇花落六桥。
瑞叶有情捎柳意，琼英无意竞妖娆。
春风春雪报春讯，扑面春潮逐浪高。

雪西湖

（2022年2月7日）

大雪飘然落，湖光似有无。
乱峰飞鸟绝，拍浪行舟殊。
雾重迷人眼，烟轻绕暮途。
客来不知处，疑是入蓬壶。

雪　后

（2022年2月8日）

人日雪初霁，尚存玉屑微。

银披西子色，蜡着北山衣。

冻雨终将去，阳光信不违。

春风吹又起，万物尽芳菲。

居家疗疴再步韵明公

（2022年2月8日）

时光流逝总微茫，闭户疗疴时日长。

梦里犹思身骨健，醒来难饮苦清觞。

心强方得康平乐，体弱安能饭菜香。

愈后应宜常守静，读书写字一闲堂。

春 早

（2022年2月9日）

雪消冰化日，春色不堪裁。
岸柳随风荡，溪梅肆意开。
鸟啼青松岭，舟过钓鱼台。
纵目之江远，涛声扑面来。

春 雨

（2022年2月10日）

连日绵绵雨，寒回湿泅中。
远山迷乱眼，近水起空蒙。
嫩柳不经折，残梅渐落红。
春风浑不觉，草色已青葱。

玉山古茶场①小记

（2022年2月10日）

群峰环绕一平冈，历历山耕岁月长。
东白名茶朝贡早，春秋庙会赶场忙。
古为今用物华地，业以富民文旅乡。
领袖当年曾嘱托，千年国宝正重光。

春　雨

（2022年2月12日）

江南多好雨，万物复苏时。
蜂蝶恋梅蕊，燕莺穿柳枝。
舟吟江上曲，鱼读月中词。
农事不嫌早，春风岂得知。

---

① 玉山古茶场坐落在磐安县群峰环抱的玉峰山下，具有上千年的历史，为全国重点文物保护单位。玉山镇作为历史名茶婺州东白的重要产区，也是周边地区茶叶的重要集散中心。每年举办的春社和秋社，是以纪念晋代茶神许逊而形成的庙会，是国家级非物质文化遗产。时任浙江省委书记习近平同志曾于2006年6月亲临此地调查研究，对发展历史名茶、保护历史文物、发展绿色经济、富裕当地百姓等工作作出重要指示，并在精神和物质上给予了极大支持。笔者当年曾陪同调研，忆昔抚今，感慨万千，荣幸之余，深受教育。

风

（2022年2月13日）

有声无具象，动辄便张扬。
和雨同甘苦，与雷共气场。
温情云里卷，任性雪中狂。
拂柳弥天翠，扬花满地香。
不时入人境，行迹总无常。
道是无心物，却随日月长。

雨

（2022年2月14日）

腾云致嘉澍，龙润一江春。
地利甘霖复，人和玉露频。
迥回云水汽，潲涤海山尘。
动植堪为命，江湖可养身。
树依奚墨老，花绽画屏新。
久旱如油贵，适调乃不贫。
寻诗歌气象，拾句颂隆恩。
浩浩千重浪，悠悠寸草心。

壬寅元宵节

（2022年2月15日）

年年过元夕，今夕亦如前。
火树银花闹，龙灯锣鼓欢。
汤圆带甜蜜，老少喜开颜。
料得知天意，清辉映月寒。

雷

（2022年2月16日）

雷从惊蛰始，万物复苏哉。
闪电苍穹合，霆霓邈渺开。
龙蛇纷出洞，霹雳屡登台。
挟雨惊寰宇，驱云荡积埃。
风生先变色，水起早防灾。
兴涛各自予，排浪竞相推。
颠狂轻世界，混沌见崔巍。
掩耳遥相听，天声自九垓。

杭州今又雪

（2022年2月17日）

天漏平明后，浑然冻雨来。
飘飘轻曼舞，落落不成堆。
白絮凝新柳，精神赋晚梅。
欲看好风景，泛棹去瀛台。

春 雨

（2022年2月18日）

绵雨连宵洒，随形入画框。
顺风闻鸟语，漏夜听花香。
谁遣春秋笔，绘成云水乡。
漫天生泽沛，只为润群芳。

寒 雨

（2022年2月18日）

寒雨无情落，宅家心亦慌。
残花成粪土，弱柳坠鹅黄。
谁遣江河水，变成泽国汤。
躬身向天问，何日见春阳。

雨夹雪

（2022年2月19日）

冻云来八极，雨雪浸昏晨。
寥廓江天杂，银装山水纯。
偏村皆染白，闹市断蓬尘。
一派茫然态，不知何是春。

壬寅雨水

（2022年2月19日）

春寒临雨水，残雪渐消弭。
湿气连山暗，冷风就地凄。
柳扬柔似水，花落软如泥。
最盼天和暖，乡间布谷啼。

久雨初晴

（2022年2月20日）

久雨初晴天色佳，更无飞雪乱如麻。
奇峰环翠闻啼鸟，平水清流泛钓槎。
看竹因时抽紫笋，探梅到处映丹霞。
无边光景今才是，日丽风和不用夸。

湖上初晴

（2022年2月21日）

湖上初晴景亦迷，群峰环绕紫云栖。

松涛阵阵流光照，柳浪声声莺燕啼。

雪化冰融开镜鉴，山明水秀借诗题。

清风一路传春信，过了苏堤到白堤。

写在亚运会200天倒计时

（2022年2月22日）

亚运在金秋，今当决胜谋。

天时和地利，国祚与民求。

物产尚丰裕，人文渊薮留。

感情交友好，竞技夺头筹。

平日追完美，赛时达最优。

八方齐奋力，四更①上层楼。

天下情怀计，凌云壮志酬。

拉开帷幕日，举世看杭州。

---

① 四更：更快、更高、更强、更团结。

杭州二月又雪

（2022年2月23日）

雨后方晴雪又来，琼花曼舞出瀛台。
长天寥寂无星斗，大地苍茫没积埃。
浩气凛然观腊象，精神抖擞品红梅。
湖光山色真如画，且借春风巧剪裁。

近日天气多变

（2022年2月24日）

时雨时风时雪晴，漫随气象变流形。
日光朗朗当头照，夜雨淅淅侧耳听。
雪借红梅吟雪韵，风凭翠竹唱风情。
阴晴圆缺皆玄妙，水墨天成入画屏。

依前韵复明公、舜威诸吟长

（2022年3月2日）

天象无规矩，世间出乱棋。

歧途纷误入，霸道互相欺。

战事当前紧，和平恐远离。

屏前思海客，何日得归期。

壬寅二月二有作

（2022年3月4日）

二月初来胜过秋，苍龙今日欲抬头。

屏山莺燕相闲逐，镜水凫鱼共胜游。

温暖和熙蕴希望，风调雨顺兆丰收。

自然寓意依稀在，无限春光似可留。

壬寅惊蛰

（2022年3月5日）

仲春方甫始，惊蛰便闻雷。

栖鸟声声慢，野花寂寂开。

观光宜赶早，稼事已相催。

好雨知时节，嘉禾等我栽。

贺冬残奥会在京开幕

（2022年3月5日）

双奥之城中国红，冰墩墩又雪容融。

健全勇士真优秀，残障英雄更可风。

争冠夺标强对手，交朋结友主人公。

五环旗帜齐高举，万众欢呼命运同。

三八妇女节有作

（2022年3月8日）

谁言女子不如男，巾帼已撑半壁天。

社会家庭皆独秀，文韬武略得双全。

携手书写强国策，连心筹谋富民篇。

欣逢盛世风流甚，喜与须眉肩并肩。

植树节有感

（2022年3月12日）

每年逢此日，植树恰阳春。

嘉木绿浓淡，臻花红浅深。

移栽生态地，获取自然金。

重读"两山"论，犹闻天籁音。

走塘河

（2022 年 3 月 13 日）

仲春逢胜日，适我走塘河。
绿水时鱼跃，青柯候鸟歌。
风来湿气少，雨过露华多。
日出江花艳，流光映碧波。

春　回

（2022 年 3 月 14 日）

春回大地挹芳尘，万物复苏满眼新。
田野声声啼布谷，炊烟缕缕绕乡村。
一犁时雨播希望，千载世风祭谷神。
城里谁知乡下事，如今剩有几农人。

壬寅花朝节

（2022 年 3 月 14 日）

百花生日在今朝，如意春风拂李桃。
蜂逐芳香频起舞，蝶追妆粉任逍遥。
向阳绽放支支艳，逢节盛开朵朵娇。
棠棣同馨天下秀，月圆时分听吹箫。

观友人冰雹图

（2022 年 3 月 16 日）

图片一帧入眼帘，行车已禁莫如船。
冰珠无数从空甩，白玉狂抛带雨鞭。
雷电交加不忍看，喜忧参半总相怜。
大千气象谁能解，人定何时可胜天。

疫情反复

（2022年3月17日）

疫情反复似如常，略地攻城屡破防。
步步为营修堡垒，层层追责没商量。
万无一失同军令，每战必赢共所当。
且待宅家开禁后，赏花时节见高光。

雨西湖

（2022年3月18日）

烟雨迷蒙西子殊，近山隐隐远峰孤。
鸟穿嫩柳轻声唤，浪遏轻舟拍岸呼。
三塔依稀云里有，两堤混沌雾中无。
客来湖畔争相看，一半因为是白苏。

次韵舜威兄《闻京城大雪有寄》

（2022年3月18日）

仲春天屡变，昨热今犹寒。

冻雨三重碎，飞花六出残。

诗情传我喜，画意报君安。

雪盖琼楼日，洋洋一大观。

观公婆岩紫荆花海视频有作

（2022年3月19日）

乡友来微信，家山遍紫荆。

迎风拂美树，向日绽华英。

花为三春发，根因百岁生。

虽无桃李艳，别样有柔情。

壬寅春分

（2022 年 3 月 20 日）

二月中旬际，春天对半分。

流霞齐溢彩，落雨各缤纷。

农事因时紧，观光与日新。

凭栏思故里，谁与共清樽。

次韵舜威兄《壬寅春分降温》

（2022 年 3 月 20 日）

天气何多变，仲春又降温。

江南雨未歇，塞北雪犹存。

露重晨风软，霾轻暮气浑。

有闲相唱和，无酒对黄昏。

咏永康公婆岩

（2022年3月20日）

石翁经万古，望里久神游。
头靠赫灵地，面朝古缙州。
青山多胜迹，碧水足风流。
无事登高去，兴来不可收。

二月天

（2022年3月21日）

二月奈何天，时晴时雨渫。
花开似朵霜，零落如堆雪。
莺燕绕山飞，渔舟傍水列。
排空闪电抽，炸地惊雷裂。
夕照送寒凉，朝阳迎暑热。
农耕已适宜，稼事莫纠结。
节气易常来，春光容我阅。
堂皇一大观，秀色千般绝。

东航空难祭

（2022年3月22日）

空难太无常，波音忽坠亡。
风云不可测，生命叹微茫。
万事何为要，平安第一桩。
焚香祭逝者，魂魄早还乡。

春　花

（2022年3月26日）

日出清风至，花开热烈时。
紫荆情未了，杜宇已先痴。
彩蝶纷飞舞，蜜蜂醉和诗。
豁然香郁地，竟似美人期。

欣闻永康芝英千年古城成功入选
省第二批"大花园耀眼明珠"

（2022年3月27日）

魏晋时期置缙州，人文历史足风流。

屯田垦地应詹始，代有贤能续春秋。

万户人家薪火旺，百座宗祠岁月稠。

三教融合紫霄观，胡公陈子为民谋。

五金工匠发祥地，兴业富民誉全球。

五古①布棋风水好，四至②俱兼治理优。

旅人行赏看不够，游子归来见乡愁。

全面振兴从今起，功在必成拔头筹。

耀眼明珠诚可待，再借东风上层楼。

春　晴

（2022年3月29日）

推窗便见晴，难得好心情。

山静连天碧，水清映日明。

---

① 五古，即古道观、古宗祠、古民居、古水井、古桥梁。

② 四至，为至公、至平、至谦、至顺。

时花香欲烈，春鸟复和鸣。
恰似知音顾，声声伴我行。

又天晴

（2022年3月30日）

晨起又天晴，霞光照眼明。
山空看鸟舞，水动听舟声。
芳草萋萋茂，繁花烈烈荣。
一年春好处，任我放歌行。

服务处馈送数克龙井茶

（2022年3月31日）

后勤干事足堪夸，别出心裁自种茶。
原植乾隆朝贡地，移栽保俶北坡崖。
施肥浇水勤培育，饮露餐风劲长芽。
新制碧霞凭克送，竟然老小乐开花。

有　感

（2022年4月1日）

转眼春三月，抚胸发慨慷。
旧红落百水，新绿涨千冈。
干事知时短，宅家觉日长。
奈何因老我，枯坐对沧桑。

壬寅清明节前有感

（2022年4月2日）

清明将至感微茫，梦里依稀回故乡。
杜宇声声啼血泪，家山渺渺话凄凉。
因为年老多怀旧，每忆先人欲断肠。
无奈疫情归不去，祭亲唯有泪双行。

壬寅三月三

（2022年4月3日）

又是一年三月三，寻根问祖祭轩辕。
清明时节晴方好，柳绿桃红春正酣。
鸿运当头鸣旅鸟，大潮起处奋征帆。
风光最是今朝美，一展歌喉唱舜天。

无　题

（2022年4月4日）

腰疾历三月，身经痛苦多。
躺平熬日子，心力渐消磨。
即刻成新病，费时疗积疴。
悠悠为大者，康健是金科。

壬寅清明

（2022年4月5日）

正值清明节，故园盼子归。

疫情频告急，祭扫屡相违。

思念久弥重，返乡老愈稀。

云端诚一拜，聊以报春晖。

省慈善联合总会会长办公会议有作

（2022年4月9日）

会长开年会，齐齐聚一堂。

回看今胜昔，展望慨而慷。

共富开新局，善行看浙江。

初心肩使命，踔厉敢担当。

壬寅谷雨

（2022年4月20日）

谷雨晴无雨，阳光洒满天。
江水流潋滟，草木竞芳妍。
布谷催春事，老牛忙耖田。
农时不可负，旧梦忆乡园。

于浙大二院接受微创手术有感

（2022年4月21日）

腰疾求根治，不须动大刀。
神奇微创技，症结即时消。
仁术仁心贵，医风医德高。
百年浙二院，无愧国之骄。

午过塘河

（2022年4月24日）

久经寒雨雪，始见好阳光。
柳舞瞋眸秀，梅开扑鼻香。
孤云穿岫远，众鸟采风忙。
万物含生意，欣欣与日长。

暮　春

（2022年4月26日）

暮春多善变，四月好风光。
才去绵绵雨，又来灿灿阳。
惠风凭鸟舞，秀水任鱼翔。
林茂衣添色，花繁袖染香。
耕农逐日紧，稼穑与时忙。
万物含新意，应机不可忘。

偶　感

（2022 年 4 月 28 日）

老来思过去，岁月疾如风。
从小立宏志，几多无用功。
为人归本色，处事守初衷。
知足为常乐，践行大道同。

杭州全市检测核酸有记

（2022 年 4 月 29 日）

抗疫经三载，瘟魔屡破防。
元凶是病毒，检测为头岗。
区域同棋局，市民齐上场。
清零期不远，社会更安康。

抗疫中庆祝劳动节
（2022年5月1日）

五一年年庆，今年却不同。
疫情犹吃紧，街市待开封。
坚守围城里，降魔鏖战中。
阵前临节日，战地颂英雄。

次韵舜威兄
（2022年5月2日）

感慨斯兄坎坷多，眼前有路定能过。
早先难免多伤病，岁老患癌又若何。
悟道参禅能健体，和诗醉墨不蹉跎。
人生大抵皆如是，一样悲欢逐逝波。

春去夏来

（2022年5月3日）

夏来春即去，岁月逝如流。
热雨随时落，凉风任意收。
花凋果未熟，禾壮穗初抽。
连接青黄际，得闲向远游。

五四青年节有感

（2022年5月4日）

五四成为节，先贤指路津。
承传一世纪，德赛两精神。
时代有新旧，知行无古今。
岁华催我老，祖国正青春。

壬寅立夏

（2022年5月5日）

立夏熏风起，白天逐日长。
红花浓艳艳，绿树郁苍苍。
莺舞催禾熟，蜂鸣采蜜忙。
人行何处好，曲院看荷香。

母亲节有感

（2022年5月8日）

望里家山渺，节来思母亲。
年轻初懂事，晚岁倍知恩。
萱草香消尽，北堂鹤泣魂。
可怜吾亦老，旧梦已难温。

细雨斜风

（2022年5月10日）

雨细绵绵落，风斜漉漉声。
高山承露重，流水带烟轻。
草木发生气，燕莺空自鸣。
宅家人寂寞，夜半梦农耕。

初　夏

（2022年5月12日）

晨风携重雾，暮雨带轻烟。
翠鸟鸣高树，榴花开欲燃。
寒温常转换，农事半忙闲。
四时循有道，坐地可观天。

纪念汶川地震十四周年

（2022 年 5 月 12 日）

西望汶川万里山，天崩地裂已经年。
人亡家毁惊巴蜀，举国支援解倒悬。
往事如烟成旧史，前程似锦续新篇。
每逢此日当追忆，为有精神千古传。

久雨初晴

（2022 年 5 月 14 日）

久雨初晴后，感知空气新。
林间多跃雀，陌上断扬尘。
近水云舟荡，远山霞霭深。
殷勤人赶早，远足觅开心。

雨止天晴

（2022年5月14日）

雨止知春去，天晴觉夏临。
山高霞托日，水碧波成纹。
荷叶满池翠，枇杷半树金。
温风吹木秀，随意起佳音。

枇 杷

（2022年5月15日）

嘉树生南国，美名久流传。
枝悬宽带叶，果结琼脂丸。
采撷妇孺爱，品尝主客欢。
酸甜都适口，香色亦堪餐。

省妇女儿童基金会慈善雅集有记

（2022年5月19日）

十里芳菲地，一时翰墨香。

丹青歌盛世，妙笔写辉煌。

艺术为公益，人文正发扬。

初心终不负，巾帼亦铿锵。

喜迎党的二十大

（2020年5月20日）

空前盛会即将开，浩荡东风扑面来。

荟萃精英襄盛举，炜煌大党筑丰碑。

富民方略初心绘，强国宏图巨手裁。

天下情怀时代梦，中华崛起上高台。

壬寅小满

（2022年5月21日）

难得好天气，阴晴弗用猜。
郊原摘果实，城郭秀花开。
有地皆风景，无声不响雷。
人生宜小满，岁月莫相催。

初夏之天气

（2022年5月24日）

初夏半阴晴，弥天瑞气迎。
和风时作秀，微雨偶无声。
田野禾苗壮，江村草木萦。
夜来容易困，一梦到鸡鸣。

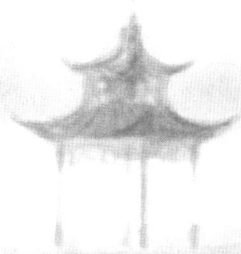

杭州今日正式入夏

（2022年5月24日）

入夏辰光天乍晴，微茫景象转分明。
东坡杏子随时熟，西地葵花向日倾。
热雨生成蒸麦气，凉风起处响蛙声。
何须远足观山去，西子湖波似镜平。

晨走余杭塘河

（2022年5月25日）

晨早走塘河，清新快意多。
榴花开古径，树鸟唱今歌。
老者低垂钓，扁舟逐浪过。
云光浮水上，旭日隐山阿。

"书道从心——楼小东书法展"观感

（2022年5月27日）

七十方初度，展开闹市中。
人书皆已老，墨海舞蛇龙。
挥洒精神气，浑然造化功。
从心求艺道，师古自成风。

儿童节写给外孙女

（2022年6月1日）

吾家孙女过佳节，竟使老夫开笑颜。
嫩树阳光承雨露，幼苗沃土沐甘泉。
呦呦雏凤清音靓，跃跃稚鹰体魄坚。
最喜身心皆向上，健康快乐在天天。

童年回忆

（2022年6月1日）

儿童节里忆童年，往事依稀若梦间。
幼小谁知愁与乐，家贫何畏易和艰。
摸鱼抓鸟拔猪草，击瓦弹珠滚铁环。
莫笑孩时无大志，每当回首总潸然。

绣球花

（2022年6月2日）

谁把绣球抛世间，又移庭院露芳颜。
琼枝抖擞冰霜玉，翠叶簇拥白雪团。
紫红蓝绿争斗艳，风光月影弄清欢。
花开花落无穷尽，不逊洛阳看牡丹。

壬寅端午节

（2022年6月3日）

又到端阳节，楚天一望收。
离骚屈子赋，华夏古风留。
角粽人生喜，雄黄鬼见愁。
瘟神除尽日，庆典动龙舟。

中夏晨雨

（2022年6月5日）

季节临中夏，晨雨渺空蒙。
远山云吐雾，近水棹无踪。
荷叶横斜翠，榴花深浅红。
有朋时聚首，煮酒用松风。

壬寅芒种

（2022年6月6日）

水国临芒种，江南杏子黄。
田家收麦紧，畎亩插秧忙。
梅雨或成害，狂风务必防。
何为天下本，农事不能忘。

仲夏荷花

（2022年6月7日）

又到人间三夏中，欣看菡萏正雍容。
沁人清气生诗韵，出浴仙姿成画风。
荷叶犹如西子碧，莲花恰似女儿红。
骚人吟唱知多少，不及当年廷秀公①。

---

① 杨万里，字廷秀。

慰问省直医院支沪抗疫人员有感

（2022年6月8日）

支援大上海，天使逆行来。
慷慨赴危难，舍家抗疫灾。
丹心无愧我，仁术赋英才。
瘟疠终消灭，乾坤朗朗回。

浙江今日入梅

（2022年6月10日）

又到一年梅季时，阴晴难定任由之。
闲花随雨成泥土，野草顺风带露滋。
寥廓江天浑不见，迷蒙山水有谁知。
可怜田户愁耕种，夜半无眠入梦迟。

江南梅季

（2022年6月13日）

江南梅季使人惊，时有银珠连线倾。
小院落花埋鸟迹，大河涨水没舟声。
几多粉蝶忧新雨，一缕凉风念旧晴。
久望长天聊寄意，曦阳早日复光明。

贺"好古乐道——文蔚书画作品展"开幕

（2022年6月14日）

蔚然自在是文心，个展来杭已八轮。
壁上江山开境界，画中才女长精神。
丹青翰墨流芳远，静水清流宋韵深。
好古多因求乐道，斯人如玉玉如人。

父亲节有怀

（2022年6月19日）

父亲本性属刚柔，梦里常怀昔日游。
大爱如山多励志，深情似海别无求。
而今我也言称老，来日风光不胜收。
三代同堂堪美好，子贤孙孝伴春秋。

品尝绍兴菜

（2022年6月20日）

吾爱绍兴味，非因酱酒香。
兰山堪醉墨，鉴水可流觞。
现炒农家菜，慢煲乡土汤。
风情传世久，地道正相当。

七十虚岁感怀

（2022年6月24日）

虚度年华方七旬，回看岁月似烟云。

少时坎坷收成少，壮岁辛劳贡献贫。

难得清闲归本色，依然追梦守初心。

桑榆犹晚余晖耀，满目风光任我吟。

采桑子·七十庆生

（2022年6月24日）

人生七十年华好，今庆生辰。雨夜黄昏，西子湖边共酒樽。

曾经往事常相忆，家国情深。老我知恩，不负苍天不负人。

杭州今日出梅

（2022年6月26日）

无风无雨亦无雷，梦醒时分已出梅。

旭日流霞红胜火，晚云映水绿如苔。

青黄不接禾抽蘗，碧叶连天荷盛开。

六月西湖迎好客，诗心浩荡为君来。

全省慈善会系统基层慈善网络建设现场会（杭甬舟台）交流会在象山召开

（2022年6月30日）

别开生面交流会，走马镇村看实情。

经纬相交织网络，培元固本重基层。

人人行善新风倡，久久为公示范生。

五级协同助共富，全民合力创文明。

高中毕业五十周年有怀

（2022年7月1日）

苍狗浮云五十秋，曾经往事涌心头。

书山有路同跋涉，学海无涯共泛舟。

岁月难回人易老，韶华易逝我添愁。

他年窗友若相聚，一厥新词作旧游。

建党一百零一周年有感

（2022年7月1日）

棹起南湖百一春，承前启后立殊勋。
夺关赖有先行者，定向全凭掌舵人。
三山推倒惊寰宇，四化奔来泣鬼神。
忽报香江开庆典，舜日尧天正成真。

香港回归祖国二十五周年感怀

（2022年7月1日）

曾经重雾锁香江，几度妖魔惹祸殃。
力挽惊澜同命运，指挥若定赖中央。
百年耻辱终归雪，万众欢腾喜若狂。
大治之时逢大庆，明珠熠熠耀东方。

昨与老友龙井小聚

（2022 年 7 月 3 日）

风光龙井好，最合会朋俦。
因疫难相见，欢聚语不休。
畅谈今与昔，清论喜和忧。
岁月如风逝，人生若水流。
当年春拂面，今日霜满头。
天气渐炎热，年华入暮秋。
淡看荣辱事，莫为子孙愁。
知足堪常乐，书墨对茶瓯。

炎 夏

（2022 年 7 月 6 日）

炎夏日偏长，熏风不觉凉。
蝉鸣惊梦醒，蝶舞恋荷香。
雨日居家闷，晴天稼事忙。
盈盈汗下土，万物历沧桑。

梦中故乡

（2022年7月7日）

籍籍无名小地方，石翁山下久收藏。
青山历历连天际，绿水涓涓归大洋。
黄土丘田安物阜，农家烟火照斜阳。
桃花源记曾看过，竟似梦中我故乡。

壬寅小暑

（2022年7月7日）

小暑悄然至，骄阳似火燃。
田畴蒸热浪，野墅噪鸣蝉。
岸柳柔腰舞，塘荷芳馥传。
农夫何所寄，稻熟满晴川。

省慈善文化研究院首届理事会胜利闭幕

（2022年7月8日）

已经四载好时光，理事发言同主张。
着眼先行为挈领，助推共富作担当。
务虚求实明思路，乐己助他拓胸腔。
文以化人无限爱，善成大道谱新章。

喜迎党的二十大书画创作雅集

（2022年7月12日）

夏日炎炎兴似初，为迎盛会聚桐庐。
神形兼备心情好，德艺双馨风采殊。
一片丹心向党献，百般大爱为民呼。
胸中自有千秋笔，无限江山入画图。

夏　梦

（2022年7月13日）

放棹清江上，行游苍岭巅。
襟怀空壑谷，清气纳庭轩。
诗醉闲云里，梦酣野鹤间。
天炎人自乐，心静或成仙。

昨与嘉兴同事小聚

（2022年7月14日）

同事相逢格外亲，曾经五载共秋春。
高谈往昔多慷慨，阔论当前倍感恩。
已识流光容易逝，更知岁月近黄昏。
诸君再饮一杯酒，地久天长友谊深。

漫步塘河

（2022年7月15日）

漫步塘河兴致浓，东升旭日染霞红。

林荫道上晨风爽，草木丛中华露浓。

侧耳聆听攀树鸟，躬身凝看钓鱼翁。

舟声一路朝天去，引我诗情上碧空。

杭州今日入伏

（2022年7月16日）

炎夏入头伏，空调不觉凉。

游鱼水里隐，飞鸟山中藏。

绿竹千般瘦，青荷一缕香。

季风何处觅，寻梦到天光。

人工催雨

（2022 年 7 月 18 日）

谁遣上天灵泽魂，交加雷电雨声频。
禾苗久旱逢甘露，炎日焦头遇降温。
嘉树干枯得复活，良宵好梦又重温。
人工催雨真奇妙，科技赢来气象新。

神游千岛湖

（2022 年 7 月 18 日）

人间仙境合神游，水色山光不胜收。
千座青峰成绿岛，万重白浪遏轻舟。
少陵到此能捞月，太白如来可忘忧。
莫问休闲何处好，眼前便是小瀛洲。

印象千岛湖

（2022 年 7 月 19 日）

泱泱千岛湖，片片彩云铺。

西子三千个，群峰共一壶。

山头浮绿海，水底卧魔都。

航道通徽浙，行舟达越吴。

高峡开大镜，星斗有还无。

流电时时发，弧光阵阵呼。

熏风惊鸟兽，雪浪动鱼凫。

生态兴文旅，游人欲结庐。

"两山"新理论，普世教科书。

物阜民丰裕，典型不可沽。

我来多感慨，谁与忆当初。

坐看清如许，分明骇世图。

塘河雨后

（2022 年 7 月 20 日）

塘河新雨后，行道净无尘。

朝日随天意，晨风合我心。

鸣蝉喧草绿，飞鸟入林深。

往来舟车急，莫惊劳顿人。

写给外孙女生日

（2022 年 7 月 20 日）

岁岁庆生辰，已逢十一春。
单传千宠爱，三代一中心。
自觉多才艺，能知重感恩。
阳光常灿烂，精彩冠群伦。

壬寅大暑

（2022 年 7 月 23 日）

大暑方才至，熏风已觉殊。
蓬门无访客，闹市少行车。
天热鸟虫噪，地干草木疏。
或因还更晒，何日得宽余。

雨 后

（2022年7月26日）

昨日雷霆雨，今晨略觉凉。
彩霞带笑脸，粉蝶舞霓裳。
久旱逢甘露，稼农喜若狂。
天公成大美，早稻抢收忙。

昨过天台塔后村

（2022年7月27日）

网红塔后村，胜迹漫相寻。
民居新做旧，车道净无尘。
道德成时尚，人文见本真。
家和百业旺，共富领群伦。

观天台石梁飞瀑

（2022年7月27日）

久闻有凤阙，炎日访琼台。

银练三千丈，雪花一壁开。

玑珠飞碧树，壑谷响惊雷。

太白乘风去，我来不想回。

之江公益沙龙（瓯江论善）在温举行

（2022年7月27日）

公益办沙龙，主题最集中。

人人可慈善，处处起新风。

物质同充足，精神共沛丰。

胸怀天下爱，大道古今同。

赞温州红日亭

（2022年7月28日）

五十年来岁月长，红亭虽小载荣光。
雪中送炭天天有，有口皆碑日日香。
巷尾街头红马甲，男翁女妪热心肠。
文明实践新高地，大爱温州兴未央。

全省慈善会系统年中工作座谈会有记

（2022年7月28日）

半载时光不算长，回看慈善慨而慷。
提高站位对标准，实践初心履职忙。
抗疫抗灾全力助，复工复产倾心帮。
无私付出何回报，大爱之潮涌浙江。

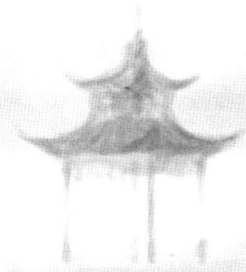

温州三垟湿地一瞥

（2022年7月29日）

面海靠山百岛浮，自成湿地逾千秋。
今人妙造新天地，教我如何作旧游。
碧树成荫呈硕果，翔鱼浅底戏沙鸥。
欲观全景登楼看，无限风光入眼眸。

昨过磐安江南药镇

（2022年7月30日）

江南一药镇，崛起在磐安。
绿水青山里，白云黑土间。
物流通四海，史记越千年。
文旅互融合，贸工共相联。
欣然游旧地，感慨赏新颜。
上下同协力，必将大梦圆。

芝英乡贤会在杭召开"共富芝英，共话未来——芝英乡贤会会长会议"有记

（2022年7月30日）

西湖月色照荷塘，一众乡人聚雅堂。
既为当前同道喜，亦因长远共相襄。
先行须有新思路，后发应成锦绣章。
借得天时人努力，缙州千岁再重光。

痛悼黄文儿老师

（2022年7月30日）

惊闻噩耗失良师，悲痛之中有所思。
三尺讲坛传大爱，一间教室授真知。
清风两袖终无日，桃李满园始有期。
笑貌音容宛若在，难忘最是读书时。

庆祝中国人民解放军建军九十五周年

（2022年8月1日）

八一枪声举世惊，南昌起义奋旗旌。
红星光照军魂铸，钢铁洪流血肉成。
强国尤须强重器，护和毋忘护长城。
经天纬地新时代，正义之师大道行。

访浙江红船干部学院有感

（2022年8月3日）

秀水泱泱日月长，红船之畔办学堂。
初心勃发精神气，特色张扬高大强。
领袖关怀牢记取，践行使命育贤良。
百年大党基因在，好驾长风向远航。

重访长三角生态绿色一体化发展示范区嘉善区块

（2022年8月4日）

汾湖之畔起新城，今日重来百感生。

示范统筹得突破，优先生态保均衡。

平台搭建相协作，项目为王互竞争。

锚定目标高质量，共同富裕启征程。

秋　雨

（2022年8月4日）

连天新雨后，草木已知秋。

垂叶枝头萎，残花树底羞。

雾中闻宿鸟，风里看行舟。

盼得云开日，爽心去远游。

访秀洲区王店镇镇西居家养老服务中心有感

（2022年8月5日）

人生代谢有新陈，社会如今成老龄。

行政关怀为主导，民间公益已成军。

住行医食皆无虑，物质人文尽有神。

时代已然兴大爱，夕阳无限美如春。

重访秦山核电基地①

（2022年8月6日）

秦山傍江海，核电筑摇篮。

老厂初心创，新科可大观。

业兴图报国，利发惠民间。

公益带头雁，精文足领衔。

---

① 秦山核电站是我国目前最早最大最先进的绿色能源基地，不仅为我省提供了强大的产业集群和电力保障，而且带头履行社会责任，积极开展公益慈善活动。

壬寅立秋

（2022年8月7日）

季节至新秋，推窗闻鸟讴。
有风消暑气，无雨亦温柔。
晚稻应栽罢，湖菱待采收。
天时随我意，择日去闲游。

安徽金寨行

（2022年8月7日）

金寨老区胜日行，秋光普照桂花明。
红村绿郭美如画，碧水丹山别有情。
烽火硝烟多少载，出生入死屡曾经。
人民军队发源地，无上荣光是将星。

杭州金融港湾慈善基金昨正式成立

（2022 年 8 月 9 日）

金融向善起钱塘，信托联盟付主张。
积少成多聚合力，安全增值互相帮。
开张已觉非容易，运作更须专业强。
勇立潮头做旗手，人间大爱冀无疆。

无　题

（2022 年 8 月 11 日）

新秋已发昏，连日爆高温。
日照红如火，夜风贵似金。
水田干裂缝，山地冒烟尘。
谁惹周天怒，勃然惩罚人。

壬寅中元节有寄

（2022年8月12日）

人间过节重中元，薪火相传祭祖先。
民俗家家承古训，乡风处处续香烟。
敬宗允我先三拜，供品难能到九泉。
遥望家山抬泪眼，愧将孝道寄来年。

酷暑之一

（2022年8月13日）

火球日日挂天空，千里晴川血色红。
野外因而成热土，家中是故变蒸笼。
稼禾枯萎期甘雨，树鸟哀鸣盼季风。
避暑不知何处好，微凉之境渺无踪。

酷暑之二

（2022年8月14日）

酷暑何其久，气温太反常。
有天皆烈火，无处不骄阳。
热闷西湖水，炎蒸龙井乡。
一壶香茗醉，心静自然凉。

酷暑之三

（2022年8月15日）

时光已末伏，酷暑仍当头。
燕舞求凉爽，蝉鸣为热忧。
骄阳晒地裂，稻穗恐难收。
大旱何时解，农家是个愁。

酷暑之四

（2022年8月15日）

骄阳似火煎，热浪盖云天。
草木多枯萎，溪流少水源。
空调开昼夜，惊梦扰安闲。
莫道身心惫，抬头月正悬。

酷暑之五

（2022年8月16日）

赤日当空照，彤云似火烧。
远山色彩烈，近水气温高。
天道无常劫，世间有舜尧。
静观亦无事，老我自逍遥。

酷暑之六

（2022年8月21日）

日夜盼秋凉，老天不赏光。
骄阳还似火，酷暑仍猖狂。
水里游鱼潜，山中飞鸟藏。
晚来残月照，孤影入苍茫。

壬寅处暑

（2022年8月23日）

节来未见凉，依旧热难当。
雨少花无色，风微果不香。
昏鸦眠岸柳，苍鹭恋荷塘。
酷暑何时去，清秋入梦乡。

夜半风雨

（2022年8月24日）

夜半金风起，继而时雨狂。
此来消暑气，亦为送甘棠。
草木回生意，稼禾渐熟黄。
行人何赶早，秋已在前方。

昨日出伏

（2022年8月26日）

连天晴雨后，出伏正其时。
槛外看秋色，出门更夏衣。
湖菱初结实，桐叶渐依稀。
天律应如是，年华似可期。

"经世致用 义利并举"文润永康
主题研讨会有记

（2022年8月27日）

文润永康立意新，寻宗问祖两昆仑。

胡公功德千秋则，陈子哲思百代存。

解码基因饶理想，传承薪火长精神。

华溪后浪推前浪，代有贤能续古今。

"西湖之光——诗书画印大展"观后感

（2022年9月1日）

诗书画印见真如，宋韵杭州气象殊。

春夏秋冬皆是景，林田山水尽成图。

古辞今墨浓和烈，铁画银钩密与疏。

西子之光观不足，流风无限胜蓬壶。

杭州国画院"宋韵·正气篇——南宋爱国诗词书法展"观后补记

（2022 年 9 月 1 日）

抱青多雅事，壁上见精神。

诗倡英雄气，书扬正气魂。

人文昭日月，墨韵满乾坤。

宋韵千年老，风流贯古今。

第七届浙江慈善大会有记

（2022 年 9 月 2 日）

时隔三年不算长，空前盛会又登场。

收成以往真成果，擘画将来好主张。

慈善已开高境界，先行再写大文章。

共同富裕添薪火，大爱浙江兴未央。

省慈善联合总会开展"慈善一日捐"活动

（2022年9月2日）

倡捐一日薪，自觉践初心。

处处行善举，人人济困贫。

结缘缘有果，立德德为邻。

炭火寒中送，蔚成天下春。

中华慈善论坛今在湖州举行

（2022年9月5日）

宾客纷来研学游，开坛论善聚湖州。

交流经验供参考，探讨问题作远谋。

时代已然开气象，初心犹在夺头筹。

人间自有情怀在，愿与苍生共乐忧。

壬寅白露

（2022 年 9 月 7 日）

白露节来秋韵长，满园秀色吐芬芳。
蒹葭十里花初绽，橙橘一川果渐香。
飞雁日思离北去，离人夜梦欲归乡。
老夫难得登高远，正好随缘看夕阳。

长三角慈善一体化发展安徽金寨革命老区
联合帮扶项目今日正式启动

（2022 年 9 月 7 日）

联手赴金寨，并非为济贫。
参观红土地，致敬大功臣。
往事堪回首，抚今感恩深。
各方真合作，报答老区人。

漫步六安中央公园

（2022年9月8日）

朝风晓露浥轻尘，漫步园中林道深。
舞步翩翩多快活，歌声曲曲有精神。
石雕铭刻诗文好，铁塑宣扬形象真。
一寸山河一寸血，时时警醒健身人。

参观霍山九仙尊米斛养生谷有记

（2022年9月8日）

瑰宝霍山出，米斛最特殊。
无泥石上长，有梗涧边铺。
自古天然赐，至今科技扶。
我来睁眼看，胜读教科书。

壬寅中秋

（2022年9月10日）

中秋明月又高悬，斗转星移整一年。

织女牛郎喜相会，人间天上庆团圆。

乱云飞渡因他故，混沌初开是我缘。

国运当头民运幸，大家无缺小家全。

"丹心向党　大爱为民——喜迎党的二十大慈善书画展"今日开展

（2022年9月12日）

金秋迎盛会，书画主题新。

丹心永向党，大爱献人民。

意气人文合，性情翰墨真。

慈行无止境，善举满乾坤。

雨中晨行

（2022年9月13日）

出门便见雨淋淋，布伞撑开健步行。
万步犹加云与水，好风与我共行吟。

浦江行

（2022年9月13日）

中秋一过浦江行，风雨霏霏伴旅程。
绿水青山知重义，新朋老友感殷勤。
治污除垢无前者，添彩增光有后生。
纵使别离多少载，依然不忘旧交情。

贺全省老干部书画大赛作品展在浦江开幕

（2022年9月14日）

大展新开在浦阳，天清气朗墨花香。
青山绿水入图画，物理人文出翰章。

老干笔锋多劲道，新枝腕底起铿锵。

人民就是江山主，一片丹心永向阳。

参加中天控股集团公益慈善年报会有感

（2022 年 9 月 15 日）

难得知名企，堪将义利兼。

隆基夯石础，骏业立中天。

小则求强大，富而思本源。

慈行天下者，善报在人间。

贺加方、为民、成超书坛三友书法展

（2022 年 9 月 15 日）

书坛三友好，墨趣自然同。

皆有文人气，却无流俗风。

挥毫歌盛世，落笔舞蛇龙。

联展逢佳日，恰和国运通。

依前韵答谢陈为民先生雅和

（2022 年 9 月 17 日）

大展已成功，好评大抵同。
布新生气象，师古已成风。
腕底呼风雨，笔端啸虎龙。
诗文墨韵里，书道互相通。

晨行太湖畔

（2022 年 9 月 21 日）

清晨走太湖，久别感生疏。
望里蜃楼起，入眸云水铺。
渔舟浮碧浪，旭照满天朱。
老我惊回首，一轮弯月殊。

无 题

（2022年9月22日）

人生七十忆年华，岁月如金不可赊。
旭日曾经红若火，夕阳依旧灿如霞。
修身健体当行客，舞墨弄文做学娃。
梦里常怀陶五柳，东篱招饮有诗茶。

壬寅秋分

（2022年9月23日）

秋天对半分，昼夜两平均。
溽热知无觉，寒凉感不真。
花开香扑扑，叶落意纷纷。
适意登高去，风光胜似春。

丹　枫

（2022年9月29日）

知得秋来到，香枫便染红。
散枝迎桂菊，赤叶送鱼龙。
霜打情尤烈，雪飞色更浓。
天寒见大美，板荡识英雄。

访萧山益农慈善扶困和助残共富基地

（2020年9月29日）

基地有名谓益农，帮扶弱者自成风。
资源集体包投入，得利村民收袋中。
连片稻头沉甸甸，大棚蔬菜郁葱葱。
善行路上无终点，共富之时再庆功。

国庆节感怀

（2022年10月1日）

红星高照艳阳骄，举国欢歌上九霄。
百载红船开党史，千秋大业胜唐尧。
初心永续承平曲，薪火恒传盛世谣。
家国情怀天下梦，浙江潮接九州潮。

朝　阳

（2022年10月2日）

一轮红日出东方，万里河山万里光。
天上因时生紫气，人间到处换金装。
荷怜晚照涵香久，燕爱晨曦蹈舞忙。
莫道韶华容易逝，我心依旧向朝阳。

壬寅重阳

（2022 年 10 月 4 日）

斗转星移岁月长，每年今日过重阳。
田禾处处争先熟，篱菊丛丛傲晚霜。
目望南山终不老，心期北雁早归乡。
此时最想登高去，无限风光任我藏。

晨行偶得

（2022 年 10 月 5 日）

早晨一出门，便觉入秋深。
道上人稀少，树间鸟未闻。
健身可防冷，走路长精神。
炎暑终消尽，清风涤俗尘。

秋 雨

（2022年10月7日）

连天阴雨冷飕飕，气象骤然报入秋。
落木萧萧随水去，寒英洒洒朔风流。
无声光景胸中过，不尽沧桑眼底收。
望里欲知何处好，钱塘江畔看潮头。

壬寅寒露

（2022年10月8日）

寒露一来秋已深，朝风暮雨气萧森。
蒹葭片片飞霜雪，丹桂株株落银金。
露白本无露白性，岁寒自有岁寒心。
星辰岁月知多少，往复循环成古今。

湖山蒙养四人书画展观后感

（2022 年 10 月 11 日）

老中青者开联展，书画达人自在缘。
曲院无形得盛事，风荷有幸竞芳妍。
丹青喜作春秋颂，翰墨欣为薪火传。
蒙养湖山观不足，弘扬国粹兴无前。

咏浙商

（2022 年 10 月 13 日）

天下闻名数浙商，"四千"起步历沧桑。
从无到有成神话，由弱变强入史章。
盛世迎来新时代，伟人赋予大担当。
共同富裕先行者，再领潮流创炜煌。

贺党的二十大胜利召开

（2022年10月16日）

全党精英聚北京，空前大会满荧屏。
畅谈十载辉煌路，谋划百年奋斗程。
万里江山迎盛世，九州气象接升平。
全球注目看中国，民族复兴梦必成。

赴四川甘孜州考察对口帮扶工作

（2022年10月16日）

浙川异域但同天，天府天堂一脉连。
对口帮扶谋共富，牵头慈善勇担肩。
无私奉献精神爽，大爱倾斜老少边。
当地同行多爽朗，亦歌亦舞兴空前。

小住稻城香格里拉镇

（2012 年 10 月 17 日）

香格里拉堪绝伦，天高云淡断蓬尘。
乡村民宿行游乐，崖谷庙堂烟火存。
康巴汉子强而帅，藏族女儿纯若神。
观山听水桃源里，大美亚丁最可人。

过甘孜藏族自治州理塘县

（2022 年 10 月 18 日）

世界高城属理塘，白云之下一仙乡。
千年藏寨观经史，耄耋老人话吉祥。
农牧兼营衣食足，旅文并举钱满仓。
偶来极地多惊喜，总有诗人和远方。

雅江印象

（2022年10月20日）

雅江日夜向东流，峭壁之间楼叠楼。
官府民居同巷里，螺蛳壳里共春秋。

康定印象

（2022年10月20日）

水送山迎入康定，行云流水觅知音。
姑娘小伙人人爱，一曲情歌接古今。

参观泸定桥旧址

（2022年10月20日）

铁索桥横烽火中，红军抢攻创奇功。
当年情景如犹在，时代已开万古雄。

读深敏同学新诗有寄

（2022 年 10 月 21 日）

大好年华似水过，沧桑岁月未蹉跎。
寒窗求学收成少，投笔从戎奉献多。
从政为官真敬业，待人处事亦谦和。
人生易老休言老，永葆童心唱浩歌。

赠鲁光兄

（2020 年 10 月 22 日）

公婆山下拓荒牛，不负韶华唱晚秋。
雨读晴耕才八斗，精雕细刻艺千收。
传神达韵精中气，点墨成金趣外游。
文学居然融入画，人书俱老自悠悠。

壬寅霜降

（2022 年 10 月 23 日）

小院来风阵阵寒，出门已觉裤衣单。
平畴露结菊花白，大野霜凝枫叶丹。
地远天高鸿雁近，山清水瘦旅人欢。
轮回季节深秋里，喜获丰收又一年。

细雨中行

（2022 年 10 月 27 日）

晨走人行道，微风细雨扬。
有花皆溅泪，无树不凋伤。
舟泛塘河里，鸟鸣云水乡。
远看三里外，天地一苍茫。

秋　深

（2022年10月28日）

秋深不觉凉，到处是风光。
成果犹丰足，时花格外香。
高天悬日月，大地换星霜。
遥望南归雁，蓦然思故乡。

紫荆雅苑班富阳雅集有记

（2022年10月28日）

秋雨空晴后，采风赴富阳。
师生同翰墨，湖畔共茶觞。
公望山居久，过庭书谱长。
可怜吾亦老，无以立春江。

深秋感怀

（2022 年 10 月 31 日）

时光如逝水，转眼又深秋。

去岁身犹健，今朝雪满头。

年轻曾努力，老去复何求。

凡事皆随意，童心自可留。

贺浙江书法院今日揭牌暨成立特展开幕式

（2022 年 11 月 1 日）

书院新开书展隆，千年宋韵续流风。

群贤纷至殿堂里，臻品可观华壁中。

薪传艺术扬文粹，赓续精神显国雄。

翰墨丹青代代有，文坛巨匠道无穷。

外孙女参加区小学生运动会有寄

（2022年11月7日）

号令枪声起，少年疾似飞。
群声给鼓励，双脚显神威。
名次当争取，精神更可畏。
兼优在品学，两者莫相违。

壬寅立冬

（2022年11月7日）

冬来秋去始相交，万里河山未寂寥。
北国银蛇方舞起，南疆归雁正飞高。
兼葭片片凝霜雪，稻菽层层动歌谣。
又是一年收获季，清风煮酒慰辛劳。

省慈善联合总会书画雅集今在万丰集团举行

（2022 年 11 月 8 日）

联谊赴新昌，唐诗道路长。

丹青传宋韵，翰墨蕴莲香。

艺术随时代，人文育浙商。

跨行多合作，大爱共担当。

咏新昌十九峰

（2022 年 11 月 9 日）

谁赐一群峰，悠悠落剡东。

神形十九态，韵味万千重。

看画石林里，读书岩洞中。

自然去雕刻，造化有神功。

咏 莲

（2022 年 11 月 9 日）

有莲谁不爱，清气总流芳。
出水身无染，向阳花自香。
金蜂歌雅曲，彩蝶舞霓裳。
我亦怜君子，欲吟词却忘。

今日大降温

（2022 年 11 月 13 日）

霏霏细雨洗轻尘，一觉醒来大降温。
桐叶纷飞落城郭，寒风萧瑟遍乡村。
北望关山已积雪，南归鸿雁未惊魂。
秋衫嫌薄忙更换，游子还乡酒倍醇。

晨走塘河有记

（2022年11月17日）

昨夜连宵雨，今晨寒露深。

衣衫感觉薄，行路冷风蹭。

岸树无啼鸟，庭花有泪痕。

舟声迷雾里，钓者入图真。

"公益中国——寒石书画艺术全国巡回展"观后感

（2022年11月19日）

寒石巡回展，杭州已多轮。

丹青滋剑胆，翰墨养军魂。

壁上江山秀，胸中人物珍。

铁肩担道义，妙笔报天恩。

湘湖怀古

（2022年11月20日）

觉苑组诗俦，湘湖作旧游。
木舟九千岁，薪火万古留。
尝胆何其辱，苦心成霸侯。
新陈有代谢，天地换春秋。
岁月如流水，残荷戏野鸥。
曦阳连夕照，诗酒对金瓯。
以史为今鉴，承平不忘忧。
复兴家国梦，且看我神州。

壬寅小雪

（2022年11月22日）

节来不觉寒，无雪到江南。
飞鸟鸣高树，游鱼戏小船。
远山红胜火，近水绿如蓝。
十月春犹在，心闲人自欢。

与大学同窗访当年老师

（2022 年 11 月 22 日）

结伴访师长，因缘自校园。
同窗皆友好，薪火每相传。
学谊深如海，师恩重似山。
相期心不老，颐养享天年。

夜游绍兴柯桥古镇

（2022 年 11 月 23 日）

古镇千年老，夜来寻旧踪。
三桥通石巷，一水向西东。
商铺满街市，灯光溢彩虹。
人间烟火味，应是古今同。

访任正非浦江祖居

（2022年11月25日）

青砖白瓦古风存，历史渊源本色真。
报国情怀融血脉，经商理想铸灵魂。
沧桑历尽添新迹，往事曾经留旧痕。
已过三朝无俗虑，归来无愧浦江人。

访浦江石西民①故居

（2022年11月25日）

天地悠悠岁月长，几间老屋载荣光。
少年意气心为马，壮岁从戎笔作枪。
为国为民真本色，能文能武乃贤良。
斯人已去精神在，父老乡亲永不忘。

---

① 石西民，浦江人。1929年2月加入中国共产主义青年团，同年9月加入中国共产
党。从此，一直从事党的通讯、新闻和宣传工作。中华人民共和国成立后先后
担任江苏省委常委、中共中央华东局委员、上海市委候补书记和中共中央宣传
部部长等职，为党的宣传和统战事业作出了重要贡献。

傍晚走塘河有感

（2022年11月26日）

节气为何不入冬，夕阳斜照满江红。
清风吹拂今无意，白雪纷飞昨梦中。
宿鸟仍然眠绿树，翔鱼依旧戏闲翁。
塘河泛棹西东去，道上行人兴正浓。

七十虚岁感怀

（2022年11月28日）

莫言七十古来稀，岁到如今已不奇。
脑子仍然还管用，初心依旧未迷离。
一朝病毒清零去，不老江山谁敢欺。
坐看夕阳无限好，人生百岁亦相期。

今日大降温

（2022年11月30日）

老天突降温，顿感气萧森。
薄雾层层罩，斜风阵阵侵。
游鱼潜水浅，飞鸟入林深。
今日应无客，闲人酒自斟。

痛悼江泽民同志

（2022年11月30日）

噩耗传来痛断肠，当年故事未曾忘。
田头地角谈农事，意重情深寄老乡。
两化率先①为指引，三农同步作纲常。
伟人嘱托常相忆，圣地先行共富乡。

---

① 江泽民同志于1998年10月6日视察嘉兴，提出沿海发达地区要率先基本实现农业和农村现代化的号召。

元旦前感怀

（2022年12月1日）

复始开元晴朗天，曾经岁月莫流连。
清风浩荡阴霾尽，瑞气升腾鸿运添。
春信欣欣传喜报，梅花楚楚竞芬妍。
江山到处美如画，正待新人写翰篇。

小院初雪

（2022年12月1日）

初冬连夜雪，小院满庭芳。
处处花凝雨，家家树结霜。
曲溪流玉带，横塘淌琼浆。
游子思乡切，围炉品酒香。

第十一届"浙江孝贤"今受隆重表彰

（2022年12月1日）

百善孝为先，浙江树孝贤。

标兵作引领，薪火永相传。

时代真君子，堂前好儿男。

岁寒仁义暖，光彩照人间。

岁杪闲吟

（2022年12月2日）

飞雪未停天色寒，阴晴难定莫愁闲。

梅兰绽放真欢喜，松竹横斜可大观。

诗酒相招有好友，岁华渐老无心烦。

只期快把瘟神灭，爆竹声中过大年。

第九届"西湖论善"今在义乌举行

（2022 年 12 月 6 日）

年终论善又开坛，今次主题不简单。
理论弄通行大道，基层探索立前沿。
东协西作应无界，互利共赢自有缘。
共富途中当助力，敬终如始济元元。

拜谒义乌双林寺

（2022 年 12 月 6 日）

千年古刹自南梁，史记傅翕是滥觞。
慈雨悲风分善恶，蓝天绿地纳祯祥。
笑容厚待虔诚客，大肚能容烟火香。
拜佛问禅应有果，人间友爱本无疆。

壬寅大雪咏怀

（2022年12月7日）

节气轮回雪未逢，苍天何故乱时空。
有缘难见琼花落，无意却来薄雾封。
气象反常多变态，自然任性少从容。
心期六出随风舞，蜡象银蛇一望中。

初冬闲吟

（2022年12月8日）

孟冬天气半阴阳，无雨无风无雪霜。
樟柳竟然还绿翠，梅兰犹待发芳香。
学书重用蒙恬笔，写竹轻涂白羽裳。
莫让年华似水去，闲来正好赋词章。

咏红枫

（2022年12月12日）

风华绝代数丹枫，每到秋冬色愈浓。
卓尔超然庭院里，萧然玉立树丛中。
不同湘竹比青绿，却与溪梅相映红。
大雪纷飞如有待，来年落叶亦恢宏。

无 题

（2022年12月14日）

回首流年慨且慷，疫情变化太无常。
严防坚守真担责，全面放开好主张。
世事沧桑难预料，形随势变莫彷徨。
人间虽有回天力，完胜还需时日长。

岁末偶感

（2022年12月16日）

虎年来去气汹汹，世事恰如入梦中。
大疫三年连续发，小灾四季继相逢。
攻坚有赖全民力，圆梦更凭举国功。
华夏精神谁能敌？泰山顶上我为峰。

偶　感

（2022年12月17日）

时到仲冬逐日凉，寒风冷雨带微霜。
重重霾雾来南邑，细细寒英自北乡。
翠柳留皮成古色，丹枫衣着换新妆。
梅花欢喜漫天雪，老我居家闲举觞。

偶　感

（2022年12月18日）

纷传消息莫慌张，封控放开属正常。
口罩戴牢防病毒，核酸检测辨阴阳。
开心愉快精神好，锻炼坚持体质强。
且待瘟君驱尽后，再写新诗十万行。

无　题

（2022年12月20日）

岁月好奢华，光阴不用赊。
少年勤作马，青壮梦为家。
朝搏钱江浪，夕看西子槎。
老来多恋旧，最忆是桑麻。

忆故乡

（2022 年 12 月 21 日）

籍籍无名小地方，公婆岩下是吾乡。
青山环抱围三面，绿水逶迤向八荒。
古树参差掩老屋，梯田错落产新粮。
左邻右舍常相忆，最忆过年共举觞。

壬寅冬至

（2022 年 12 月 22 日）

冬至节来似过年，乡风民俗每相传。
四时成果归仓廪，三炷清香敬祖先。
久别爹娘思子切，远方游子急归田。
难忘最是围炉夜，家酒连杯伴醉眠。

无 题

（2022年12月23日）

仲冬时节没寒霜，感悟壬寅天反常。
杨柳依稀还翠绿，丹枫飒爽未枯黄。
居家寂寂疑消息，出外惶惶怕变阳。
应信春声不会远，墙梅已绽几分香。

无 题

（2022年12月25日）

日历还留多少张，回头盘点记沧桑。
年初腰疾曾伤我，岁尾疫情又复狂。
自古辉煌能励志，从来苦难可兴邦。
风霜雨雪皆经过，莫道前程阻且长。

深切缅怀毛泽东主席

（2022 年 12 月 26 日）

伟人生在小山冲，日出东方万丈红。
主义遵循追马列，政权创建为工农。
舍家报国真无我，纬地经天求大同。
领袖光辉千古在，人间正道起神龙。

无 题

（2022 年 12 月 28 日）

又到年终盘点时，白驹过隙疾如斯。
风霜雨雪都经过，苦辣香甜莫自欺。
一载枯荣循旧历，三年战疫得新思。
红梅花蕊才初绽，信是迎春第一枝。

无 题

（2022 年 12 月 28 日）

新旧相交百感来，亦忧亦喜怎分开。

群中消息皆言好，局外传闻不用猜。

举国同心增自信，全民合力战天灾。

年年有难年年过，再过几天可探梅。

致敬白衣天使

（2022 年 12 月 29 日）

每到疫来必逆行，白衣战士令人惊。

瘟神起处如魔鬼，天使到时若救兵。

蹈火赴汤为国泰，扶伤救死保康平。

无私奉献无穷爱，洒向人间都是情。

壬寅腊八节有感

（2022 年 12 月 30 日）

腊八逢灾疫，今年粥未尝。
城乡俱惶恐，病毒尽疯狂。
所幸春来早，东君已主张。
悠悠天大事，惟有保安康。

年末感怀

（2022 年 12 月 31 日）

岁月循环又一轮，新来旧去即成真。
曾经往事知多少，历尽劫波谁与论。
银装素裹千山远，玉宇澄清万水深。
而今迈步从头越，过了三更便是春。

无 题

（2023 年 1 月 1 日）

晨行万步庆开元，一路风光入眼帘。
人老居然不知老，健康快乐似童年。

无 题

（2023 年 1 月 2 日）

风吹叶落叹微茫，点点斑斑一地黄。
轻似鸿毛何足惜，春来争艳又梳妆。
烟雨塘河真亦假，迷离扑朔见温存。
雾中云里穿梭过，一叶小舟载故人。

新年感怀

（2023 年 1 月 2 日）

过隙白驹转瞬过，流年似水任蹉跎。
莫言辛苦收成少，只管耕耘快乐多。

偶作闲诗能解闷，屡经敲打费磋磨。
一元复始心情好，万里风光万里歌。

新年感怀

（2023年1月3日）

沧桑岁月似流光，物我相交两不忘。
老眼昏花看世界，倦身独立对斜阳。
跨年祈祷人添寿，开步健身体永康。
梦里春风应有待，泱泱大国起龙骧。

壬寅小寒

（2023年1月5日）

居室不知冷，小寒胜大寒。
逢人皆恐疠，何日尽开颜。
盼雪纷飞落，望梅花欲燃。
好句真难得，闲诗谁与看。

有　感

（2023 年 1 月 6 日）

防疫宅家偶反思，布新除旧正其时。

沧桑岁月难回首，跌宕人生贵自知。

旭日升天红满路，繁花落地剩空枝。

献身理想终无悔，莫道老来追梦迟。

纪念周恩来总理逝世四十七周年

（2023 年 1 月 8 日）

当年举国悼周公，天地同悲如梦中。

十里长街飞涕泪，满天白雪洒苍穹。

德高诚似三山石，望重胜比五岳松。

幸有后人承伟业，江山永续万年红。

无 题

（2023年1月9日）

神州万里喜迎春，晴日连天暖我身。
白雪不知何去处，红梅已识送瘟神。
九州生气风雷激，四海翻腾云水深。
回望流年多少事，化为清气满乾坤。

年 味

（2023年1月12日）

春节氛围日渐浓，墙门宅院挂灯笼。
斗方熠熠朝阳语，杨柳依依向晚红。
玩耍稚童燃鞭炮，吟哦老者赋长风。
新桃旧符年年似，旧梦新柯各不同。

无　题

（2023 年 1 月 13 日）

开年难得雨微茫，不见寒烟带雪霜。
喜怒红尘化为水，悲欢世事费思量。
千般滋味随天意，万种情怀向八荒。
疫后愁云终散尽，朝阳如火出东方。

无　题

（2023 年 1 月 14 日）

细雨绵绵辞旧年，斜风阵阵亦潸然。
高情心动知多少，小病呻吟值几钱。
正道恢宏怀理想，人间烟火盼团圆。
综观气象千般变，无碍春来脚步坚。

过小年

（2023 年 1 月 14 日）

风俗千年老，时兴过小年。

灶君言好事，供品备齐全。

辞旧无遗憾，迎新有福缘。

疫情消退去，杯酒庆团圆。

小年夜与家人燃放烟花爆竹追记

（2023 年 1 月 15 日）

烟花爆竹久封存，今次放开感觉新。

孙女初逢受鼓舞，老夫久别得重温。

流光闪闪冲天地，音响阵阵惊鬼神。

快乐开心迎盛世，小年过后便开春。

写福写春联

（2023 年 1 月 16 日）

小年过后写春联，鸿运当头福字先。
美意浓浓辞旧日，佳言字字寄新天。
丹青着意随当代，妙笔随心向大千。
寄意人间圆好梦，红笺装点美河山。

岁末感怀

（2023 年 1 月 18 日）

人到古稀夜梦长，满头白发记沧桑。
当年曾立鸿鹄志，晚岁远离名利场。
弄墨自然为遣兴，吟诗偶尔诉衷肠。
虽经风雨终无悔，家国情怀从未忘。

壬寅大寒

（2023 年 1 月 20 日）

大寒临岁末，天气好温存。
红日当头照，微风脸上亲。
有花皆艳丽，无雪亦精神。
旧历明朝尽，春来万象新。

壬寅除夕感怀

（2023 年 1 月 21 日）

爆竹声中旧岁除，家人亲友喜围炉。
春风渐暖团圆夜，冬雪未封行旅途。
白发新添双鬓改，青山依旧几荣枯。
一轮明月高高挂，梦里乡关若有无。

年初一晨行塘河有感

（2023年1月22日）

今起五更已隔年，晨行脚步仍如前。
开心回想团圆饭，尽兴还余压岁钱。
春入门庭欣送暖，阳生天地喜开元。
老夫始觉光阴迫，转眼又将岁数添。

年初一微信拜年有感

（2023年1月22日）

初一开门例拜年，掌中微信备周全。
嘉言数句三春暖，愿景连篇各在缘。
有义有情有牵挂，省时省力省铜钱。
乡风民俗千年老，国粹如今恐失传。

婧儿生日有寄

（2023 年 1 月 23 日）

来到人间四十秋，女儿从小不言愁。
读书努力争先进，求职用心拔头筹。
术有专攻真本领，心无旁骛未漂浮。
非常成绩非常得，事业家庭双一流。

新年感怀

（2023 年 1 月 24 日）

华发苍颜忆旧踪，回看岁月亦峥嵘。
少年理想浑如梦，老大情怀类转蓬。
历尽沧桑心不改，饱经坎坷志无穷。
莫言往事成追忆，满目青山夕照红。

人生感怀

（2023年1月25日）

回首人生自坦然，朝花夕拾送华年。
少时无忌精神爽，今日有心寻梦圆。
既咏闲诗当补课，又挥翰墨结因缘。
廉颇老矣尚能饭，我乃从容看大千。

年初五接财神

（2023年1月26日）

开年破五接财神，万户千家喜满门。
烛光香火迎福祉，烟花爆竹送穷贫。
黎明即起勤为宝，有道生财善济民。
祈愿人间皆美好，共同富裕梦成真。

人日节有怀

（2023年1月28日）

初七为人日，方知已入春。
既宜观景色，也合会朋亲。
树茂晴光好，花开雨露新。
疫情将不再，天地复归真。

有　感

（2023年1月30日）

古稀之年感时珍，苍狗白云不等人。
流水风华指缝过，火红理想梦中存。
无端莫怨冯唐老，有空欲将元亮寻。
诗酒田园吾向往，功名利禄若蓬尘。

咏 梅

（2023 年 1 月 31 日）

寒梅楚楚开，信是报春来。
一朵争先发，百花恐后催。
芬香来雪海，清气入瑶台。
何故群芳妒，只因好口碑。

有 感

（2023 年 2 月 1 日）

人到古稀似夕阳，一杯浊酒忆沧桑。
少年曾学英雄志，晚岁适逢国运昌。
悟道方知见识少，闲吟才晓费思量。
白驹过隙匆匆过，追昔抚今旧梦长。

癸卯立春

（2023 年 2 月 4 日）

时近元宵始入春，方知岁月换星辰。
千山吐绿芳菲起，万水争流碧浪奔。
飞燕迎来晴与雨，游鱼送往冷和温。
友朋招饮何须醉，无限风光比酒纯。

癸卯元宵节

（2023 年 2 月 5 日）

火树银花入九霄，万城空巷闹元宵。
承传千载汤圆美，鏖战三年大疫消。
明月清风同此乐，人间天上共逍遥。
依稀梦里曾经见，故国河山分外娇。

杭城元宵烟花灯光秀有记

（2023年2月5日）

十万烟花照夜空，久违胜事又重逢。
轻车快马争相挤，旧友新朋堵路中。
悬月朦胧春水碧，流光潋滟满江红。
回家更饮团圆酒，但愿疫情从此终。

春 韵

（2023年2月7日）

雨润细无声，风和万物生。
山山犹积翠，水水已融冰。
商贾勤销产，稼农忙备耕。
一年好时节，春韵满乡城。

今日天晴

（2023 年 2 月 10 日）

难得雨停天放晴，出门便有好心情。
墙梅随意争开放，树鸟放声鸣不停。
近水澄明翻碧浪，远山混沌立帷屏。
四时光景今朝好，遍地春风伴我行。

无　题

（2023 年 2 月 11 日）

细雨和风润岁华，春来有梦不须夸。
悠悠往事随流水，滚滚红尘逐落花。
天下英雄皆过客，暮年烈士尽归家。
人生易老天难老，向晚时光看落霞。

春　晴

（2023 年 2 月 15 日）

春来元月早，连日大晴天。
近水浮云影，远山积雪残。
鸟穿杨柳里，鱼跃棹船前。
知是好时节，风光不等闲。

春　风

（2023 年 2 月 16 日）

二月晴方好，春风不忽悠。
新花红灿灿，老树绿油油。
野旷山高远，江空水自流。
竿垂杨柳下，惊起几江鸥。

春　梅

（2023年2月18日）

天清气朗惠风扬，湖畔疏梅竞吐芳。

蝶舞蜂飞香里秀，冰肌玉骨雪中藏。

空而无色真为本，俏不争春好主张。

游客寻来皆喜爱，骚人欲咏费评章。

为习近平总书记视察秦山核电二十周年作

（2023年2月19日）

秦山万古历沧桑，犹记当年争国光。

独揽海江开胜境，核能变电破天荒。

征程万里从头越，放眼五洲去远航。

领袖关怀长记取，再圆大梦创辉煌。

癸卯雨水

（2023年2月19日）

细雨无声不误春，惠风和畅长精神。
北方积雪才融化，南国飞花已诱人。
泽被生灵天赐水，复苏物态地生金。
何时燕子开新旅，柳浪声中报好音。

二月二龙抬头有怀

（2023年2月21日）

神龙二月始抬头，万物复苏竞自由。
冰雪消融山秀丽，雨风和顺水绵柔。
催耕布谷声如鼓，抢种农夫力似牛。
梦里多情回故里，欣逢吉日兆丰收。

迎亚运慈善书画雅集有记
（2023 年 2 月 21 日）

杭州迎亚运，社会共协同。

雅集齐心办，开年为首宗。

丹青生气象，翰墨壮雄风。

大爱无疆界，且和国运通。

贺义乌稠州国光社成立
（2023 年 2 月 26 日）

本是浙中文献邦，又闻结社聚才良。

诗书画印皆包括，国艺重光尽所长。

牢记初心当守正，践行使命自堂皇。

千秋翰墨今朝好，更立高标领众芳。

痛悼沈祖伦老省长

（2023 年 2 月 27 日）

噩耗传来悼沈翁，苍天与尔恸悲容。
一身正气为家国，两袖清风赴大公。
求实务虚不唯上，建言办事只由衷。
好官从古皆难得，美誉永留百姓中。

日　出

（2023 年 3 月 2 日）

旭日东升照眼红，霞光万丈染云空。
江花点点晨烟淡，岸柳依依春韵浓。
策马青山惊树鸟，泛舟碧水度清风。
无边光景今时好，布谷声声催稼农。

闰二月有作

（2023年3月3日）

二月复回闰月生，轮番春雨亦关情。
新年远去辞欢语，旧燕归来迎籁声。
造物如今天作合，养人亘古地含英。
平生快意何须酒，满目风光催我行。

今日入春

（2023年3月4日）

入春之始得清闲，坐对湖山看大千。
柳树青烟添翠色，梅花紫陌落红颜。
岂无画意留心底，更有诗情到眼前。
最是风光今日好，四时美景入心间。

纪念毛主席"向雷锋同志学习"题词六十周年

（2023 年 3 月 5 日）

阳春三月好风光，学习雷锋践主张。

热爱人民应有我，忠诚祖国自无疆。

慈行有处皆慷慨，志愿无时不发扬。

领袖题词长在耳，紧跟时代续荣光。

贺全国两会开幕

（2023 年 3 月 5 日）

各地贤能聚北京，共商大事话承平。

委员赤胆提良策，代表真诚议政声。

不负韶华谋国计，践行使命惠民生。

神州儿女齐雄起，继往开来去远征。

癸卯惊蛰

（2023 年 3 月 6 日）

惊雷乍起震长空，几缕轻烟消雪融。
霹雳声声惊虎兔，电光闪闪醒蛇虫。
无端春竹冲天绿，纷杂桃花落地红。
最是江南风水好，一窗新绿兆年丰。

行走婺江畔

（2023 年 3 月 7 日）

早起五更走婺江，一湾清水映朝阳。
琼楼玉宇从天起，酒肆茶房满地香。
树绿花红凭鸟舞，流深水浅任鱼翔。
易安①因爱风流故，竟把他乡作故乡。

---

① 易安，即李清照。

漫步衢江畔

（2023 年 3 月 8 日）

清晨漫步衢江畔，便有诗情入九霄。
山自西来成胜景，水从东去化春潮。
冰壶映日晴方好，玉树临风分外娇。
远近高低皆是景，个中有我乐逍遥。

三八妇女节有寄

（2023 年 3 月 8 日）

飒爽英姿意气扬，又逢佳节好风光。
女中豪杰多奇志，巾帼英雄爱自强。
立业建功报家国，丹心妙手著宏章。
千山万水从容过，不逊须眉领众芳。

走看浙西

（2023年3月9日）

走马匆匆看浙西，依稀梦里见惊奇。

江山千古惟青绿，岁月一新有转机。

经济均衡抓质量，民生共富下先棋。

"两山"理论践行好，圆梦未来已可期。

漫步闲吟

（2023年3月12日）

晨起晓行思未闲，如梭往事入眸前。

好人有度精神爽，仁爱无边道路宽。

才过古稀心尚热，漫随岁月梦犹酣。

桑榆非晚余晖在，我自从容信步还。

参观杭州亚运会场馆有记

（2022年3月13日）

西子湖边亚运风，杭州无愧主人公。
设施软硬皆齐备，赛事文宣尽共融。
秣马厉兵忙备战，雄师健将欲争锋。
阳光明媚精神爽，更待秋来舞虎龙。

聆听全国两会精神传达有感

（2023年3月15日）

时代新声自北京，聆听报告长精神。
富民强国神州梦，领导核心华夏魂。
大政方针须领会，执行到位务求真。
江山代有才人出，继往开来无古今。

晨起健足有记

（2023年3月19日）

早起五更天渐明，塘河健足一身轻。
时晴时雨看花落，亦步亦趋听鸟鸣。
近水有声弹乐曲，远山无言孕诗情。
谁持妙笔当天舞，五彩缤纷入画屏。

癸卯春分

（2023年3月20日）

时光逝如水，转眼已春分。
桃李频争艳，燕莺屡乱云。
北山鸣布谷，南亩备耕耘。
青壮离乡去，务农无几人。

慈溪鸣鹤古镇印象

（2023 年 3 月 22 日）

鸣鹤千年谁比伦，我来问道旧遗存。
依山官舍风光好，傍水民居神韵真。
古寺钟声催旅客，老街烟火足鸡豚。
无情岁月流空去，留得物华出俗尘。

寒雨连天随想

（2023 年 3 月 25 日）

节近清明寒倒春，斜风细雨总缤纷。
轻烟重雾思明月，近水远山念霭云。
晓梦无端争佛脚，晚霞何处映禅心。
柳枝啼鸟声声急，何处天蓝地亦真。

久雨初晴

（2023 年 3 月 26 日）

久雨又春晴，霞光升地平。
天蓝衬地绿，柳暗映花明。
镜水看鱼跃，屏山听鸟鸣。
自然成大美，赐我好心情。

闲　吟

（2023 年 3 月 27 日）

岁到古稀人自闲，空怀梦想忆当年。
风霜雨雪曾经过，利禄功名何挂牵。
念想曾思陶五柳，心携诗酒武陵间。
云舒云卷皆随意，明月入杯伴我眠。

偶 感

（2023年4月1日）

平生寡欲无多求，不觉不知已白头。

回想流年如逝水，相期好梦似难留。

文山已过精神爽，会海远离断旧愁。

雅室书香能醉我，田园诗酒伴春秋。

昨与原金华地委同事餐叙有感

（2023年4月2日）

师长相逢格外亲，当年共事最开心。

言传身教皆为我，关爱有加引导新。

昔日尽为青壮子，如今皆属老成人。

晚年快乐平常过，忘却功名多养生。

清明祭祖有记

（2023 年 4 月 2 日）

节到清明梦亦残，无风无雨感凄然。

轻车快马天迷远，寒食冷餐地自偏。

家祭坟前挥老泪，荒山野径伴新烟。

含悲一拜情难表，香烛三支祈月圆。

芝英千年古城复兴工作座谈会有感

（2023 年 4 月 2 日）

千载缙州此滥觞，古城文化正弘扬。

强基固础尤为重，祖德宗功不可量。

保护优先凭智慧，复兴伟业靠担当。

光前裕后佳声远，代有贤能续翰章。

赏永康盘龙谷牡丹园

（2023 年 4 月 4 日）

桃月牡丹楚楚开，姚黄魏紫出妆台。
风情万种真仙子，引得花迷不肯回。

回乡与发小聚会补记

（2023 年 4 月 4 日）

清明时节见同袍，岁月不居年已高。
眨眼都成头白发，抱拳直把小名叫。
家餐九碗真滋味，土酒三杯义气豪。
覆去翻来言往事，情迷故里乐陶陶。

咏　梅

（2023 年 4 月 12 日）

梅开莺月满庭芳，疏影横斜向旭阳。
蜂蝶有心鸣乐曲，李桃无意舞霓裳。

纷传白雪真消息，频报阳春好主张。
洗尽铅华香入骨，落花一地亦辉煌。

题梅花

（2023年4月13日）

天生丽质出瑶台，傲雪凌风独自开。
不与阿谁争爱宠，只当使者报春来。

拜谒奉化雪窦寺

（2023年4月13日）

千载一丛林，闻名古到今。
高山如佛相，流水似禅音。
法雨临深院，和风度玉岑。
因缘何处是，雪窦梦中寻。

访奉化溪口

（2023 年 4 月 14 日）

溪口重来访旧踪，抚今追昔亦从容。

有心曾记剡江雨，无意流连民国风。

天下奇观谁与比，沧桑大道每相通。

江山自古多豪杰，隔海相依逐梦同。

参加浙师大校庆节有怀

（2023 年 4 月 16 日）

时隔三年回学堂，适逢校庆喜盈眶。

春风得意齐天乐，桃李争妍遍地香。

砺学砺行增智慧，维实维新创辉煌。

初阳湖畔莘莘子，逐梦未来高大强。

访台州神仙居遇男女结婚领证行善

（2023 年 4 月 17 日）

盘古开天地，神仙尚可居。

巡山观佛像，立壁度通衢。

男女成佳偶，因缘得证书。

百年人好合，行善见真如。

重访台州三门有记

（2023 年 4 月 18 日）

春日访三门，重来印象深。

人人怀大爱，处处见精神。

红色基因老，亭旁梦想新。

先行奔共富，助力协同真。

咏三门蛇蟠岛

（2023 年 4 月 18 日）

神话有愚公，蛇蟠石洞中。
天然师造化，自古卧蛟龙。
草木依山茂，鱼虾靠海丰。
清风吹我爽，拾步自从容。

朋友小聚有记

（2023 年 4 月 20 日）

友朋小聚傍钱江，意切情深频举觞。
少壮频吟千古句，老夫略发少年狂。
高山流水知音远，明月清风韵味长。
昨夜星辰昨夜雨，人间大爱永无疆。

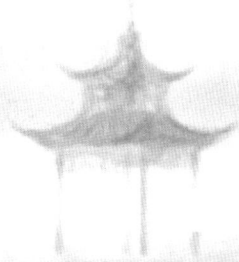

题紫荆书会师生画梅

（2023 年 4 月 20 日）

纸上数枝梅，众人妙笔栽。

花开红艳丽，信是报春来。

第五届"健康中国"高峰论坛今于杭州举行

（2023 年 4 月 22 日）

开坛论健康，协办在钱江。

共富为方略，全民赴主张。

学术交流实，专家指导详。

先行抓示范，人寿国家强。

读关寿先生《桑榆寸心》诗集有感

（2023 年 4 月 22 日）

同事经年未敢忘，暮春时节读华章。

又吟又咏同怀旧，亦舞亦歌共举觞。

以古鉴今知进退，喜新恋旧莫彷徨。

休言岁月催人老，踏遍青山唱未央。

谷雨后三日有作

（2023年4月23日）

春暮霭云重，风斜雨水寒。

桃花飞屋后，紫燕入堂前。

布谷催播种，稼农犁稻田。

天时随季转，人事度流年。

无　题

（2023年4月24日）

韶光七秩去匆匆，世事无常类转蓬。

忆昔流年怀梦想，抚今逝水竟成空。

拟将余日从容过，且把诗茶作酒盅。

踏遍青山人不老，低吟高唱满江红。

贺田妞连续六年百米跑夺冠
（2023年4月26日）

少年运动场，跑步似脱缰。

同学啦啦队，互相鼓劲忙。

冠军连届得，体质与时强。

发展求全面，未来争国光。

第二届永康博士乡贤大会有记
（2023年4月26日）

自古丽州俊杰多，精英辈出续长河。

故园诚发人才帖，游子回家最乐呵。

全面复兴呈上计，共同富裕献金科。

华溪春色无限好，尽是乡愁费吟哦。

参加芝英乡贤会有感

（2023 年 4 月 28 日）

我本农家仔，应怀天地心。
可怜无贡献，但恨少经纶。
宦海曾谋食，江湖已退身。
故乡情义重，游子感恩深。

访金华雅畈婺州窑

（2023 年 4 月 29 日）

史载非遗数婺窑，欣逢盛世看新潮。
江城代有才人出，薪火相传格外娇。

游金华古子城夜市

（2023 年 4 月 29 日）

细雨蒙蒙游古城，流光溢彩感时新。
人间烟火今何在，老友逛街寻旧痕。

开店设摊沿市井，劲舞狂歌动天音。
左弯右绕疑无路，小巷深深腊酒浑。

访浦江坪上云居

（2023 年 4 月 30 日）

山环水绕白云间，坪上结庐不等闲。
康养旅游时正好，共同富裕有乡贤。

参加第二届浦江乡贤大会有感

（2023 年 5 月 1 日）

当年治水未曾忘，奉命挥戈主战场。
党政军民齐上阵，污泥浊水尽除光。
转型升级开新局，重整河山废旧章。
千里丰安富强美，今来恰似到仙乡。

暮春多雨

（2023年5月5日）

暮春季节少天晴，世事渐忙盼雨停。
水满平畴雾露重，山浮岫壑霭云轻。
游人衣湿知无意，桃李花开别有情。
老眼迷茫看不透，何时可见月分明。

癸卯立夏有作

（2023年5月6日）

夏日新来解旧愁，暖风吹拂柳梢头。
塘荷茁壮枇杷熟，春麦渐黄油菜收。
阡陌田园飞燕舞，友朋诗酒伴歌喉。
老夫更爱天晴好，星空如海月似钩。

立夏后一日作

（2023年5月7日）

立夏日初长，风和草木香。
榴花穿艳服，芍药着浓妆。
飞燕穿堂过，翔鱼浅底藏。
人间时节好，天地换星霜。

贺湖州市慈善总会第五次会员大会顺利召开

（2023年5月9日）

天目山高浙水长，湖州慈善举龙骧。
争当示范情无限，勇立潮头爱满腔。
助力脱贫曾尽力，协同共富再担当。
新人辈出新时代，薪火相传有俊良。

重访德清莫干山镇

（2023 年 5 月 11 日）

似曾相识又重逢，胜日寻来访旧踪。
老屋收藏民国史，店家尽刮旧时风。
街头游客心情爽，市井人家烟火浓。
满目青山观不足，举杯坐对夕阳红。

昨与朋友于满觉陇小聚

（2023 年 5 月 12 日）

酒逢佳友聚，举盏小杯空。
开饮如君子，敞怀似虎龙。
笑谈天下事，戏说夕阳红。
宾主皆随意，心情尽放松。

母亲节感怀

（2023 年 5 月 14 日）

世上亲无尽，最亲是母亲。
寒衣缝密密，热嘱语殷殷。
我愧为人子，未还反哺恩。
如今身已老，何以践初心。

初夏闲吟

（2023 年 5 月 15 日）

春去夏来日渐长，风和景明接青黄。
丘园才见枇杷熟，田野已闻麦子香。
岸柳依依消寂寞，池荷袅袅对曦阳。
庭前无数飞花散，信步闲吟诗几行。

无 题

（2023年5月18日）

旧雨新停寻旧芳，清风扑面好清凉。

田园喜见禾苗壮，山野欣闻花果香。

蝴蝶纷来歌舞蹈，蜜蜂纷至演宫商。

老夫早已归平淡，气定神闲话夕阳。

献给五月红诗苑

（2023年5月20日）

五月诗坛兴未央，你吟我唱各登场。

阳春白雪知音众，下里巴人韵味长。

一帜高擎添锦绣，百花齐放展辉煌。

江山代有新人出，雏凤胜于老凤强。

癸卯小满感怀

（2023 年 5 月 21 日）

小满时来四月中，云收雨止亦从容。
桃青杏绿枇杷熟，燕舞莺啼成果丰。
麦浪泛金滋馥气，榴花欲火润鱼虫。
一窗风雅如诗画，万里江山锦绣同。

咏 茶

（2023 年 5 月 21 日）

说道论经学问真，杯中茶汁有乾坤。
栉风沐雨滋神韵，拨雾披云不染尘。
佳友无求多爽气，好诗难得少经纶。
闲来欲学陶元亮，诗洒田园入梦深。

赞芝英派出所

（2023年5月22日）

枫桥经验看芝英，干警已成生力军。

一颗红心跟党走，满腔热血解民辛。

三无[1]记录高标老，全国争先起点新。

领袖关怀长记取，再为时代写秋春。

赞缙云慈善

（2023年5月24日）

好水好山好地方，厉行慈善亦风光。

筹资筹物筹佳策，助学助才助俊良。

夯实基层成示范，协同共富勇担当。

人人奉献传佳话，更上层楼创炜煌。

---

[1] 三无，是指该所自1988年2月有档案记载开始，截至2023年5月22日，连续12900多天无违法违纪、无有责投诉、无责任事故，系全省保持该记录最长的派出所。

灵隐寺佛诞日浴佛法会有记
（2023 年 5 月 26 日）

吉祥佛诞遇良辰，雨止风和温暖春。

慈渡苍生送喜乐，善行教义济穷贫。

平民百姓参禅意，寺庙众僧转法轮。

国运昌隆逢盛世，天人合一共梵音。

晨行有感
（2023 年 5 月 27 日）

晨起出门略带寒，人行道上觉衣单。

新花吹落知多少，老树迎风不等闲。

一叶轻舟浮镜水，几声啼鸟出屏山。

无边光景难酬唱，画意诗情天地间。

为五月红歌助兴

（2023年5月27日）

诗坛五月识新俦，高手妙诗吟不休。
浪漫当如李白梦，认真莫过少陵游。
承前难得逍遥梦，启后易为自在谋。
踏遍青山人已老，以茶代酒醉春秋。

晨行所见

（2023年5月28日）

余杭塘畔晓风斜，孟夏新晴好上佳。
几树石榴红胜火，一河碧水浪飞花。
声声燕雀传新韵，跃跃鱼凫戏旧槎。
道上行人多喜气，曦阳无处不芳华。

重访永嘉有记
（2023年5月31日）

楠江三百里，水送复山迎。

鹭鸟飞高去，竹排浅底行。

农家奔富裕，书院续文明。

不负新时代，乡村正复兴。

温州洞头岛一瞥
（2023年5月31日）

胜日寻芳到洞头，风光如画壮东瓯①。

水掀千浪连天际，山起半屏②系归舟。

闻涛易见涛堆雪，踏浪难追浪逐鸥。

游人到此真如梦，海上花园③总可酬。

---

① 东瓯，洞头区古属东瓯国。

② 半屏，洞头岛有半屏山，台湾岛也有半屏山。

③ 海上花园，是2003年5月8日时任浙江省委书记习近平同志对洞头提出的殷切嘱托。

六一节

（2023年6月1日）

花儿喜庆向阳红，桃李欣逢六月中。
雏鸟依依方展翅，校园猎猎壮歌隆。
居家堪是勤帮手，在校养成好学风。
从小胸怀报国梦，未来要做主人翁。

访苍南渔寮

（2023年6月1日）

胜日访渔寮，风和暑气消。
玩滩游人织，踏海碧波飙。
飞鸟云中舞，爬虫沙里逃。
潮平星月满，围桌举杯高。

赴永嘉县、洞头区、苍南县调研慈善工作有记

（2023年6月2日）

调研慈善浙南滨，人物天公两热忱。
城乡携手增合力，山海协同用真心。
治穷多有好经验，共富已成生力军。
放眼未来前路远，而今迈步又从新。

为崇鲁居点赞

（2023年6月6日）

历尽千般累，建成崇鲁房。
小家存档案，大匠设工坊。
旧德与时在，新风继世长。
子孙皆幸福，后代尽忠良。

癸卯芒种有怀

（2023年6月6日）

时节临芒种，田家喜插秧。

斜风吹袂角，细雨带微凉。

少小曾经事，至今心里藏。

故乡虽久别，最忆是农桑。

浙江风味宴展示活动有记[①]

（2023年6月6日）

浙水浙山浙味长，恰逢芒种喜登场。

荤腥咸淡皆合口，煮炒炖蒸尽品尝。

薪火相传续宋韵，雕瓜刻菜舞霓裳。

举杯畅饮人高兴，难得酣然醉一堂。

---

① 此为第一季"味美浙江·浙山浙水浙味道"风味宴展示活动。

上海陈琪文化基金会成立仪式
暨陈琪艺术作品展开幕有感

（2023年6月10日）

画坛几十秋，德艺两兼修。

翰墨与时进，丹青为国讴。

一身怀正气，两袖展风流。

更有初心在，善行及九州。

《迈向现代慈善》首发有感

（2023年6月11日）

五年感悟集成书，苦辣酸甜烩一炉。

纸上谈经知觉浅，切身体验得真如。

人间有爱情无限，天地无私德不孤。

惟愿初衷能实现，共同富裕劈通途。

古稀有怀

（2023 年 6 月 14 日）

人生已到古稀年，万事随风过眼前。

往日有心怀理想，如今无意去争先。

庭中信步看花草，河畔健身泛钓船。

利禄功名非我属，轻松愉快似神仙。

觉苑清舍癸卯春夏钱塘诗歌雅集有记

（2023 年 6 月 16 日）

雅集聚钱塘，骚人喜若狂。

挥毫真善美，泼墨满庭芳。

诗吟强国梦，歌咏富民乡。

举酒邀明月，酣然兴未央。

觉苑清舍癸卯春夏钱塘诗歌雅集又记

（2023 年 6 月 16 日）

雅集适逢天入梅，钱潮澎湃自东来。
采风有度精神爽，览胜无边音律裁。
泼墨挥毫皆炳斗，吟诗作赋尽人才。
今年嘉会成高调，酣畅淋漓尽兴怀。

古稀有怀

（2023 年 6 月 16 日）

人生已到古稀年，往事悠悠渺似烟。
忘却从前无失落，爱怜当下有清闲。
闲庭信步吟风月，信马由缰唱海天。
满目青山迎夕照，胸无俗念自悠然。

省慈善联合总会换届在即有感

（2023 年 6 月 17 日）

春秋五度不寻常，事业已趋高大强。
全面小康当助手，共同富裕架津梁。
人间有爱精神好，天地无私岁月长。
薪火相传有来者，承前启后更辉煌。

古稀有怀

（2023 年 6 月 18 日）

催人渐老是光阴，回首当年泪满襟。
风雨饱经知冷暖，沧桑历尽识仁臣。
功成莫作名声计，身退犹怀家国恩。
富贵从来不属我，但求无愧守初心。

贺杭州永康商会十周年庆

（2023年6月18日）

建会十年未可忘，因缘际会度沧桑。
抱团取暖抓机遇，风雨同舟创炜煌。
同喜今朝再出发，共奔明日高富强。
迎新时代精神在，再上层楼看永商。

古稀有怀

（2023年6月20日）

人生七十不稀奇，老马识途自奋蹄。
纵笔诗坛能养性，放歌墨海可情怡。
儿孙绕膝添欢乐，妻发添霜期养颐。
淡饭粗茶杯半酒，强身健体莫迟疑。

古稀有怀

（2023 年 6 月 21 日）

流年似水去匆匆，两鬓斑斑成老翁。
雪雨冰霜经历过，风云雷电亦从容。
功成身退寻常事，神定气闲类转蓬。
世态炎凉休计较，修心养性守初衷。

癸卯端午咏怀

（2023 年 6 月 22 日）

一年一度又端阳，艾叶插门香满堂。
浪遏飞舟分阵线，家开午宴祭忠良。
人间正道传薪火，家国精神厉发扬。
滚滚长江东入海，神州万里举龙骧。

七十周岁生日有怀

（2023年6月24日）

七十春秋何等闲，回看岁月倍欣然。

阳光雨露滋成长，斗转星移入暮年。

宦海无愁逢舜日，家庭有幸沐尧天。

高山流水无穷尽，淡泊人生即是仙。

贺湖州太湖椿慈善书画联谊基地挂牌

（2023年6月25日）

太湖之畔结姻亲，慈举善行必有邻。

泼墨挥毫书厚德，绘图作画写仁心。

人文物质遗千世，敬业乐群为万民。

携手并肩奔共富，老夫喜作白头吟。

贺黄亚洲影视文学园落户嘉兴胥山

（2023年6月27日）

胥山自古是吟乡，今日骚人聚一堂。
礼赞乡村真美好，高歌时代正辉煌。
碧水蓝天今胜昔，富民强国慨而慷。
红旗猎猎云空里，引我诗心向远方。

访平湖明月山塘景区

（2023年6月27日）

明月山塘与沪邻，领先发展是当今。
财源滚滚游人织，草木青青业态新。
民宿临街多创客，轻舟浮水乐鱼群。
若嫌城里天炎热，小住分明胜武林。

纪念习近平总书记视察秦山核电二十周年有怀

（2023 年 6 月 27 日）

秦山忽地起沧桑，核电源头傍海江。

领袖有谋经大略，英雄无敌战天狼。

集成原子来千里，裂变能源送八荒。

中国人民多壮志，定教明日更辉煌。

七一建党节有怀

（2023 年 7 月 1 日）

健步晨行庆诞辰，百年大党正青春。

南湖薪火千秋在，旗帜光辉万代存。

时事欣然迎盛世，征程豪迈振乾坤。

承前启后有来者，强国富民逐梦真。

次韵健民兄山居吟

（2023 年 7 月 3 日）

炎夏山居好，君来风亦柔。
振衣高树远，放眼大江浮。
休怪闲云惹，先将杂念收。
此中真有趣，诗酒可忘忧。

塘河晨雨

（2023 年 7 月 5 日）

塘河晨雨竟成阴，杨柳清风亦可人。
濡墨纵横调律吕，波纹交错赋流痕。
凫游碧水如行乐，燕舞云天亦爽神。
山影似无还似有，不时旭日照西津。

贺夫人生日

（2023 年 7 月 5 日）

生日遇良辰，花香柳色新。
镜前生白发，月下问黄昏。
寿比南山老，福如东海深。
年华难永驻，岁月正青春。

古稀有感

（2023 年 7 月 6 日）

人到古稀已淡然，功名利禄渺如烟。
清闲宁静从容过，快乐健康度晚年。
醉酒和诗邀老友，舞文弄墨结新缘。
无求便是安心事，世事岂能得万全。

癸卯小暑

（2023年7月7日）

悄然小暑至，知得热天来。
窗外浮青霭，阶前长绿苔。
既愁风作祟，亦恐雨成灾。
季节轮回转，时空切莫违。

今日入伏

（2023年7月11日）

出了梅天入伏天，晨行几步汗涟涟。
鸟鸣无奈添烦躁，蝉叫如何避暑炎。
汗透衣衫连血肉，手摇纸扇得清闲。
夜来最盼凉风至，月朗星稀入梦酣。

省慈善联合总会换届有寄

（2023 年 7 月 12 日）

白驹过隙五春秋，做事力争创一流。
盛世恰逢奔共富，晚年难得渡同舟。
初心不忘民生计，使命在肩家国谋。
继往开来追梦者，登高更上几层楼。

出梅入伏有寄

（2023 年 7 月 15 日）

出了梅天入伏天，晴空烈日火球燃。
抬头万里无云彩，举目千山乱紫烟。
农稼尽愁禾易落，市人唯恐夜难眠。
西湖依旧风光好，菡萏花开别样妍。

晨行遇雨有记

（2023 年 7 月 16 日）

清晨细雨茫，伏夏起微凉。
杨柳生苍翠，荷花带粉香。
鸟鸣新野墅，鱼钓老河塘。
令我心怀梦，驾舟去远航。

癸卯大暑晨行遇雨有怀

（2023 年 7 月 23 日）

晨雨忽来似水流，几分高兴几分愁。
塘河底下游鱼动，杨柳顶头倦鸟讴。
惠畅和风将远去，汗融炎夏又谁求。
老夫无力忧天下，何必操心稻米谋。

"艺心相融 善耀亚运——迎亚运慈善书画展" 有记

（2023年7月27日）

杭城夏日好风光，菡萏绽开别样香。
翰墨丹青迎亚运，笔歌墨舞举琼浆。
钱江潮水连中外，体育精英自八方。
竞技场中谁夺冠，且看将士起龙骧。

癸卯立秋重立老龙井胡公墓碑有怀

（2023年8月6日）

纪念胡公重立碑，天高云淡扫尘埃。
立功立德情无限，为国为民志满怀。
领袖当年曾嘱托，后人从此效贤才。
江山万里传薪火，时代已将新局开。

癸卯立秋

（2023 年 8 月 8 日）

兔年时过半，季节正中秋。
热浪刚离去，凉风已拂头。
北山林树老，南亩稻花柔。
光景无穷尽，登高一望收。

末伏晨行有怀

（2023 年 8 月 14 日）

无风无雨入清秋，寥廓江天竞自由。
鹰击长空多惬意，鱼翔浅底乐无忧。
稻熟秆青曾相识，橙黄橘绿又碰头。
晨起随心行走去，余杭塘畔送轻舟。

"蓝青会萃——杜高杰、杜晨鹰诗书画作品展"观后感

（2023 年 8 月 15 日）

杜府一家翰墨情，嫡亲父子展丹青。
韶华不负人书老，岁月当歌琴鹤鸣。
潇洒悠然凭仰俯，挥毫立就任纵横。
钱塘江畔如潮起，观众纷纷赞寿星。

出伏后两日有作

（2023 年 8 月 22 日）

季节入清秋，江天无热流。
轻风阵阵紧，微雨绵绵柔。
北往南来雁，东去西归鸥。
农夫诚有待，举酒庆丰收。

癸卯处暑

（2023 年 8 月 23 日）

天时临处暑，炎气渐收光。

菡萏香消尽，桂花蜂飞扬。

清风不见影，疏雨亦微茫。

待到秋收日，举杯醉一场。

省老干部局举办文艺汇演观后感

（2023 年 8 月 23 日）

西子湖边动地声，流光溢彩似雷鸣。

高歌战略方针好，吟诵实施成效精。

绿水青山流雅韵，银丝白发赋才情。

宝刀不老从头越，万里长征再启程。

重游天目山

（2023 年 8 月 27 日）

老友相邀天目游，重来时值正清秋。
层峦叠翠千重秀，绿水青山一望收。
民宿门前言往事，树荫底下品茶瓯。
主人招饮多豪爽，实意真情足可留。

微茫秋雨

（2023 年 8 月 28 日）

微雨霏霏秋送凉，轻风阵阵桂飘香。
闲庭露重花添色，曲径云轻树发光。
流水连绵浮浩渺，高山起伏出苍茫。
一年好景曾经过，不老人生醉夕阳。

省慈善文化研究院首场书画联谊有记

（2023 年 8 月 29 日）

雅友喜登门，以文传道深。

笔歌能量正，墨舞主题真。

慈举情无限，善行爱满心。

仁风盈日月，浩气养乾坤。

与中国残疾人福利基金会
原理事长汤小泉相聚嘉兴有记

（2023 年 9 月 4 日）

残运会时相结缘，亦师亦友忆当年。

风光褪去心犹在，友谊长存自泰然。

人过古稀常念旧，事随岁月渺如烟。

但求身体皆康健，后会有期莫等闲。

"中华慈善日"活动有记

（2023年9月5日）

公益当如热浪稠，每年九五是金秋。
雪中送炭传薪火，锦上添花莫乞求。
富裕贫穷相对接，精神物质互兼收。
人人皆可行慈善，牢记初心济世谋。

访上虞龙山村

（2023年9月6日）

偏村坐落半山腰，四邑相邻属最高。
稀有名茶原产地，农家旅游好推销。
民间联手开生面，慈善搭成共富桥。
经验新鲜且珍贵，与时俱进领风骚。

教师节有怀

（2023 年 9 月 10 日）

讲台迎日月，粉笔写春秋。

身正品行好，学高智慧优。

园丁诚可爱，蜡炬足风流。

桃李遍天下，芳香满九州。

《古稀集》即将付梓有感

（2023 年 9 月 12 日）

年到古稀追梦长，遣词造句度时光。

闲中低咏民生事，忙里高吟盛世章。

体健心宽歌忽忽，笔精墨妙自惶惶。

青山不老人依旧，再写新诗十万行。